Unsterblich –
Das Geheimnis der Sandkristalle

Vanessa Mansini

Unsterblich

Das Geheimnis der Sandkristalle

Verlag:
Michael Meisheit, Fidicinstraße 24, 10965 Berlin
michaelmeisheit.de

Herstellung: Amazon Distribution GmbH, Leipzig

Covergestaltung: Catrin Sommer, Bonn
Satz: ebokks, Hildesheim

ISBN: 978-3-947778-00-3

1

18 Stunden 12 Minuten

„Du bekommst hier nichts geschenkt."

Die Worte ihres Dozenten klangen Ava noch in den Ohren, als der Barkeeper mit dem sexy Kinngrübchen ihr einen Gin Tonic auf die Bar stellte. Mit einem Augenzwinkern verkündete er, dass der Drink aufs Haus gehen würde. Dabei hatte sie nur eine Cola bestellt.

„Ich trinke heute keinen Alkohol", schrie Ava gegen die Bässe an, die durch den Club schallten und die Tanzenden hinter ihr in Ekstase versetzten.

Lichtblitze zuckten durch den dunklen Saal mit der größten von drei Tanzflächen. Ein Mix aus jungen Londonern, Touristen und Drum-and-Bass-Veteranen ließ kaum einen Platz frei vor dem Käfig mit dem DJ. Das Fabric hatte mal wieder zu viele Leute reingelassen an diesem Freitagabend.

„Das ist aber schade", gab der Barkeeper zurück.

„Muss noch arbeiten nachher."

Denn sie bekam ja nichts geschenkt.

Um Ava herum drängten sich zahllose aufgedrehte Menschen, die um die Aufmerksamkeit des Barkeepers buhlten. Doch der nahm sich Zeit für Ava. Seine funkelnden blauen Augen fixierten sie.

„Kann ich dir dabei helfen? Hab' um zwei Schluss."

Er grinste wieder. Ava musste ebenfalls grinsen. Subtil

war er nicht, aber bei seinem Aussehen konnte er sich das leisten.

„Ich nehme heute auch niemanden mit nach Hause", rief sie kess.

„Das ist aber sehr schade."

Er machte ein trauriges Gesicht, in dem ein bulliger Dwayne-Johnson-Verschnitt mit einem Geldschein herumwedelte, um endlich seine Bestellung loswerden zu können. Doch der Barkeeper blickte nur Ava an und forderte ihre Disziplin heraus. Sie zögerte. Nur für einen Moment. Dann schüttelte sie mit einem bedauernden Lächeln den Kopf und trat von der Bar zurück. Kurz sah sie die Enttäuschung des Barkeepers, doch dann schloss die Menschentraube den frei werdenden Platz. Obwohl sie geradezu eingequetscht zwischen all diesen feierwütigen Menschen stand, fühlte Ava sich einsam.

„Bist du total bescheuert?"

Amy war neben ihr aufgetaucht. Ihre Mitbewohnerin hatte den kleinen Austausch mitbekommen. Auch wenn sie bei dem Lärm die Worte nicht hatte hören können, war sie emphatisch genug, um das Geschehen richtig zu interpretieren.

„Das ist der fucking bestaussehende Typ im Umkreis von zehn Meilen. Und weißt du, wie viele Typen in London auf zehn Meilen leben?"

Sie war geradezu empört. Sie war außerdem betrunken und hatte mal wieder zu viel Schminke drauf, genau wie Lederrock und sexy Top eine Nummer zu klein gewählt waren. Dafür überragte die Blondine Ava um einen Kopf – was vor allem daran lag, dass Ava recht klein war. Klein und süß – wie ihr Dozent tatsächlich einmal zu ihr gesagt hatte.

„Ich muss noch etwas tun", wiederholte Ava sich.

„Wann hattest du das letzte Mal Sex?"

Ava seufzte.

„Hattest du überhaupt schon mal Sex?"

Ava lachte.

„Auf jeden Fall vor deiner Zeit."

Amy machte eine Siehst-Du-Geste. So lange kannten sie sich allerdings noch gar nicht. Ava war vor knapp einem Jahr nach London gezogen – nachdem sie sich das Stipendium für einen Studienplatz an der London Film School erkämpft hatte. Sie hatte sich glücklich schätzen können, das WG-Zimmer bei Amy in Bloomsbury ergattert zu haben. Nicht nur, weil es fast unmöglich war, im Zentrum von London bezahlbaren Wohnraum zu finden, sondern auch, weil Amy eine verdammt gute Mitbewohnerin war. Als Kellnerin in einem lokalen Pub kam sie aus einer anderen Welt, aber gerade das tat Ava gut, die sich unter den snobistischen Filmemachern nicht immer wohl fühlte. Amy hatte sie sofort in ihren Freundeskreis aufgenommen und wurde mehr und mehr zu ihrer großen Schwester. Mit Mitte zwanzig war sie vier Jahre älter als Ava.

„Was ist denn los?"

Chloe und Olivia machten das Kleeblatt komplett. Die Freundinnen von Amy kamen durchgeschwitzt von der Tanzfläche. Während die korpulente Olivia selbstbewusst zur Bar drängte, wollte Chloe ihre Neugierde stillen. Sie liebte Gossip. Als Amy von Avas Chance auf einen Flirt mit dem Barkeeper berichtete und von ihrem Verzicht auf eine heiße Nacht, fiel auch Chloe von einer Empörung in die andere. Olivia kam schließlich mit vier Wodka Redbull dazu, die sie mit selbstlosem Körpereinsatz erstaunlich schnell ergattert hatte und trotz Trunkenheit problemlos halten konnte. Auch sie schüttelte über Avas Züchtigkeit den Kopf und reichte ihr eins der Gläser.

„Ich trinke doch nix", versuchte es Ava, aber sie spürte selbst, dass sie den Bogen überspannte.

„Du trinkst nicht, du tanzt nicht, du fickst nicht … Bist du ein Roboter?", schrie Olivia selbst für den Club zu laut.

Einige Leute schauten amüsiert zu ihnen herüber.

„Nur heute nicht", sagte Ava leidend.

„Aber heute ist mein Geburtstag", entgegnete Amy.

Ava seufzte. Sie nahm den Drink – nur zum Anstoßen. Die Mädels jubelten, die Gläser klirrten, ein neuer Beat ertönte aus den zahllosen Boxen. Auch wenn Ava diesen Track nicht von den zahllosen davor unterscheiden konnte, kreischte Olivia, als ob Prinz Harry hinter ihnen stehen würde. Sie zog die anderen mit auf die Tanzfläche. Ava ließ es geschehen. Der Rhythmus der Musik erfasste ihren Körper, der Boden vibrierte, die Lasershow illuminierte den Saal. Kurz sah man die freigelegten Backsteinwände unter einer zehn Meter hohen Decke, an der Rohre und Kabelstränge offen verliefen. Room One – wie der große Saal schlicht hieß – lag zwei Etagen unter der Erde. Früher hatten sich darin Kühlhallen für die Produkte aus dem nahegelegenen Fleischmarkt befunden. Bei dem Gedanken stellte Ava sich unweigerlich von der Decke baumelnde Schweinehälfte anstelle der tanzenden Menschen vor. Sie musste grinsen. Amys und ihr Blick trafen sich. Auch die ausgelassen ihre Hüften schwingende Amy grinste – sie genoss ihren Abend.

Natürlich war es nicht geplant gewesen, dass Ava ausgerechnet an Amys Geburtstag die Spaßbremse geben würde. Bis zum späten Nachmittag hatte es auch nicht danach ausgesehen. Doch dann hatte ihr Dozent Ava das Budget für ihren Kurzfilm zerpflückt und die Genehmigung verweigert. Dabei waren die Dreharbeiten längst geplant. Ava hatte Monate dafür geschuftet, um alle Schauspieler und Crew-Mitglieder zusammenzubekommen, und jetzt drohte dieser frustrierte Ex-Filmemacher alles zu zerstören, weil sie neben zwanzig anderen Talenten, die das Filmstudium erforderte, nicht auch noch ein Buchhaltungsgenie war. „Großzügig" hatte er angeboten, ein überarbeitetes und um diverse Dokumente wie Drehplan und Dispo ergänztes Budget zu prüfen – sogar an seinem freien Wochenende – wenn es bis morgens um zehn Uhr in seinem E-Mail-Postfach landen würde. Damit war Avas Nachtschicht besiegelt gewesen, dummerweise nach dem Essen und dem Clubbesuch mit Geburtstagskind Amy. Ava hatte kein Problem damit, auch mal eine Nacht durchzuarbeiten – sie war belastbar. Aber betrunken und vom Tanzen ausgelaugt würde selbst ihr das Jonglieren mit den Zahlen schwerfallen. Mit dem heißen Barkeeper neben sich im Bett sowieso. Während sie mit den Mädels tanzte, sah sie den sexy Kerl hinter der Theke souverän die durstigen Massen bändigen und nahm sich vor, an einem anderen Abend in den Club zurückzukehren.

In diesem Moment geschah es.

Ava konnte das Gefühl nicht beschreiben. Auf jeden Fall war es verdammt unangenehm. Für den Bruchteil einer Sekunde fehlte ihr die Luft zum Atmen, ihr Magen drehte sich einmal komplett um, und ihr Herz stolperte. Sie hätte es ja gerne auf den Barkeeper geschoben, aber Begehren fühlte sich definitiv anders an.

„Boah, was war das denn?"

Neben Ava schüttelte sich Amy – sie hatte etwas Ähnliches erlebt. Als Nächstes verzog Chloe das Gesicht wie bei einer Wurzelbehandlung.

„Hey!", motzte Olivia im selben Moment. „Nimm deine Finger weg."

Jetzt sah Ava ihn auch. Den Mann, der sich hinter ihr vorbeigequetscht hatte. Er hatte sie flüchtig am Arm berührt, genau wie Olivia. Er murmelte „Sorry" und bahnte sich schnell den Weg Richtung Bar. Nur kurz konnte Ava sein Gesicht im Schein der blauen Laserstrahlen von der

Decke ausmachen. Der Mann passte nicht in den Club. Er war mit gut vierzig Jahren fast doppelt so alt wie die anderen Besucher. Sein gepflegter Vollbart, die gegelten schwarzen Haare und der teure, gutsitzende Anzug gaben ihm die Aura eines erfolgreichen Künstlers. Ava wusste nur zu genau, dass solche Leute andere Clubs bevorzugten.

„Hast du das auch gespürt?“, riss Amy Ava aus ihrer Beobachtung. „War das der Typ?“

„Aber was hat er denn gemacht?“

Olivia untersuchte die Stelle an ihrem Arm, auf die der Mann kurz seine Hand gelegt hatte. Ava musterte ihren Ellbogen, wo sie seine Berührung gespürt hatte. Dort war nichts zu sehen. Als sie wieder aufblickte, hatte sie den Kerl aus den Augen verloren. Allerdings hatte er Spuren hinterlassen. Rechts und links von ihr gab es gleich ein Dutzend Leute – Männer wie Frauen – die irritiert beim Tanzen innegehalten hatten oder sich unwohl schüttelten. Doch das schlechte Gefühl ging vorüber.

„Hat der uns mit Asterix eingerieben, oder was?“, fragte Chloe empört und scheuerte über ihr Handgelenk.

„Asterix?“, fragte Amy ungläubig.

„Dieses Zeug, das die in Amerika mit Briefen verschickt haben. Da sind Leute gestorben.“

„Hat der dir auch noch vor den Kopf gehauen?“, fragte Olivia amüsiert, denn Chloe schien wirres Zeug zu reden.

„Meinst du Anthrax?“, half Ava. „Milzbranderreger?“

„Anthrax – Asterix – ist doch alles dasselbe.“

Chloe rollte mit den Augen. Olivia lachte laut. Auch Amy kicherte. Der nächste Track drängte den Tanzenden seine Bässe auf. Olivia war die Erste, die wieder ausgelassen tanzte. Amy zog Chloe noch einen Moment mit Asterix auf, dann tanzten die beiden ebenfalls. Auch um die Frauengruppe herum bewegten sich längst wieder alle zu den Rhythmen der Musik. Der unangenehme Moment war vergessen. Ava ließ noch einmal ihren Blick durch den Club schweifen, doch von dem Bärtigen war nichts mehr zu sehen. Sie trank einen Schluck von ihrem Drink und beschloss, bald nach Hause zu gehen.

2

19 Stunden 27 Minuten

Ava hätte es kaum besser treffen können, als eine WG in Bloomsbury zu finden – einem Stadtteil, der für Künstler, Museen, Universitäten und auch die zahlreichen grünen Parks bekannt war. Von Charles Dickens bis Virginia Woolf hatten dort einige illustre Schriftsteller gelebt. Auch in der Gegenwart fand man einen Mix aus Kreativen, Studenten und Familien aus allen Ethnien. Tagsüber wimmelte es auf den Straßen von energiegeladenen Menschen, abends bevölkerten sie die zahllosen Bars und Restaurant. Mehrere Underground-Linien waren in Laufentfernung. Außerdem waren es nicht einmal zehn Minuten mit dem Rad bis zur Filmschule. Der Preis dafür waren selbstverständlich unverschämt hohe Mieten, so dass Leute mit geringem Budget sich nur klitzekleine Wohnungen leisten konnten.

Gegen Avas WG über einem bengalischen Halal-Laden war Harry Potters Unterkunft bei den Dursleys geradezu geräumig. Auch wenn Amy und sie nicht unter einer Treppe lebten, passte weder in das eine noch in das andere Zimmer mehr als ein Bett, ein kleiner Schrank und ein Schreibtisch. Um an Letzterem zu arbeiten, musste Ava auf dem Bett sitzen. Dieses wiederum war so schmal, dass man zu zweit „sowieso nur aufeinander liegen“ konnte, wie

Amy stets betonte, wenn sie einen Typen mit nach Hause brachte. Selbstredend waren die Wände nicht besonders dick, so dass Ava über jeden einzelnen Besuch ebenso informiert war wie über die merkwürdigen Kosenamen, die Amy ihren Liebschaften beim Sex gab. Ava war sich sicher, dass auch an Amys Geburtstag ein „Häschen“ zu erwarten war, weswegen sie sich frühzeitig aus dem Club verabschiedet hatte – um wenigstens noch ein oder zwei Stunden ohne animalische Geräuschkulisse aus dem Nebenzimmer arbeiten zu können.

Die Wohnung befand sich im dritten und obersten Stock des irre schmalen Hauses in einer Reihe von weiteren irre schmalen Häusern, die schon mehrere Jahrhunderte auf dem Buckel hatten und auch so aussahen. Ursprünglich war es einmal ein Stadthaus für eine ganze Familie gewesen, aber der Besitzer hatte mit wenig Aufwand besagte kleine Wohnungen daraus gemacht. So klein, dass sich Amy und Avas Küche im Flur befand – beim Spülen bekam man gerne mal die Wohnungstür in den Rücken. Dort machte Ava sich gegen halb drei einen starken Kaffee, um sich dann umgehend an den Schreibtisch zu begeben. Es gab viel zu tun. Drehplan und Disposition waren eigentlich Arbeiten gewesen, für die sie in der nächsten Woche zwei Tage reserviert hatte. Das Gute an der nächtlichen Sitzung war, dass sie diese Tage dann für anderes frei haben würde. Ihr Kurzfilmprojekt über eine Soldatin mit einer bipolaren Störung war ambitioniert, Zeit der wichtigste Faktor für das Gelingen. Und natürlich Geld, von dem es von der Filmschule nie genügend gab. Aber Ava war immer schon gut darin gewesen, Leuten Mithilfe oder andere Unterstützung gegen eine Nennung im Abspann abzuquatschen. Für die Kunst. Für den Filmnachwuchs. Entsprechend improvisiert war bisher das Budget gewesen, das nun aber absolut hieb- und stichfest abgesichert sein musste. Noch einmal wollte sie sich von diesem aufgeblasenen Dozenten nicht anhören, dass sie „nichts geschenkt bekam." Als ob sie jemals darum gebeten hätte, irgendeinen Vorteil zu bekommen. Natürlich nutzte sie dann und wann ihr Aussehen: Die großen, fast schwarzen Augen, die ebenso dunklen Haare mit einem kessen Kurzhaarschnitt und ihre sportliche Figur sprachen bei ihrer Körpergröße nicht nur Männer an. Auch wenn Ava es hasste: Es war eine Art Kindchenschema, das die Menschen ihr zugewandt sein ließ. Doch auch das süßeste Kindchenschema brachte einem kein begehrtes Stipendium ein und drehte auch keine Filme. Im Gegenteil: Ava musste bei Dreharbeiten als Regisseurin besonders viel Energie und Geduld aufbringen, weil sie nicht ernst genommen wurde. Nur mit harter Arbeit war sie dorthin gelangt, wo sie nun war. Und mit so mancher durchgearbeiteten Nacht.

Als Ava nach zwei Stunden angesichts des Zahlenwusts bereits der Schädel brummte, hörte sie Amy nach Hause kommen. Alleine. Ihre Mitbewohnerin tappste über die knarrenden Holzdielen und erschien müde, aber glücklich in der Zimmertür, die abgelaufenen Pumps in ihrer Hand.

„War's noch schön?", fragte Ava.

Amy nickte stumm und musterte Ava einen Augenblick.

„Du arbeitest zu viel, Süße."

„Ich muss."

„Wirklich? Ist das dein Leben? Nur arbeiten?"

Ava konnte wunderbar mit Amy witzeln und Spaß haben. Aber manchmal blickte sie auch die große Schwester an, und binnen Sekunden wurde es sehr ernst.

„Soll ich dir ein Geheimnis verraten?", fragte Ava zurück. „Ich sehe Filmemachen nicht als Arbeit. Es ist mein Leben."

Amy lächelte.

„Aber es ist so ein Kampf. Ich sehe dich nur kämpfen."

Ava zuckte mit den Schultern. Damit hatte Amy nicht unrecht. Trotzdem konnte Ava nicht anders. Dafür hatte sie schon viel zu viel Kraft investiert.

„Ich versteh's nicht", schob Amy hinterher. „Ich würde dein Tempo und deine Disziplin nicht durchhalten."

„Weißt du: Ich kann gar nicht mehr zählen, wieviele Leute nie an mich geglaubt haben, immer noch nicht an mich glauben. Die nur das süße, kleine Mädchen sehen und denken, dass ich es eh nicht packe. Du kannst dir nicht vorstellen, wie gerne ich deren Erwartungen enttäuschen würde."

Amy grinste. Dann wurde sie wieder ernster.

„Ich glaube an dich."

„Das weiß ich. Danke."

Die beiden jungen Frauen schauten sich einen Moment lang an. Ava war so glücklich, Amy gefunden zu haben. Auch wenn sie damals erleichtert gewesen war, die hässliche Stadt an der Ostküste Englands endlich verlassen zu können, so hatte die Metropole London ihr auch Angst bereitet. Sie hatte befürchtet, von den Menschenfluten einfach weggespült zu werden. Doch Amy war ihr Anker geworden. Diese verdammt kleine Wohnung war bereits mehr ein Zuhause als das Reihenhäuschen ihrer Eltern in Middlesbrough.

Amy gähnte.

„Mach' nicht zu lang", murmelte sie.

Ava nickte, obwohl sie wusste, dass es selbst mit der Deadline um zehn Uhr knapp werden würde.

„Gehst du jetzt ernsthaft alleine schlafen?", fragte sie, als Amy in ihr Zimmer gehen wollte. „Oder sucht dein Betthupferl noch einen Parkplatz?"

Amy lachte. Dann schüttelte sie den Kopf.

„War nichts dabei heute. Dieser Barkeeper ist mir noch hinterhergelaufen, aber wir nehmen ja nicht jeden, oder?"

Ava musste grinsen. Natürlich nahm Amy nicht jeden, aber so wählerisch war sie normalerweise auch wieder nicht, wenn sie Lust auf ein Abenteuer hatte – und das war für ihren Geburtstag eigentlich beschlossene Sache gewesen.

„Du hast keinen Mann mitgebracht, damit ich in Ruhe arbeiten kann", sprach Ava aus, was sie in diesem Moment verstanden hatte.

Amy zuckte mit den Schultern. Ava spürte einen Kloß im Hals. Diese schlecht gekleidete und manchmal einfach gestrickte Frau war der einzige Mensch, den sie als echte Freundin bezeichnen würde.

„Gute Nacht", sagte Amy und verschwand nun aber wirklich in ihr Zimmer, von wo Ava sie schon wenig später schnarchen hören konnte.

3

September 1815

Keith Jones hatte üble Laune. Das erkannte Ivor bereits, als er den stämmigen Mann mit dem hochroten Gesicht aus der Ferne sah – vor dem alten Steinhaus, das wenige Meter vom Fluss Shin gelegen war. Noch nie hatte er diesen Mann gerne beliefert. Er war ein Gehilfe des brutalen Verwalters der Gräfin Sutherland. Für sie wurden reihenweise Menschen von ihren Höfen vertrieben. Die unrentablen Farmen sollten Weideland für Schafen Platz machen. Keith Jones war ein Meister darin, Farmen abzubrennen. Er hatte eine wahre Freude daran.

Ivor zog den schweren Holzwagen von der Straße nach Lairg auf den lehmigen Weg, der zu Jones' Haus führte. Liam schob so gut er konnte von hinten, aber der Junge war völlig entkräftet. Ihn plagte schon wieder der Husten. Glücklicherweise war die Lieferung für Jones die letzte des Tages.

„Ihr seid spät", brüllte der Brandstifter im blau-grünen Kilt von Clan Sutherland.

Das waren sie nicht, aber Ivor wusste, dass es keinen Sinn hatte zu widersprechen. Er stoppte den Wagen vor dem Eingang zu dem noblen Steinhaus. Einst hatte es einem Highlander vom Clan Gordon gehört, aber dessen Familienzweig war nach der Schlacht von Culloden ausgelöscht worden. Die Gräfin hatte das damals verfallene Haus dem Gehilfen ihres Verwalters überlassen, obwohl nicht einmal sicher war, dass Clanblut in ihm floss. Eins musste man Jones oder vielmehr seiner Frau lassen: Sie hatten aus der Ruine etwas gemacht. Wahrscheinlich waren sie auch deswegen immer so darauf bedacht, dass die neu verlegten Holzböden makellos rein waren. Kaum jemand in der Gegend kaufte so viel und so regelmäßig bei Ivor den feinen Sand aus den Höhlen am Beinn an Eoin.

Ivor lud unter den kritischen Blicken von Jones die Säcke mit dem Sand ab. Auch Liam nahm einen und hatte sichtliche Mühe, die Last zur Haustür zu schleppen. Dort war mittlerweile der Sohn von Jones erschienen. Ivor wusste nicht, wie der feiste Junge mit dem ebenfalls hochroten Gesicht hieß, aber er war ungefähr so alt wie Liam – dreizehn, vielleicht vierzehn. Die beiden Jungen konnten nicht unterschiedlicher aussehen. Der Jones-Bursche wog mindestens das Doppelte wie Liam. Seine rotblonden Haare waren voll, die Fingernägel sauber, die Augen hatten keine roten Ränder. Anders als bei Liam, dem der Sandabbau in der Höhle mehr zu schaffen machte als den Erwachsenen. Trotzdem ließ Ivors Sohn sich seine Erschöpfung nicht anmerken und hievte seinen Sack neben die beiden, die Ivor an die Tür gestellt hatte. Der Jones-Junge machte sich einen Spaß daraus, den Sack mit Schlägen zu traktieren. Mit unerklärlicher Wut rammte er seine Faust hinein. Liam trat zurück und ließ sich von dem Gebaren nicht beeindrucken.

„Hier", murmelte Jones und reichte Ivor acht Pennies.

Der karge Lohn dafür, dass die Jones den Sand nicht selbst von der Höhle oder gar den Stränden von Stoer bis zu ihrem Haus schleppen mussten.

„Ich danke Euch", sagte Ivor und verbeugte sich. „Nächste Woche wieder?"

Jones nickte.
„Muss ja. Die Frau scheuert den Boden, als ob es dafür ein Platz im Paradies gäbe. Jeden Tag."
Er lachte.
„Dabei kostet der Dreck mich ein Vermögen. Warum muss ausgerechnet ich das reinlichste Weib von ganz Schottland …"
Er stoppte, weil in diesem Moment ein leiser Knall und ein Rieseln hinter ihm zu hören war. Sein Junge hatte es mit seinen Fausthieben geschafft, den Sack umzuwerfen. Der feine Sand ergoss sich in den Eingangsbereich des Hauses. Doch als Jones seinen Sohn anblickte, zeigte der sofort mit spitzem Finger auf Liam.
„Er hat ihn umgeschmissen."
„Bist du von Sinnen?", fuhr Jones darauf Liam an, der mindestens einen Meter entfernt von dem Sack stand.
„Ich war das nicht", antwortete Liam reflexartig.
Dieser Satz schmerzte Ivor fast noch mehr als die falsche Beschuldigung durch den Jones-Jungen. Denn er wusste, was nun kam.
„Willst du sagen, mein Sohn lügt?", schrie Jones Liam an und löste bereits den Gürtel – auch wenn er mit dem nur noch an seine Jacke gepinnten Kilt grotesk aussah.
Es war, als ob er nur darauf gewartet hätte, jemanden verprügeln zu können. Das würde ganz sicher nicht sein eigener Sohn sein. Aber auch nicht Ivors Sohn.
„Ich war es", sagte der Sandmann mit entschlossener Stimme.
Jones blickte ihn überrascht an.
„Rede keinen Unsinn. Du standst vor mir. Ich hätte doch gesehen …"
„Ich war es", ging Ivor dazwischen und betonte dabei jedes Wort.
Liam würde die Schläge nicht überleben. Nicht so ge-

schwächt, wie er in den letzten Tagen durch den furchtbaren Husten gewesen war. Ivor hatte bereits drei Kinder und zwei Frauen verloren. Er würde nicht auch noch diesen Jungen verlieren.

„Ich war es", wiederholte er, weil Jones noch zögerlich zwischen Liam und seinem Vater hin- und herblickte.

„Nun gut", sagte der Mann mit dem Gürtel in der Hand. „Dann sollst du dafür bestraft werden."

Ivor sah, dass Liam seine Stimme erheben wollte, also bedeutete er ihm mit einer harschen Geste zu schweigen. Liam blickte betroffen zu Boden. Neben ihm feixte der Sohn von Jones. Ivor knöpfte sich das Hemd auf und zog es herab, so dass sein von der harten Arbeit geschundener Oberkörper zu sehen war. Er dreht Jones den Rücken zu, damit er ihn schlagen konnte. Als der Gürtel zum ersten Mal auf seine Haut niederraste, schwor Ivor, dass Liam niemals sterben würde, solange sein Vater lebte.

4

26 Stunden 57 Minuten

Die Buchstaben verschwammen bereits vor Avas Augen, als sie morgens einige Minuten vor zehn Uhr die Mail an ihren Dozenten formulierte. Die Mail, die das perfekt ausgearbeitete Budget nebst Drehplan und Disposition begleiten sollte. Ava spürte ein tiefes Gefühl der Genugtuung. Es war fast so stark wie damals, als sie ihren Eltern den Aufnahmebescheid für die London Film School plus Stipendium unter die Nase hatte halten können – nachdem Mum und Dad jahrelang sicher gewesen waren, dass die Filmerei nur ein anstrengender Spleen von Ava gewesen war, auf die im fernen London und in der großen Welt des Films ganz sicher niemand gewartet hatte. Ironischerweise hatte tatsächlich niemand auf sie gewartet. Im Gegenteil: Vom ersten Tag an hatte Ava sich als Außenseiterin gefühlt. Aus einfachen Verhältnissen kommend und ohne jegliche Verbindungen in die Londoner Filmszene. Im besten Fall hatten die Kommilitonen ihr unterstellt, dass sie das Stipendium für das extrem kostspielige Studium nur wegen ihres Aussehens oder als Quotenfrau bekommen hatte. Viele andere waren sich sicher gewesen, dass sie nicht einmal das erste Jahr überstehen würde. Doch dieses war nun fast vorbei, und ihr Film stand kurz vor dem Dreh. Ein Film, der nun auch ein ausgeglichenes Budget aufweisen konnte und damit seiner baldigen Realisierung entgegensah. Übermütig drückte Ava auf „Senden“ und ließ sich dann mit einem tiefen Seufzer nach hinten aufs Bett fallen. Geschafft.

Fast wäre sie auf der Stelle eingeschlafen, aber sie musste von den gefühlten zehn Litern Kaffee bereits seit geraumer Zeit auf die Toilette, so dass sie sich noch einmal aufrappeln konnte. Kurz überlegte sie zu duschen, weil ihr noch der Geruch des Kunstnebels aus dem Fabric in den Haaren klebte. Doch ihr fehlte die Kraft. Während sie sich immerhin abschminkte, spürte sie die tiefe Erschöpfung und die Vorfreude auf den Schlaf. Sie hatte für frühere Dreharbeiten bei ihren kleinen, improvisierten Filmen in Middlesbrough schon so manche Nacht durchgemacht und liebte es, danach vom Schlaf übermannt zu werden. Das war um so vieles besser, als ewig wach zu liegen, weil die To-Do-Liste in ihrem Kopf rumorte oder sie unlösbare Probleme wälzte. Das würde ihr heute nicht passieren. Sie würde binnen Sekunden tief und fest schlafen. Mittlerweile schmerzte das Gähnen schon an ihrem Kiefer. Sie zog sich in ihrem Zimmer aus, schlüpfte in das ausgeleierte T-Shirt, in dem sie bei den sommerlichen Temperaturen gerne schlief, und kuschelte sich unter ihre Decke. Sie schloss die Augen.

„But I would walk five hundred miles …“

Sie öffnete die Augen. Aus dem Nebenzimmer schallte „I’m gonna be“ von den Proclaimers zu Ava herüber. Sie musste lachen. Das war Amys Handywecker. Sie war wahrscheinlich an diesem Samstag mit Chloe und Olivia zum Brunch oder Shoppen verabredet. Ava wartete, dass ihre Freundin die Musik abstellte. Aber das Lied dudelte weiter vor sich hin.

„Amy!“, rief Ava, die nun wirklich, wirklich schlafen wollte.

„But I would walk five hundred miles …“

Ava stöhnte. Schließlich rappelte sie sich auf und ging nach nebenan. Erst musste sie lachen. Denn Amy lag in ihrem Cluboutfit und geschminkt auf dem Bett – so wie sie in der Nacht dort hingeplumpst sein musste: auf dem Bauch, den Kopf zur Seite gedreht. Sie hatte sogar noch das Handy in der Hand, aus dem die Proclaimers klangen.

„Amy!“, rief Ava noch einmal und rüttelte an der Schlafenden.

Keine Reaktion. Also griff Ava nach dem Handy, um zumindest schon einmal die Musik auszuschalten. Doch Amy hielt das Gerät fest in ihrer Hand. Ungewöhnlich fest. In einer ungewöhnlich kalten Hand. Was war mit ihr los? Ava hatte Mühe, den Körper zu bewegen. Unter Aufbringung all ihrer Kraft drehte sie Amy auf den Rücken. Die Arme ihrer Freundin fielen zur Seite. Sie regte sich nicht. Sie atmete nicht. Panik befiel Ava, die schnell ihre Finger an Amys Hals legte. Dieser war nicht nur viel zu kalt, sondern gab auch nicht den Hauch eines Pulsschlags preis. Amy war tot.

5

27 Stunden 20 Minuten

Achtzehn Minuten später wimmelte es in der Mini-Wohnung von Menschen. Neben einem Notarzt mit Sanitäter waren zwei Kriminalpolizisten und drei Leute von der Spurensicherung aufgetaucht. Im Laufschritt. Die Spurensicherer zogen sich im Hausflur weiße Ganzkörperanzüge an, quetschten sich dann an Ava vorbei, während der Notarzt den Körper von Amy akribisch untersuchte. Den Tod hatte er ziemlich schnell festgestellt. Amy musste bereits kurz nach dem Einschlafen gestorben sein.

Ava hatte die ganze Zeit ihr Handy am Ohr. Erst hatte sie den Notruf gewählt, wo man sofort hellhörig geworden war, als sie von der toten Freundin berichtet hatte, für deren Ableben es aus Avas Sicht keinerlei Erklärung gab. Gleich mehrfach hatte sie der Frau in der Notrufzentrale versichern müssen, dass Amy keine Drogen zu sich genommen hatte. Sie war noch nicht einmal überdurchschnittlich betrunken gewesen. Und Medikamente nahm sie Avas Wissens nach auch nicht.

Seit dem Gespräch mit der Notrufzentrale versuchte sie, abwechselnd Olivia und Chloe zu erreichen. Chloes Handy war ausgeschaltet, und Olivia ging nicht dran. Wahrscheinlich schliefen beide noch. Ava wollte etwas tun. Das war ihr Umgang mit Stresssituationen. Sie funktionierte, sie löste

Probleme. Wie bei all den unvorhergesehenen Desastern, die sich während Dreharbeiten fast zwangsläufig einstellten. Sie war gut darin. Es half nebenbei, ihre Gefühle zu verdrängen. Gefühle, die ihr die Luft zum Atmen nahmen. Sie schob das schwarze Loch auch jetzt weg und versuchte es noch einmal bei Olivia. Amy und sie kannten sich seit der Grundschule. Olivia hatte garantiert die Nummer von Amys Eltern, die zu informieren Ava für ihre verdammte Pflicht hielt. Wenn sie Amy schon nicht hatte retten können, dann wollte sie doch irgendetwas anderes für sie tun. Für die Frau, die immer für sie da gewesen war. Wieso ging Olivia nicht an ihr Handy?

„Können Sie das jetzt mal weglegen?", fuhr der Kriminalpolizist sie an.

Der kräftige Vierzigjährige mit der abgetragenen Lederjacke und dem Schnauzbart hatte sich als Detective Sergeant Huck vorgestellt. Er kam genauso wie seine Kollegin Detective Chief Inspector Delaney von der Metropolitan Police – auch bekannt als Scotland Yard. Delaney war eine dunkelhäutige, kompakte Frau im selben Alter wie der Kollege. Wenn sich Ava richtig an ihre Lieblingsserien über diverse Londoner Polizisten erinnerte, war die Frau mit den zu einem Pferdeschwanz gebundenen Haaren als DCI die Chefin des unfreundlichen Mannes. Dennoch führte er das Wort. Ava gehorchte und nahm das Handy herunter. Er winkte sie aus dem Flur in ihr Zimmer, wo sie zu dritt auf drei Quadratmetern standen. Ava machte sich auf eine Befragung gefasst, wie sie diese aus Krimis kannte. Dabei hatte sie keinen blassen Schimmer, was passiert war. Amy war drei Meter von ihr entfernt im Schlaf gestorben. Ohne jeglichen Fremdeinfluss. Eine fünfundzwanzigjährige, gesunde Frau. Wie konnte das sein? War Ava angesichts dieser Umstände am Ende selbst eine Verdächtige? Schaute der Polizist sie deswegen so kritisch an, während er einige Fotos aus seiner Lederjacke zog?

„Ihre Mitbewohnerin ist die fünfte Person heute Morgen, die ohne erkennbare Einwirkung tot aufgefunden wurde“, erklärte er ansatzlos.

Ava staunte. Allmählich verstand sie, warum man so schnell und so zahlreich bei ihr erschienen war. DS Huck war nicht angespannt, weil er Ava verdächtigte, sondern weil sich hier eine größere Sache entfaltete.

„Ich zeige Ihnen jetzt Bilder der anderen Toten, und Sie überlegen bitte, ob Sie irgendjemand davon aus dem Umfeld der Verstorbenen kennen? Haben Sie das verstanden?“

Er redete mit Ava wie mit einer geistig Zurückgebliebenen – was Angehörige von Verstorbenen wahrscheinlich oft auch waren. Doch Ava funktionierte. Sie wollte Amy helfen. Sie nickte. Er zeigte ihr ein erstes Foto. Das Gesicht eines jungen Mannes. Kurze, dunkle Haare, Hipsterbart, schwarzes Hemd. Er hatte im Sitzen den Kopf an das Fenster einer U-Bahn gelehnt. Die Augen waren geschlossen. Er schlief friedlich. Wie Amy.

„Dieser Mann wurde heute Morgen um fünf Uhr an der Endstation der Metropolitan Line in Uxbridge gefunden. Kennen Sie ihn?“

Ava kam das Gesicht durchaus bekannt vor. Aber sie konnte es nicht einordnen. Es war ganz sicher niemand aus dem Umfeld von Amy.

„Ich bin mir nicht sicher.“

„Was heißt das?“, bellte Huck sofort.

Ava schaute Hilfe suchend zu der Polizistin, die die Befragung regungslos, aber auch hoch konzentriert verfolgte.

„Ich hab’ das Gefühl, ich hab’ ihn irgendwo schon mal gesehen, aber … es ist kein Freund von Amy.“

Huck tauschte einen Blick mit DCI Delaney aus. Sie nickte kurz, also präsentierte er Ava ein weiteres Foto. Dieses Mal waren gleich zwei Personen zu sehen. Ein Pärchen mit geschlossenen Augen. Es war von oben fotografiert, lag in einem hässlichen Designerbett, die Frau mit den blonden, langen Haaren und dem sexy Negligee hatte sich an den Mann gekuschelt, ihr Arm lag auf seiner Brust. Er war nur halb von der Seidenbettwäsche bedeckt, man sah seinen kräftigen, nackten Oberkörper. Vor allem aber sah man sein Gesicht. Es ließ Ava den Atem stocken.

„Dieses Paar wurde heute Morgen von der Putzfrau in einer Wohnung in …"

„Er war gestern im Club", unterbrach Ava Huck aufgebracht. „Sie auch. … Der auch."

Sie zeigte zuletzt auf das erste Foto mit dem jungen Mann in der U-Bahn. Ihr Finger zitterte dabei. Sie war sich ganz sicher. Der bullige Dwayne Johnson hatte an der Bar neben ihr gestanden, als sie mit dem Barkeeper geflirtet hatte. Sie hatte später gesehen, wie er seiner Freundin die endlich ergatterten Drinks gebracht hatte. Der Frau, die neben ihm im Bett gestorben war. Und den jungen Typen hatte sie auch an der Bar gesehen.

„Alle Opfer waren heute Nacht im Fabric?", hakte Delaney nach.

Ava nickte. Delaney gab ihre passive Rolle auf. Während Huck plötzlich einen Schritt zurückging und sein Handy zückte, nahm die Polizistin die Fotos von ihm.

„Der hier auch?", fragte sie und zeigte Ava das letzte Bild.

Es tat weh. Auf so vielen Ebenen. Dieses Bild zementierte die Gewissheit, dass das Sterben nicht von einer natürlichen Ursache herrührte, sondern mit der Nacht im Club zu tun hatte. Es haute Ava mit aller Wucht die Erkenntnis ins Gesicht, dass auch Chloe und Olivia gefährdet waren. Dass es einen furchtbaren Grund geben konnte, warum sie nicht ans Handy gingen. Ava kapierte, dass auch sie selbst gefährdet war – wodurch auch immer. Das Bild schmerzte aber auch deswegen, weil sie den sexy Barkeeper wirklich gerne wiedergesehen hätte. Lebendig. Das Foto zeigte sein schönes Gesicht mit geschlossenen Augen auf ein weißes Kissen gebettet. Er lag auf einem schicken Futon. Alleine.

„Der Barkeeper", hauchte Ava, die allmählich doch nicht mehr funktionierte.

„Aus dem Fabric? Sicher?"

„Ganz sicher."

Weit entfernt hörte sie Huck am Handy mehr schreien als reden. Er wollte seinem Gesprächspartner die neueste Erkenntnis weitergeben, aber hatte erfahren, dass es weitere Tote gab. Also ließ er den Kollegen überprüfen, ob die Toten im Fabric gewesen waren. Gleichzeitig klingelte Avas Handy. Sie zog es instinktiv aus ihrer Tasche. Das Display kündigte Olivia an. Ava fiel ein Stein vom Herzen.

„Olivia?", rief sie ins Handy, sobald sie es sich ans Ohr gehalten hatte.

„Ähm, wer ist denn da?", kam die verunsicherte Stimme eines älteren Mannes zurück. „Warum rufen Sie die ganze Zeit an?"

„Ava ist mein Name. Eine Freundin von Olivia. Ist sie okay? Wo ist sie?"

Keine Antwort. Sie hörte im Hintergrund eine Frau schluchzen. Es klang nicht nach Olivia, sondern viel älter. Ava wurde es schlecht. Sie erinnerte sich, dass Amys Freundin noch bei ihren Eltern lebte. Der Mann am anderen Ende der Leitung konnte nichts sagen. Ihm hatte die Stimme versagt.

„Ist sie okay?", wiederholte Ava mit Kloß im Hals, obwohl sie die Antwort bereits kannte.

„Sie sieht so friedlich aus", antwortete die erstickte Stimme.

Ava spürte die Tränen auf ihren Wangen. Sie konnte nicht mehr verdrängen. Funktionieren schon einmal gar nicht. Was war hier los?

„Noch jemand?", fragte Delaney erstaunlich mitfühlend.

Ava nickte. Delaney wollte noch etwas sagen. Doch in dem Moment packte Huck seine Kollegin am Arm und zog sie unsanft aus Avas Zimmer.

„Was machst du?“, fuhr seine Vorgesetzte ihn an.

„Wir haben noch zwei Tote, die im Fabric waren“, erklärte er aufgebracht mit Blick auf sein Handy. „Das muss sowas wie ein tödlicher Virus sein.“

Mit diesen Worten blickte er zu Ava, die mit ihrem Handy am Ohr hilflos neben ihrem Bett stand.

„Sie bewegen sich nicht von der Stelle“, befahl der Polizist.

Dann knallte er die Tür zu, als ob ihn aus Avas Zimmer ein wildes Tier anspringen wollte. Ava blieb alleine zurück.

„Sie sieht so aus, als ob sie schläft“, kam es aus ihrem Handy.

6

28 Stunden 4 Minuten

Der nächste Mensch, den Ava zu sehen bekam, war gelb. Vielmehr steckte er in einem komplett gelben Gefahrenanzug, der nur im Gesichtsbereich durchsichtig war. Aber da die Person darunter auch noch eine Schutzbrille und eine Gasmaske trug, konnte Ava nicht einmal sagen, ob es ein Mann oder eine Frau war.

Ein weiterer gelber Mensch im Flur konnte sich in seinem Anzug nur unbeholfen bewegen und stieß an das Küchengeschirr und an die Bilder an den Wänden. Noch einer begleitete Ava durch einen Vorbau aus Zeltplanen ins heruntergekommene Treppenhaus. Der gesamte Eingangsbereich vor ihrer Wohnung war abgesichert worden, während sie hilflos in ihrem Zimmer gewartet hatte. Bevor sie den Bereich mit den Zeltplanen verließ, wurde Ava ein Mundschutz angelegt. Blecherne Stimmen aus den Anzügen erklärten, dass das alles reine Vorsichtsmaßnahmen wären. Dass man sie in ein Krankenhaus bringen würde. Ava konnte sich gerade noch ihren geliebten, kleinen Lederrucksack mit Portemonnaie und Handy schnappen, musste aber ansonsten in der hastig angezogenen Jeans und ihrem Schlaf-T-Shirt mitgehen. Doch was wäre das passende Outfit gewesen, wenn man als menschliche Zeitbombe aus seiner Wohnung geholt wurde?

Auch der Eingang zum Haus war weiträumig abgesichert, der Halal-Laden war geschlossen. Der sonst so freundliche Mister Basu stand mit gerunzelter Stirn hinter seiner Ladentür. An einer Absperrung hatten sich Schaulustige versammelt, die bei Avas Anblick unwillkürlich ein paar Schritte zurück machten. Die kleine Straße mit den Cafés und von Ava so geliebten Läden war für den Verkehr gänzlich gesperrt. Sie wurde in einen nahestehenden Krankenwagen verfrachtet, der mit Blaulicht und Sirene startete, sobald sie und einer der gelben Anzüge auf zwei Sitzen neben der unbenutzten Liege Platz genommen hatten.

„War jemand bei Chloe Fisher?", fragte Ava, als sie sich einigermaßen mit der neuen Situation abgefunden hatte.

Sie hatte Chloes Adresse durch die geschlossene Zimmertür gebrüllt. Delaney hatte versprochen, eine Einheit hinzuschicken. Das war eine gefühlte Ewigkeit her.

„Darüber habe ich keine Informationen", kam es knapp aus dem Anzug.

Auch Olivias Vater hatte nichts von Chloe gehört. Ava hatte noch einen Moment mit ihm geredet und ihn gebeten, sofort die Polizei zu rufen, weil es – so undenkbar es auch klang – noch größere Probleme gab als den Tod seiner Tochter. Die Hilflosigkeit des liebenden Vaters hatte Ava die Kehle zugeschnürt. Sie hatte noch mehr mit ihm reden wollen, aber Delaney hatte durch die Tür angeordnet, dass sie nicht mehr telefonieren sollte. Mit niemandem. Nicht, solange die Situation nicht unter Kontrolle war. Delaneys Stimme hatte dabei so geklungen, als ob überhaupt nichts unter Kontrolle gewesen wäre. Sie hatte auf weitere Rufe von Ava nicht mehr reagiert, auch nicht, als diese endlich wieder einen klaren Gedanken hatte fassen können und sich an etwas erinnert hatte.

‚Asterix', dachte sie auch dort im Rettungswagen, der sich mit kreischenden Sirenen den Weg durch den dichten Londoner Verkehr bahnte.

„Hören Sie, ich habe vielleicht einen wichtigen Hinweis. Da war ein Mann, der uns berührt hat, und …"

„Sagen Sie das der Polizei", unterbrach sie der gelbe Anzug. „Sie werden im Krankenhaus befragt."

Er konzentrierte sich darauf, in dem klobigen Anzug nicht von seinem Sitz gerissen zu werden, wenn der Wagen scharf in eine Kurve fuhr. Ava blickte durch das Sichtfenster des Anzuges und der darunter befindlichen Gasmaske. Endlich fand sie ein Paar Augen. Doch dieses menschliche Zeichen hinter dem anonymen Anzug beruhigte sie nicht. Denn sie sah Angst. Wenn jemand, der professionell mit solchen Situationen umzugehen gewohnt war, Angst hatte, war dies kein gutes Zeichen.

Bis zu diesem Moment hatte sie ihre eigene Angst verdrängen können. Jetzt wurde ihr Brustkorb so eng, dass sie die Luft mit Gewalt hineinpressen musste. Stand es wirklich so schlecht um sie? War es das mit ihr? Jetzt bloß nicht in Panik verfallen. Ava zwang sich, die Situation nüchtern zu betrachten: Wovor genau hatte der gelbe Mensch Angst? Dass Ava ihn anstecken könnte? Was für ein Virus sollte das sein? So etwas wie Ebola oder auch der von Chloe angesprochene Milzbrand gingen mit furchtbaren äußeren Anzeichen einher. Fieber, Erbrechen, Schmerzen. Amy hatte keinerlei Beschwerden gehabt. Die anderen Toten sahen nicht so aus, als ob sie gelitten hätten. Auch Ava ging es körperlich gut. Wenn ihr Ende unmittelbar bevorstand, dann würde es kein brutaler Todeskampf sein. Würde sie auch einfach friedlich einschlafen und nie wieder aufwachen? Ihr drängte sich ein Gedanke auf: Sie hatte noch nicht geschlafen seit dem Abend im Fabric. Das war der entscheidende Unterschied zwischen ihr und den Toten. Vielleicht trat der Tod erst ein, wenn man schlief. Sie wollte sich gerade mit dieser Erkenntnis an den Menschen vor ihr wenden, als der Rettungswagen abrupt stoppte. Sie waren angekommen.

Der gelbe Anzug sprang auf, öffnete die Tür und geleitete Ava aus dem Wagen. Sie standen auf dem Innenhof des St Bartholomew's – kurz Barts genannt – dem ältesten Krankenhaus der Stadt mitten in der City of London. Dort herrschte Chaos. Es waren mehr oder weniger gleichzeitig noch drei andere Wagen angekommen, die kreuz und quer zwischen Bäumen und Sitzbänken parkten. Vor dem Eingang zu dem modernen Neubau des Krankenhauses standen mehrere gelbe Anzüge bei Ärzten mit Mundschutz oder auch ohne. Man diskutierte wild, als Ava sich mit ihrem Begleiter der Gruppe näherte.

„Stopp!", fauchte ein älterer Arzt sie schon aus der Ferne an.

Der Anzug ließ Ava stehen und ging alleine zu dem Mann. Es folgte eine hitzige Auseinandersetzung, von der Ava nur Fragmente verstand. Man war sich uneinig darüber, wie gefährlich die angelieferten Personen waren. Der Anzug hatte unterwegs erfahren, dass die ersten untersuchten Toten keine Anzeichen von Viren oder Bakterien aufwiesen, was dem Arzt aber nicht reichte – schließlich war er derjenige, der keinen Anzug trug. Die geschützte Person, die Ava hierhergebracht hatte, musste allerdings weiter, weil es noch mehr Leute einzusammeln galt und dabei von oben äußerste Dringlichkeit vermittelt wurde. Die Situation schien alle zu überfordern. Der Arzt weigerte sich noch für einen Moment, Patienten ohne Schutzzelte und zusätzliche Anzüge für sein Personal anzunehmen, auch war die Station noch gar nicht richtig vorbereitet, aber als in seinem Rücken ein gelber Anzug zwei junge Männer – von denen einer bitterlich heulte – direkt an ihm vorbeiführte, gab er haareraufend auf. Ava wurde von ihrem Anzugmenschen geholt und durch den Hintereingang in den Neubau gebracht. Das Personal des Krankenhauses hielt respektvoll Abstand. Nur einer von ihnen – als einziger nicht in Blau wie die Ärzte und

Krankenschwestern gekleidet, sondern im Grün der Sanitäter – trug keinen Mundschutz. Dafür starrte er Ava umso intensiver an. Ein gut gebauter Mann, Ende zwanzig, mit markanten Gesichtszügen, rotbraunen Haaren, die ihm wirr in die Stirn hingen, und grünen Augen. Aus diesen blickte er Ava traurig und zugleich wütend an, als ob ihr Schicksal ihn persönlich berühren würde. War sie wirklich dem Tod geweiht? Sie konnte kaum den Blick von der stolzen Erscheinung nehmen, die sie nicht aus den Augen ließ.

„Halten Sie Abstand", hörte sie plötzlich die Person im gelben Anzug rufen.

Es war nicht an sie gerichtet. Ava sah, dass sich auf dem Flur eine ältere Frau in Zivil näherte, die Ava das Foto einer jungen Frau entgegenstreckte.

„War sie im Fabric?", rief die Frau und deutete auf das Foto. „Angela heißt sie. Haben Sie sie gesehen?"

Ava kannte die Frau auf dem Bild nicht. Überfordert schüttelte sie den Kopf und ließ sich weiterziehen. Die verzweifelte Frau mit dem Foto wurde von einem Arzt aus dem Gang gedrängt – während vom Innenhof weitere gelbe Anzüge in der Begleitung von einzelnen, verunsicherten Personen auftauchten. Ava schaute nach vorne, denn sie waren stehen geblieben. Vor einer Türschleuse. Zwischen den zwei hermetisch abriegelnden Türen musste Ava mit dem gelben Anzug warten. Erst als buchstäblich grünes Licht gegeben wurde, ging es weiter. Wer hier vor wem oder was geschützt wurde, konnte Ava beim besten Willen nicht sagen. In der Station hinter der Schleuse roch es nach frischer Farbe. Die Fußleisten waren noch abgeklebt. Es hingen leere Schilder an den Türen. Offenbar war dies ein renovierter Bereich, der eigentlich noch gar nicht in Betrieb war. Hinter einem verglasten Empfang befanden sich Ärzte und Krankenschwester in einer Besprechung. Sie unterbrachen diese, um Ava mit kritischem Blick auf ihrem Weg den Flur entlang zu begleiten. Sie wurde von dem gelben Anzug unweit des Eingangs in einen Wartebereich mit Sitzgelegenheiten gebracht, wo bereits die beiden jungen Männer saßen, denen sie auf dem Hof begegnet waren. Eine Wand war roh verputzt, zwei Sitzreihen noch nicht angeschraubt. Man ließ Ava mit den beiden Männern alleine. Der blonde, kräftige Typ hatte den Arm um seinen schmalen Freund mit den lockigen, langen Haaren gelegt. Ein hübscher junger Mann, den auch die vom Weinen geröteten Augen nicht entstellen konnten. Ava ging zu ihnen. Sie konnte und wollte jetzt nicht sitzen. Sie wollte Antworten.

„Wart ihr auch im Fabric?", fragte Ava.

Der Blonde nickte.

„Wir beide und seine Freundin", sagte er mit harter Stimme.

Die Freundin war an diesem Morgen nicht erwacht. Da war Ava sich sicher. Es nahm ihr wieder die Luft zum Atmen, aber gleichzeitig war das Auftauchen der beiden Männer auch ein Zeichen der Hoffnung.

„Habt ihr geschlafen?", fragte sie vorsichtig.

Der Lockenkopf schaute sie irritiert an.

„Sonst hätte ich ja wohl gemerkt, wie's ihr geht", schoss er gereizt hervor.

„Sorry, so meinte ich das nicht. Ich … Es tut mir leid."

Sie senkte den Blick. Nicht nur, weil sie ihm nicht hatte zu nahe treten wollen, sondern auch weil er ihre Erleichterung nicht sehen sollte. Die Männer waren im Club gewesen, sie hatten geschlafen, und sie lebten. Nicht alle Besucher des Clubs mussten zwangsläufig sterben, wenn sie einschliefen.

Wie um sie zu bestätigen, brachte man weitere Leute zu ihnen. An eine dunkelhäutige Frau mit Nasenpiercing konnte sich Ava gut erinnern. Sie hatte für eine Weile mit ein paar Freundinnen neben ihr gestanden. Ava erfuhr bald, dass zwei dieser Freundinnen nicht mehr lebten. Es war grausam. Immer mehr Menschen wurden gebracht, von denen nicht wenige ähnliche Geschichten berichten konnten. Immer wieder derselbe furchtbare Ablauf: Die in der Nacht noch ausgelassen Tanzenden aus dem Club hatten am Morgen tot im Bett gelegen. Friedlich eingeschlafen ohne erkennbare Ursache. Ein Mann war neben seiner toten Ehefrau erwacht. Eine junge Touristin aus Spanien neben ihrem One-Night-Stand, den sie im Club kennengelernt hatte. Ein Flur in einem Studentenwohnheim hatte gleich drei Tote zu beklagen. Bei einem Junggesellinnenabschied war die Braut am Morgen im Haus ihrer Eltern nicht mehr erwacht. Und so ging es weiter und weiter. Ava versuchte, die Opfer zu zählen, aber nachdem sie bei mehr als zwei Dutzend angelangt war, hörte sie auf.

Natürlich spekulierten einige der Überlebenden wild, was passiert sein könnte. Ein Gasanschlag, Viren und sogar Gift in den Getränken des Clubs wurden als Ursachen diskutiert. Von den Polizisten, Ärzten oder den obligatorischen gelben Anzügen hatte niemand etwas erfahren. Aus den Medien hatten einige auf der Fahrt ins Barts entnehmen können, dass offiziell von einem „ernstzunehmenden Vorfall“ die Rede war, bei dem man „nichts ausschloss“, aber weder Opferzahlen noch Ursachen waren bekannt gegeben worden. In dem Krankenhausbereich, in dem sie sich nun befanden, hatte niemand Handyempfang, so dass man auch nicht nach weiteren Informationen suchen konnte. Ava hörte sich die Spekulationen eine Weile an und fragte dann nach, wer sich außer ihr an den Mann mit dem Bart erinnerte. An das komische Gefühl, das man hatte, nachdem man von ihm berührt worden war. Konnte es sein, dass er etwas mit der Sache zu tun hatte? Ava erntete nur befremdete Blicke. Niemand konnte sich an den Mann erinnern, an ungute Gefühle. Ob sie sexuell belästigt worden war, wollte eine Frau wissen. Zwei andere bestätigten immerhin, dass sich ihre verstorbenen Begleitungen auch über plötzliche Übelkeit beklagt hätten, aber von dem beschriebenen Mann mit Bart hatte niemand etwas berichtet. Ava wurde unsicher. Letztlich wusste sie nicht, ob das schlechte Gefühl überhaupt mit ihm im Zusammenhang gestanden hatte. Ihre Schlaftheorie behielt sie gänzlich für sich – zumal sämtliche Ankommenden in der Nacht geschlafen hatten. Vielleicht hing das alles gar nicht miteinander zusammen. Weder mit dem Schlaf, noch mit dem fremden Mann. Vielleicht war er nur an ihnen vorbeigegangen, während das giftige Gas von woanders auf sie geblasen worden war – eine der beliebteren Theorien in der aufgebrachten Gruppe. Andere hielten diese für Schwachsinn und glaubten eher an atomare Strahlungen. Es führte zu nichts. Wenigstens waren sich alle einig, dass man sich gesund fühlte. Warum hatte es die anderen getroffen, sie selbst aber nicht? Und die wichtigste Frage, die immer wieder durch den bald mit knapp vierzig Leuten überfüllten Raum waberte: Kann es uns noch treffen?

7

September 1815

Kurz nach Sonnenaufgang machte sich Ivor mit seinem Sohn von ihrer kargen Unterkunft in einer verfallenen Hütte auf den Weg zur Höhle. Nicht, dass es von Bedeutung gewesen wäre, ob sie dort bei Tag oder bei Nacht schufteten, aber Liam brauchte seinen Schlaf. Er bekam schwer Luft und wurde immer blasser. Der verdammte Sand. Ivor konnte dem Jungen leider keinen Tag Ruhe gönnen. Er hatte niemanden, der sich durch die engen Stellen in der Höhle zwängen konnte, um an den besonders feinen Sand zu gelangen, mit dem die Frauen der Highlands gerne ihre Holzdielen und Tische putzten. Nur mit diesem Sand hatte er eine Chance, genügend Geld für Liam und sich zusammenzubekommen. Natürlich hätten sie auch nach Stoer gehen können, an die Strände, aber das würde sie je einen Tag Zeit kosten und einen Weg über die Berge bedeuten, der Liam nicht viel weniger zusetzen würde.

Während der Junge den Weg zum Eingang der Höhle hochstolperte, verfluchte Ivor einmal mehr sein Schicksal. Aber auch seine Schwäche. Hätte er nach dem Tod von Liams Mutter nicht nur noch Whisky in sich hineingekippt, dann könnten sie jetzt noch in ihrem Haus bei Dingwall leben. Aber Ivor hatte sich ja unbedingt betrunken mit einem englischen Offizier von Fort George anlegen und den hochdekorierten Mann schwer verletzen müssen. Als Entschädigung hatte die Armee ihm alles genommen. Seinen gesamten Besitz. Außerdem wollte ihn als Feind der Armee niemand mehr für sich arbeiten lassen. Er konnte von Glück reden, dass er nicht im Gefängnis gelandet war. Als der kränkelnde Liam später beinahe am Fieber gestorben war, hatte Ivor Gott um Hilfe angefleht und geschworen, dass er eher Sand abbauen und verkaufen würde, als noch einmal einen Schluck Whisky zu sich zu nehmen.

Am Anfang hatte sich der Sandabbau als gute Wendung in Ivors Leben erwiesen. Es gab nicht viele Leute in den Highlands, die sich die Mühe machten. Bald hatte er die Höhle am Beinn an Eoin ausfindig gemacht, in der es besonders feinen Sand gab. Er konnte große Mengen abbauen und verkaufen. Regelmäßiges Essen war gesichert, und er sparte jeden Tag einen kleinen Teil für ein neues Haus am Rande von Lairg und möglicherweise auch ein paar Schafe. Doch seit die Umsiedlungen begonnen hatten, seit so viele Farmen abgebrannt und die Leute verjagt wurden, war auch die Zahl der Sandmänner angestiegen.

Als sie zu der Höhle kamen, wimmelte es schon wieder von krank aussehenden Männern und wenigen Frauen, die versuchten, sich ein paar Säcke Sand zu sichern, um sie an immer weniger Farmer verkaufen zu können. Das ganze System würde sich nicht mehr lange aufrechterhalten lassen. Ohne Jones als Kunde wäre Ivor aufgeschmissen. Mit dem von den Hieben schmerzenden Rücken folgte Ivor seinem Sohn immer tiefer in die Höhle, während rechts und links die Leute mit improvisiertem Werkzeug oder bloßen Händen nach feinem Sand gruben. Als sie zu der Stelle kamen, an der sie am Vortag fündig geworden waren, konnten sie kaum noch etwas sehen – so weit waren sie von dem Eingang entfernt, durch den das spärliche Tageslicht einfiel. Liam fand die bröckelnde Wand schnell wieder. Er kannte jeden Zentimeter der Höhle. Ivor holte außer den leeren Sandsäcken die Fackel aus seinem Ledersack und entzündete sie. Sofort kamen einige Sandmänner näher, aber Ivor fauchte sie wütend an, verscheuchte sie mit dem Feuer wie wilde Tiere. Das hier war seine Stelle. Aus sicherer Entfernung beobachteten die Männer, wie Ivor seine verbogene Spitzhacke hervorkramte und auf die Stelle einschlug, die Liam ihm zeigte. Als außer einem Hustenanfall von Liam eine ganze Weile nichts geschah, verloren die anderen das Interesse und suchten sich ihre eigenen Stellen.

„Bist du sicher?“, fragte Ivor seinen Sohn, denn die Hand schmerzte bereits von den zahllosen Schlägen.

„Dahinter ist es hohl“, erklärte der Junge mit einem ungesunden Röcheln. „Hörst du das nicht? In den Hohlräumen ist der Sand. Ganz sicher.“

Ivor war stolz auf seinen Jungen. Er kränkelte, er war schnell erschöpft, aber er war klug und von gutem Herzen. Wie seine Mutter. Bei dem Gedanken an den harten Winter vor fast zwei Jahren, in dem er sie und Liams jüngere Geschwister verloren hatte, fuhr die Wut in seinen Arm, und er schlug immer fester auf die Wand ein. Nachdem seine erste Frau im Kindbett gestorben war und das kleine Mädchen kurz nach ihr, hatte das Schicksal ihn ein zweites Mal mit den tiefsten Temperaturen seit Jahrzehnten getroffen. Monatelang hatte es geschneit, so dass sie selbst wenige Meilen von Dingwall entfernt von der Außenwelt abgeschnitten gewesen waren. Als ihnen das Brennholz ausgegangen war, hatten sie sich auf den Weg gemacht und waren in der nächsten Nacht von einem eisigen Sturm überrascht worden. Seine Töchter waren in seinen Armen gestorben, seine Frau hatte Liam bis zu ihrem Tod gewärmt, so dass Ivor den Jungen mit letzter Kraft zu einer Farm bei Dingwall hatte bringen können. Immer heftiger schlug Ivor mit der Spitzhacke auf den Felsen in der Sandhöhle ein, als ob er das Eis wäre, das ihnen den Weg versperrt hatte. Als ob der Felsen das Schicksal wäre, das ihn immer wieder prüfte. Er hackte auch noch, als seine Finger längst bluteten.

„Vater", hörte er die besorgte Stimme von Liam.

Noch einmal schlug Ivor mit aller Kraft zu. Dieses Mal brach die Wand. Ivor stürzte nach vorne, denn es löste sich nicht nur ein kleines Stück. Eine Fläche von der Größe eines Wagenrads zerfiel in zahlreiche Teile. Liam griff sich die Fackel und leuchtete in das dunkle Loch. Vater und Sohn staunten, denn hinter der Wand befand sich eine weitere Höhle. So groß, dass Liam darin fast stehen konnte. Wie weit sie in die Tiefe des Berges führte, war nicht zu erkennen. Wohl aber, dass der Boden aus feinstem Sand bestand.

„Schnell", rief Ivor, denn er wusste, dass die anderen sich bald wie Geier auf den gefundenen Schatz stürzen würden.

Er griff sich die leeren Säcke und füllte sie in Windeseile. Es war so viel Sand, dass er den ersten Sack hineintauchen und mit einem Schwung gänzlich füllen konnte. Welch ein Glück. Bei einem Blick zurück sah er, dass die ersten Sandmänner auf den Durchbruch aufmerksam geworden waren und trotz Ivors Drohungen näherkamen.

„Hilf mir!", zischte Ivor Liam an, denn der Junge war zwar mit der Fackel in die Öffnung gekrabbelt, aber er machte keine Anstalten, einen der anderen Säcke zu füllen.

Stattdessen blickte er tiefer in die Höhle, hielt die Fackel vor sich.

„Liam!"

„Siehst du das?", fragte der Junge ehrfürchtig.

Er zeigte in die Tiefe. Ivor folgte dem Blick ins Dunkle. Dann sah er es auch. Ein gelbliches Schimmern und Funkeln. Eine unwirkliche Farbe, die das Licht der Fackel viele

Male zurückwarf. Das Funkeln kam von der Decke der nach hinten immer höher werdenden Höhle. Liam krabbelte darauf zu. Ivor sah die Sandmänner hinter sich. Sie kamen näher. Fünf, sechs, bald waren es zehn. Er griff sich einen Stein.

„Wenn einer von euch den Sand nimmt, erschlag ich ihn. Der gehört uns."

Doch die Männer interessierten sich nicht für den Sand. Sie blickten an Ivor vorbei in die benachbarte Höhle. Liam hatte sich einige Meter vorgearbeitet, war aufgestanden. Der neu entdeckte Raum musste eine enorme Größe haben. Man konnte nicht einmal die Wände an der anderen Seite ausmachen. Liam hielt die Fackel in die Höhe. Dadurch konnten es alle sehen: Dort an der Decke der Höhle hing ein Kristall, so schön wie alle Juwelen von Königen und Königinnen zusammengenommen. Ein Edelstein aus sandfarbenem Glas mit hunderten reflektierenden Flächen. Er war mindestens so groß wie Liams Kopf. Der Junge stand direkt darunter. Neben ihm auf dem Boden der Höhle befand sich ein großer Findling. Ohne zu zögern, kletterte Liam darauf. Man erkannte nun die Ausmaße der Höhle besser. Sie war größer als der Markplatz in Lairg. Einen Großteil der Höhle machte eine kreisrunde Vertiefung aus, deren Mitte sich exakt unter dem sandfarbenen Kristall befand. Als Liam den höchsten Punkt des Findlings erklommen hatte, musste er sich nur noch recken und konnte dann nach dem funkelnden Kristall greifen. Er tat es.

„Liam", rief Ivor warnend, denn die Farbe und das Material waren so fremdartig, dass sie auch Gefahr bedeuten konnte.

Doch Liam berührte den Kristall längst. Er lachte. Er schaute zurück zu seinem Vater und strahlte ihn im Licht der Fackel an. Es sah aus, als ob der Junge gewachsen wäre.

„Komm her“, rief Liam. „Das musst du fühlen.“

Liams Stimme klang fest, so klar, wie er lange nicht mehr gesprochen hatte. Ivor zögerte einen Moment. Er schaute die Sandmänner hinter sich streng an, drohte ihnen mit dem Felsbrocken und zwängte sich dann in die Öffnung. Er wusste, dass er die anderen kaum noch von dem feinen Sand fernhalten konnte, aber vielleicht war der Sand jetzt auch unwichtig. Als er durch den schmalen Spalt gekrabbelt war und sich ein Stück weit aufrichtete, blickte er zurück. Niemand der anderen berührte den Sand. Sie standen da und beobachteten, was in der neu entdeckten Höhle geschah.

Ivor ging gebückt weiter, konnte sich bald aufrichten und stand dann in der kreisförmigen Vertiefung. Das Licht in der Höhle verzauberte ihn – genau wie die klare Luft, die er hier unten niemals erwartet hätte. Er atmete tief ein und fühlte sich plötzlich viel leichter.

„Komm her“, rief Liam immer noch lachend. „Fass ihn an!“

Ivor blickte hoch zu seinem Sohn und konnte es kaum glauben. Das Licht der Fackel musste ihm einen Streich spielen. Liams Haut war rosig, die Narben in seinem Gesicht verschwunden. Er sah so gesund aus wie noch nie. Der Junge streckte ihm ungeduldig die Hand hin. Ivor ging zu ihm und kletterte auf den Findling. Neben seinem Sohn angelangt, reckte er die Hand nach oben. Als er das kalte Glas an der Höhlendecke berührte, wusste er, warum Liam lachte. Er spürte es auch. Wärme durchströmte seinen Körper. Kraft. Seine Hand brannte, aber auf angenehmste Weise. Was geschah mit ihm?

Er nahm die Hand wieder herunter und blickte auf seine stets geschwollenen Finger. Dort, wo er eben noch geblutet hatte, war nichts mehr zu sehen. Keine Wunde, nicht einmal raue Haut vom monatelangen Schuften in der Höhle. Seine Haut war makellos und glatt. Genau wie Liams. Er bemerkte, dass der Junge ruhig atmete. Kein Pfeifen, kein Zischen, schon gar kein Husten. Er bekam endlich wieder Luft. Ivor strahlte seinen Sohn an – dabei sah er in Liams Augen. Sie waren verändert. Die Augenlider waren nicht mehr gerötet, die Wimpern nicht mehr mit Sand verklebt. Es waren klare, wunderschöne grüne Augen. Doch noch viel auffälliger war ein roter Kreis rund um jedes Auge. Ein strahlender Kranz. Was war das?

„Wir haben das Paradies gefunden“, rief der Junge übermütig.

Das hatten sie.

8

31 Stunden 44 Minuten

Als nach langem Warten endlich eine Gruppe Ärzte und Krankenschwestern mit Gasmasken, aber immerhin ohne Schutzanzüge auftauchte, wurde das Krankenhauspersonal sofort von allen Überlebenden der Clubnacht mit Fragen bestürmt. Eine ältere Ärztin mit kräftiger Stimme bat um Ruhe. Unverhohlen gab sie zu, dass sie selbst noch nicht wussten, was los war. Sie hatten nach wie vor keinerlei Anzeichen von Viren, Bakterien oder Vergiftungen bei den Toten gefunden, was man zunächst als gutes Zeichen interpretierte. Die Gasmasken waren eine – wie die Ärztin wörtlich sagte – „hilflose Präventivmaßnahme“. Wahrscheinlich waren sie überflüssig. Um das konkretisieren zu können, sollten nun die Anwesenden untersucht werden – von allen waren Blut- und Urinproben notwendig. Auch wollte die Polizei ihnen weitere Fragen stellen. Man teilte die „Patienten“ in Gruppen ein und führte diese in die ihnen zugewiesenen Behandlungszimmer der Station.

Ava wurde in einem Gang auf einen Stuhl platziert und musste warten, bis sie an der Reihe war. Zum ersten Mal seit Stunden saß sie. Das deutete ihr Körper als Entspannungssignal. Die Müdigkeit meldete sich mit voller Wucht. Die Entdeckung der toten Amy hatte ihren Körper so voller Adrenalin gepumpt, dass sie plötzlich wieder hellwach gewesen war. Nun zog es ihre Augenlider kraftvoll nach unten. Bevor sie auf dem Stuhl wegnicken konnte, reichte eine Krankenschwester ihr einen Becher für eine Urinprobe. Sie füllte diesen in einer funkelnagelneuen Toilettenkabine, bei der noch die Tür fehlte, und stellte ihn an der beschriebenen Stelle ab. Dann ging sie zurück in den Flur.

Auf dem Weg sah sie ihn. Den Sanitäter, der sie am Eingang so durchdringend angeblickt hatte. Er trug nun auch eine Gasmaske, aber Ava erkannte die Augen wieder. Wunderschöne Augen. Er nickte ihr zu, als ob sie sich kennen würden. Sie nickte zurück, dann setzte sie sich wieder vor ihr Behandlungszimmer, wo sie als Nächstes an der Reihe sein sollte. Der Sanitäter zögerte kurz, dann ging er in besagtes Zimmer. Würde er sie behandeln? Ava wünschte es sich. Auch wenn an diesem Tag romantische Gefühle das Letzte waren, was sie erwartet hatte, fühlte sie sich zu dem Mann hingezogen. Seine selbstbewusste Körperhaltung, sein wissender Blick. Ava war noch nie einem solchen Mann begegnet. Bei ihm würde sie sich sicher fühlen. Doch wieder musste sie warten. Überhaupt hatte sie das Gefühl, dass sie schon den halben Tag gewartet hatte. Bei dem Gedanken durchzuckte es sie. Ein Blick auf ihr empfangsloses Handy bestätigte ihren Eindruck: Es war bereits früher Nachmittag. In einer Stunde war sie mit den Hauptdarstellern ihres Kurzfilms verabredet – für eine erste Leseprobe des Drehbuchs. Ein Termin, der schwer zu finden gewesen war, da die beiden Schauspieler viel drehten. Wenn er platzte, kam der ganze Zeitplan für den Dreh durcheinander. Erstmals seit dem Morgen holte Ava ihr normales Leben ein. Auch wenn sie keine Ahnung hatte, ob sie ein solches je wieder führen können würde, gesellte sich zu Trauer, Angst und Hilflosigkeit nun auch noch der wohl bekannte Stress, weil sie tausend Sachen klären und regeln musste.

„Haben Sie eine Ahnung, wie lange das hier noch dauern

wird?“, war das Erste, was Ava fragte, als sie endlich in das Behandlungszimmer gebeten wurde.

Hereingelassen hatte sie die Krankenschwester, die auch den anderen aus Avas Patientengruppe das Blut abgenommen hatte, aber diese verschwand nun, ohne auf Avas Frage einzugehen. Dafür wartete der Sanitäter mit den grünen Augen in dem mit einer Liege, Stühlen und diversen Schränken eingerichteten Raum. Sobald sich die Tür hinter ihr geschlossen hatte, zog er die Gasmaske vom Gesicht und legte sie auf eine Ablage.

„Haben Sie es eilig?“, fragte er mit einem freundlichen Lächeln.

Ava fehlten für einen Moment die Worte. So sehr sie sich auch freute, von dem geheimnisvollen Mann behandelt zu werden: Er machte sie nervös. Nicht nur wegen der Maske, die er abzogen hatte, sondern auch, weil er sie immer noch anblickte wie eine Todgeweihte.

„Ich habe gleich eine wichtige Verabredung.“

„Ich denke nicht, dass man Sie so schnell gehen lassen wird“, stellte er mit Bedauern fest. „Setzen Sie sich. Ich muss Ihnen Blut abnehmen.“

Es klang, als ob er das für eine lästige Pflicht hielte. Ava gehorchte und setzte sich vor ihn auf den Behandlungsstuhl. Zum ersten Mal kam sie ihm nah. Er roch wie ein Sandstrand in der Sonne. Allein dieser Geruch verzauberte Ava. Hinzu kam, dass er keinerlei Angst vor ihr zu haben schien – anders als der Rest des Personals.

„Ich muss den Termin zumindest absagen. Aber man hat hier ja kein Handyempfang, und …“

Ava verstummte, denn der Sanitäter hielt ihr sein Handy hin, ein iPhone der neusten Generation.

„Fassen Sie sich kurz. Die Polizei will gleich mit Ihnen reden, und eigentlich sollte niemand mit der Außenwelt Kontakt haben.“

Auch das schien eine Maßnahme zu sein, die er nicht als sinnvoll erachtete. Hielt der Mann sich an gar keine Regel, die seine Vorgesetzten aufstellten? Ava griff sich das Handy. Aus ihrem eigenen Handy suchte sie zunächst die Nummer von Angelina, ihrer Hauptdarstellerin, der sie nur kurz auf die Mailbox sprechen musste. Die Frau ging grundsätzlich nicht ans Telefon, weil sie unter einer ausgeprägten Soziophobie litt. Nicht optimal für eine Schauspielerin, aber ein Vorteil für Ava: Denn die begnadete Schauspielerin lebte viel zu zurückgezogen, um den großen Durchbruch zu landen – nur deswegen und mit ihrer üblichen Hartnäckigkeit hatte Ava sie für ihren Kurzfilm gewinnen können. Das genaue Gegenteil war ihr Kollege Max, den Ava als Nächstes anrief, während der Sanitäter geduldig wartete.

„Du kannst mir jetzt nicht absagen, Liebes", motzte Max, sobald Ava nach seinem Schwall von Beschwerden über den lauten Londoner Verkehr ihre Terminprobleme angesprochen hatte. „Ich habe das ganze Wochenende danach ausgerichtet. Das ist un-mög-lich!"

Max war ein guter Schauspieler, aber das Drama konnte er auch nach einem Dreh nicht abschütteln.

„Ich würde es nicht tun, wenn ich anders könnte, Max."

„Dafür gibt es keine Entschuldigung, Ava. Ich bin raus."

Natürlich war er nicht raus. Aber es würde eine Menge Kraft brauchen, ihn zu besänftigen. Kraft, die Ava in diesem Moment nicht hatte.

„Max", sagte sie mühsam beherrscht. „Meine beste Freundin und noch zwei andere sind heute gestorben, und ich bin im Krankenhaus, weil keiner weiß, ob ich in Lebensgefahr bin. Ich finde, das ist wohl eine Entschuldigung, die du …"

„Oh, mein Gott, du warst im Fabric?", rief Max plötzlich mit sich überschlagender Stimme. „Was war denn da los? Gibt es wirklich so viele Tote? Welche Freundinnen denn? Kenne ich sie?"

Seine aufgebrachte Stimme war im ganzen Behandlungsraum zu hören. Begriffsstutzig war er nicht. Offenbar waren die Ereignisse im Fabric das Thema des Tages in allen Medien. Ava blickte den Sanitäter an, der bedauernd mit dem Kopf schüttelte. Auch wenn sie nicht verstand, warum Stillschweigen über die Umstände der letzten Nacht bewahrt werden musste, wollte Ava die Geduld und Hilfe des Sanitäters nicht überstrapazieren.

„Ich kann darüber nicht reden", erklärte sie Max. „Aber ich melde mich …"

„Sind wir alle in Gefahr? Das ist ein Terroranschlag, oder?"

„Nein, Max. Alles wird gut. Du, ich muss auflegen. Ich melde mich."

„Halten sie dich gegen deinen Willen ge …"

Ava hatte das Gespräch weggedrückt und reichte das Handy zurück an den Sanitäter.

„Danke", sagte sie.

Er steckte das Handy in die grüne Hose seines Outfits. Das war auch so ein Ding. Warum war er als einziger Rettungssanitäter hier in der improvisierten Quarantäne-Station? Er gehörte doch eigentlich auf einen Rettungswagen.

„Wer sind Sie?", fragte Ava, ohne zu wissen, welche Art von Antwort sie sich erhoffte.

„Ich heiße Kilian", sagte er wieder mit diesem traurigen Lächeln. „Und ich nehme Ihnen jetzt Blut ab."

Er hielt die notwendigen Utensilien schon bereit. Vorsichtig legte er ein Band um Avas Oberarm, um das Blut zu stauen. Seine Hände waren warm und weich. Makellose Hände mit gepflegten Fingernägeln. Amy sagte immer, dass der perfekte Mann gut riecht und wunderschöne Hände hat. Alles andere war zweitrangig. So gesehen war dieser Kerl ein echter Hauptgewinn. Amy. Sie war nicht mehr da.

„Was passiert hier?", fragte Ava.

Aus irgendwelchen Gründen hatte sie das Gefühl, dass er die Antwort auf diese Frage kannte. Auch wenn ansonsten alle im Dunkeln tappten. Er antwortete nicht, sondern tupfte mit einem getränkten Wattestück ihren Arm ab, wo er längst eine Vene ausgemacht hat.

Sie schaute ihn fragend an. Ihre Blicke trafen sich. Er zögerte. Es wirkte so, als ob er etwas sagen wollte, etwas, das Bedeutung hatte, als hinter Ava die Wand aufleuchtete. Überrascht wandte sie sich um. Sie hatte vorher nicht wahrgenommen, dass die Wand aus Glas bestand. Durch dieses konnte man nun plötzlich hindurchschauen in den benachbarten Raum sowie von dort zu ihnen. DCI Delaney und DS Huck standen auf der anderen Seite der Scheibe, zusammen mit einem älteren Mann im Anzug. Wahrscheinlich ein höherrangiger Polizist. In dem benachbarten Raum befand ansonsten nichts außer einer Leiter, und es hingen Kabel von der Decke. Die Männer musterten Ava interessiert, während Delaney Kilian fixiert hatte.

„Warum tragen Sie keine Maske?“, fragte die Polizistin ihn über eine Gegensprechanlage, die einen nervig knackenden Ton produzierte. „Gibt es Entwarnung?“

„Nicht offiziell“, antwortete er gelassen. „Aber es ist offensichtlich, dass die Leute nicht ansteckend sind.“

„Leichtsinnig“, befand die Polizistin.

„Mein Risiko. Darf ich weitermachen?“

Er deutete auf die Blutabnahme. Die genervte Frage überraschte Delaney, aber sie nickte schließlich. Kilian löste das Band noch einmal und setzte neu an. Er ließ sich Zeit. Anscheinend wollte er die Befragung mithören.

„Frau Batterson“, wandte sich Delaney derweil an Ava. „Können Sie für uns bitte Ihren kompletten Aufenthalt im Fabric gestern Abend rekonstruieren?“

„Können Sie mir vielleicht erst einmal sagen, was überhaupt los ist?“

„Das können wir leider nicht."
„Weil Sie nichts wissen, oder weil Sie nicht wollen?"
Delaney seufzte.
„Können Sie bitte einfach den Abend im Fabric rekonstruieren?", wiederholte sie unbeirrt und gab damit auch eine Antwort.
„Was ist mit Chloe Fisher? Haben Sie jemanden zu ihr geschickt?"
Delaney verzog das Gesicht. Ava hatte sich eigentlich innerlich drauf vorbereitet gefühlt, dass auch Chloe die Nacht nicht überlebt hatte. Doch als Delaney nun ein „Es tut mir leid" murmelte, traf es Ava noch einmal mit voller Härte. Ihr Hals schnürte sich zu. Sie waren alle drei gestorben. Die nettesten Mädchen in dieser verdammten Stadt. Kilian legte ihr eine Hand auf die Schulter. Eine kräftige Hand, die sie nicht fallen lassen würde.
„Schauen Sie sich das hier an", kam es von hinter der Scheibe.
DS Huck ließ keine Trauer zu. Er hatte einen großen Plan entfaltet und drückte ihn an die Scheibe. Ein Grundriss des Fabrics. Hucks Ruppigkeit lenkte Ava ab. Von den Gedanken an Amy, Olivia und Chloe. Von den Bildern in ihrem Kopf von Amys Geburtstagsabend, wie sie gelacht und getanzt hatten. Wie sie tot in ihren Betten lagen. Die Polizei brauchte Hilfe. Sie brauchten Ava.
„Okay", sagte Ava und begann zu erzählen.
Sie berichtete von der gemeinsamen Ankunft des Kleeblatts. Sie hatten kurz vor Mitternacht eine halbe Stunde in der Schlange vor dem Club warten müssen und waren nach den Sicherheitschecks direkt zur Bar in Room One gestürmt, die auf dem Grundriss nicht zu übersehen war. Dort war der attraktive Barkeeper Ava zum ersten Mal aufgefallen. Natürlich berichtete sie nichts von ihrer Schwärmerei für den verstorbenen Mann, schon aber davon, dass

er ihr später einen Drink hatte ausgeben wollen und dass dabei der ebenfalls verstorbene Dwayne-Johnson-Typ neben ihr gestanden hatte. Schließlich kam sie zu dem Moment, der ihr in den letzten Stunden keine Ruhe gelassen hatte.

„Dann passierte das mit dem Bärtigen", berichtete sie. „Hier vorne an der Tanzfläche."

Sie deutete auf dem Plan an die entsprechende Stelle.

„Ein Araber?", hakte Huck sofort nach.

Man sah Hoffnung in seinen Augen aufflackern. Hoffnung, endlich etwas Greifbares zu erfahren.

„Nein, ein ungefähr Vierzigjähriger mit schwarzem Bart und schwarzen Haaren. Schicker Anzug, wohlhabender Typ, eher ein Künstler."

„Was war mit dem?", fragte Delaney.

„Als er an uns vorbeiging, hat er uns kurz berührt. Alle vier. Wir haben uns unwohl dabei gefühlt."

In dem Moment löste Kilian das Band an ihrem Arm. Er hatte ihr das Blut längst abgenommen, drei Ampullen lagen auf dem kleinen Tisch neben ihr. Ava hatte nicht einmal den Piekser mitbekommen, so sanft war er dabei vorgegangen. Doch als er nun ruckartig das Band löste, flitschte es ihm vor sein Bein. Seine Stirn lag in Falten, seine hochstehenden Wangenknochen standen unter Spannung. Er war wütend. Es kam aus dem Nichts. Ava schaute ihn fragend an, doch er setzte sofort ein Lächeln auf.

„Unwohl gefühlt?", hakte Delaney aus dem anderen Raum nach.

„Ich kann das nicht beschreiben. Es war nur kurz. Übelkeit, Herzrasen. Ganz kurz."

Sie schaute wieder zu Kilian, der bei Avas Schilderungen eindeutig mit seiner Beherrschung kämpfte. Er gewann diesen Kampf – zumindest nahmen die Polizisten nicht wahr, was mit ihm los war.

„Wo hat er sie berührt?", fragte die Polizistin.

„Am Ellbogen. Da ist nichts. Es war auch schnell wieder vorbei. Vielleicht war es nur Zufall, aber … Hat sonst niemand von dem Mann berichtet? Dunkelblauer Anzug."

Delaney schaute zu ihren Kollegen. Leere Gesichter. Keiner hatte eine Ahnung, wovon Ava redete.

„Ganz sicher kein Araber?", hakte Huck noch einmal nach.

„Ganz sicher", insistierte Ava.

„Haben Sie den Mann danach noch einmal gesehen?", fragte Delaney.

Ava schüttelte den Kopf.

„Okay", sagte Delaney mit einem Nicken. „Erzählen Sie weiter."

Auch wenn Delaney sich Notizen zu dem Mann machte, schien es nicht so, als ob er nun zu ihrem Hauptverdächtigen wurde. Im weiteren Gespräch gewann Ava sogar den Eindruck, dass der Bärtige überhaupt keine Bedeutung für die Polizei hatte. Ganz anders sah es mit Kilian aus. Seit sie den älteren Mann erwähnt hatte, hielt Kilian es kaum noch in dem Raum neben Ava aus. Er stand unter Strom. Sie war sich nun endgültig sicher, dass er mehr über den Abend im Fabric wusste. Trotzdem sagte sie nichts zu den Polizisten. Sie wollte selbst herausfinden, was er wusste – sobald sie alleine waren.

9

33 Stunden 13 Minuten

„Bitte warten Sie hier auf mich. Nicht weggehen. Bin gleich wieder da."

Kilian lächelte verbindlich. Er hatte die Utensilien von der Blutabnahme weggeräumt. Die Röhrchen mit der roten Flüssigkeit lagen auf einer Ablage.

„Okay?"

Er schaute Ava fragend an. Die Polizisten hatten sich verabschiedet, im Raum nebenan brannte kein Licht mehr. Ava nickte.

„Und nicht einschlafen", bläute er ihr ein, bevor er nach draußen verschwand.

Spätestens dieser Satz bestätigte Ava. Denn Kilian forderte das genaue Gegenteil von dem, was Delaney ihr zum Abschied fast schon mütterlich vorgeschlagen hatte: sich ein Bett in einem der Krankenzimmer zu suchen und endlich einmal zu schlafen. Man hatte die Station so komfortabel wie möglich für die Überlebenden hergerichtet, da sie noch auf unbestimmte Zeit vor Ort bleiben mussten. Doch Ava dachte überhaupt nicht daran, eins dieser Zimmer aufzusuchen. Sie würde nicht einmal in dem Behandlungszimmer bleiben, obwohl sie es Kilian soeben versprochen hatte. Sobald er den Raum verlassen hatte, griff sie sich ihren Rucksack und huschte zur Tür. Vorsichtig öffnete sie diese einen Spalt weit. Draußen saß ein Pärchen, das darauf wartete, Blut abgenommen zu bekommen. Ava hatte beim Warten mit den beiden geredet. Sie hatten glücklicherweise niemanden in dem Club verloren, sondern sich freiwillig gemeldet, als durch die Medien ging, dass alle Besucher des Clubs gesucht wurden. Sie hofften, dass mit ihnen alles in Ordnung war und dass sie bald nach Hause konnten. Der Mann entdeckte Ava in der Tür zum Behandlungsraum. Sie lächelte ihn freundlich an.

„Wo ist denn der Sanitäter hin?", fragte sie, denn von Kilian war nichts mehr zu sehen.

„Um die Ecke", sagte der Mann.

Er zeigte in die entsprechende Richtung. Ava lief los. Im benachbarten Gang war Kilian nicht mehr, aber schon bald hörte sie seine Stimme. Sie eilte weiter und blickte vorsichtig um die nächste Ecke. Der Sanitäter stand in dem leeren Gang und zischte wütende Worte in sein Handy.

„Wenn du noch einen Funken Anstand besitzt, meldest du dich. Du bist eine Schande für uns alle."

Dann drückte er das Gespräch weg und fluchte leise. Ava trat einen Schritt nach vorne. Er wirbelte herum, entdeckte sie mit einem Seufzen.

„Sie wissen mehr", sagte sie ihm auf den Kopf zu.

Er runzelte die Stirn, sagte aber nichts.

„Sie wussten, wovon ich geredet habe. Der Mann im Fabric. Kennen Sie ihn? Haben Sie ihn gerade angerufen? Wenn Sie nicht sofort anfangen zu reden, hole ich die Polizei."

Sie baute sich so bedrohlich auf, wie das mit ihren ein Meter zweiundsechzig ging. Doch es machte Kilian keine Angst. Er schüttelte einfach nur den Kopf.

„Ich weiß nicht, was passiert ist", sagte er aufrichtig. „Ich habe damit nichts zu tun. Ich bin einfach nur besorgt."

„Wen haben Sie gerade angerufen?"

„Einen Kollegen, der sich vor seinem Dienst drückt. Aus Angst. Eine Schande."

Er klang ehrlich. Ava suchte in seinen Augen nach Anzeichen von Unsicherheit, aber sie sah nur Wärme und Mitgefühl. Doch gleichzeitig war da wieder diese Souveränität, dieser wissende Blick – er passte nicht zu einem Mann in Kilians Alter. Oder war es die Müdigkeit, die sie die Dinge falsch wahrnehmen ließ? Die sie hysterisch machte? Wie sollte Kilian auch etwas mit den Ereignissen in dem Club zu tun haben?

„Mir ist das alles zu viel", flüsterte sie.

„Versteh ich sehr gut."

„Vielleicht sollte ich wirklich erst einmal schlafen."

Lauernd schaute sie aus dem Augenwinkel zu dem Sanitäter. Wie würde er auf diese Ankündigung reagieren? Er legte ihr seine Hand auf die Schulter.

„Willst du hier raus?"

Das war auf jeden Fall nicht die Reaktion, die Ava erwartet hatte.

„Ich dachte, wir dürfen nicht."

„Willst du, oder willst du nicht?"

Die Hand. Das Wechseln auf das vertraute Du. Die Möglichkeit, aus diesem Alptraum zu entkommen. Ava nickte.

„Liebend gerne."

„Dann komm."

Er nahm ihre Hand und zog sie hinter sich her. Normalerweise war Ava kein Händchenhalter, sie fand es auch bei Pärchen eher affig, aber in diesem Fall hätte sie sich um nichts in der Welt beklagen wollen. Verwirrt über ihre widersprüchlichen Gefühle ließ sie sich zur nächste Ecke ziehen, wo Kilian vorsichtig in den Gang blickte. Dort saßen Clubbesucher vor einem Behandlungszimmer. Weiter hinten hörte man zahlreiche Stimmen aus dem Wartebereich. Es kamen immer noch Leute an. Personal war nicht zu sehen. Also zog Kilian Ava einfach weiter in den nächsten Gang. Sie erreichten eine Abzweigung, an der Absperrband den Weg blockierte. Kilian bückte sich darunter hindurch. Ava zögerte, aber er zog sanft an ihr, also tat sie es ihm nach. Sie kamen zu einem Aufzug. Kilian drückte einen der Knöpfe.

„Aufzug? Sind wir nicht isoliert?"

Kilian lachte.

„Ist alles improvisiert. Die haben keine Ahnung, was sie mit den vielen Leuten machen sollen. Ich will nicht wissen, was passiert, wenn wirklich mal ein gefährlicher Virus ausbricht. London ist eine der größten Städte der Welt, aber sie können nicht mal ein paar hundert Clubbesucher isolieren."

Der Aufzug kam. Kilian hielt immer noch Avas Hand und zog sie hinein. Er drückte auf den Knopf für das Untergeschoss. Spätestens jetzt schrillten bei ihr die Alarmglocken. Sie hatte den Mann beschuldigt, etwas mit dem Anschlag im Fabric zu tun zu haben, und er zog sie in abgesperrte Bereiche und dann auch noch in den Keller. Als sich dort die Tür öffnete und Ava einen alten, schlecht beleuchteten Gang mit abgenutztem Laminatboden vor sich sah, zog sie ihre Hand zurück.

„Was machen wir hier unten?", fragte sie und bemühte sich, keine Angst in ihrer Stimme erkennen zu lassen.

„Oben können wir nicht zu den Ausgängen. Da ist die Hölle los. Aber es gibt alte unterirdische Gänge, die uns nach draußen führen."

„Warum machst du das?", fragte Ava. „Warum hilfst du mir?"

„Ich mag dich", antwortete er mit einem entwaffnenden Lächeln.

An der Stelle war Schluss für Ava. Niemand tat so etwas ohne Hintergedanken. Sie schüttelte entschlossen den Kopf.

„Ich will wieder hoch."

Sie drückte den Knopf für das Erdgeschoss, aus dem sie gekommen waren. Da Kilian in der Lichtschranke des Aufzugs stand, passierte jedoch nichts.

„Ich dachte, du willst raus", sagte er.

„Ich will raus, aber ich will nicht in einem verborgenen Keller gemeuchelt und vergraben werden. Geh aus der Lichtschranke, oder ich …"

„Hallo Kilian!"

Aus dem Nichts heraus kam eine junge Krankenschwester auf einem Klapprad an ihnen vorbeigefahren. Sie winkte Kilian verzückt zu. Er nickte freundlich. Vorsichtig schaute Ava aus dem Fahrstuhl heraus um die Ecke. Sie sah, dass der Gang zu einer Kreuzung führte, an der weitere Krankenhausangestellte unterwegs waren – zu Fuß, auf Fahrrädern oder mit kleinen, elektrischen Autos. Auf Letzteren wurde Essen, Schmutzwäsche oder ein Stapel Krankenbetten transportiert. Sie befanden sich in den unterirdischen Versorgungstunneln des Krankenhauses. Von „verborgen" konnte keine Rede sein.

„Bleiben wir halt im Krankenhaus", sagte Kilian bedauernd und trat in den Aufzug.

Bevor sich die Tür schließen konnte, hüpfte Ava nach draußen. Kilian blickte sie amüsiert an. Ava schob es einfach mal auf die Müdigkeit, dass sie so unentschlossen war. Normalerweise war das nicht ihre Art.

„Jetzt komm aus dem Aufzug", zischte sie ihn an.

Kilian gehorchte und stellte sich zu ihr, während zwei Ärzte auf Rädern sie passierten.

„Ich habe nicht vor, dir irgendetwas anzutun", erklärte er, als ob ein Mörder nicht dasselbe behaupten könnte.

„Okay, okay", murmelte Ava. „Wo geht's hier raus?"

Er winkte sie hinter sich her zu der Kreuzung. Auch wenn die Angst langsam nachließ, waren Avas Knie noch weich.

Sie folgte ihrem vermeintlichen Helfer trotzdem. Hinter der Kreuzung standen an der Seite des Gangs eine Handvoll Klappräder. Kilian setzte sich auf eins davon.

„Nimm dir auch eins."

Damit hatte sie nicht gerechnet. Doch sie folgte seiner Anweisung, zog ihren Rucksack auf den Rücken und kletterte auf das nächstbeste Gefährt. Schon radelte Kilian los. Ava brauchte ein Moment, um ihr kleines Rad unter Kontrolle zu bekommen, aber irgendwann machte es sogar Spaß, damit durch die endlosen Gänge zu fahren, die unter dem gesamten Krankenhausareal verliefen. Mit Kilian vor ihr, der ab und zu nach ihr schaute. Sie fühlte sich fast wie auf einem Sonntagsausflug im Park mit ihrem Geliebten. Aber auch nur fast. Sie trafen immer wieder andere Angestellte, die ihrer Arbeit nachgingen. Manche grüßten Kilian, andere musterten Ava, die als einzige in Zivilklamotten unterwegs war. Doch Kilian radelte unbeirrt weiter, also störte sie sich nicht daran. Sie war froh, dass sie die Räder hatten, denn zu Fuß hätten sie eine Ewigkeit bis zu ihrem Ziel gebraucht. Zu diesem gelangten sie schließlich in einem Bereich, in dem der Boden aus Stein war und wo ein modriger Geruch in der Luft lag. Sie befanden sich unter dem ältesten Teil des Krankenhauses. Kilian stoppte und stieg vom Rad – direkt vor einer uralten Stahltür, die mit gusseisernen Riegeln versperrt war.

„Die älteren Gebäude oben sind aus dem achtzehnten Jahrhundert, aber davor hat's hier auch schon ein Krankenhaus gegeben. Die Gänge hinter dieser Tür müssen über fünfhundert Jahre alt sein. Früher konnte man sich hier rausstehlen und kam direkt zu den Gleisen unter dem Fleischmarkt. Für ein paar Paracetamol bekam man da unter der Hand schon mal ein gutes Stück Filet."

Er grinste, als ob er es selbst erlebt hätte, was natürlich Quatsch war. Ava kannte den Smithfield Fleischmarkt neben dem Krankenhaus von einer Recherche. Unterirdische Gleise gab es dort schon seit den Sechzigerjahren nicht mehr. Kilian schaute sich noch einmal in den Krankenhausgängen hinter ihnen um, aber sie waren seit einigen Minuten niemandem mehr begegnet. Also zog er mit aller Kraft an den eingerosteten Riegeln. Dabei spannten sich die Muskeln unter seinem grünen Oberteil. Beachtliche Muskeln. Trotzdem dauerte es eine Weile, bis sich der erste Riegel bewegen ließ, danach der zweite, und schließlich konnte Kilian mit einem festen Ruck die Tür öffnen. Es gab ein lautes Knirschen, weil die Tür durch Rost und was auch immer mit der Wand verwachsen war.

„Du bist da schon mal durchgegangen?", fragte Ava ungläubig, denn die Tür schien seit vielen Jahren nicht mehr geöffnet worden zu sein.

„Ist schon eine Weile her", antwortete Kilian lapidar.

Ava blickte in den stockdunklen Gang.

„Ich weiß nicht, ob du jetzt noch einmal das Thema mit dem Meucheln und Vergraben aufbringen willst", sagte Kilian. „Aber das ist wirklich der einzige Weg, hier unbemerkt herauszukommen."

Wenn Ava ermordet werden würde, dann wenigstens von jemandem mit Humor. Ava gefiel es trotzdem nicht. Es wurde auch nicht viel besser, als Kilian das Licht an seinem Handy einschaltete und in den Gang leuchtete. Unverputzte Steinwände führten ins dunkle Nichts.

„Kann ich alleine durchgehen?", fragte sie trotzig.

„Wäre das so klug? Ich könnte dich einsperren. Hinter der fetten Tür hört niemand deine Schreie."

„Du machst es nicht besser."

Kilian seufzte.

„Du vertraust niemandem, mh?", fragte er herausfordernd.

„Meine Freundinnen sind heute Nacht ermordet worden."

„Das tut mir leid“, sagte er, und Ava bedauerte es schon fast, dass sie seinen ironischen Unterton zerstört hatte.

Schmunzelnd sah er einfach besser aus als mit diesem Ausdruck von Betroffenheit und Wut.

„Okay, pass auf“, verkündete er sachlich. „Du kannst nicht alleine da durchgehen, weil du die Tür auf der anderen Seite nicht aufbekommst. Und ich helfe dir tatsächlich nur, weil ich dich nett finde. Kurz hatte ich gehofft, ich bekomme dafür vielleicht deine Telefonnummer, aber muss auch nicht sein. Ich verstehe es, wenn dir das zu gruselig ist. Wenn du willst, können wir auch zurückgehen.“

Damit bekam er sie jedes Mal. Sie wollte nicht zurück in die vermeintliche Quarantäne. Sie wollte ihr Schicksal selbst in die Hand nehmen. Und sie fand die Vorstellung, ihm ihre Telefonnummer zu geben, gar nicht so abwegig.

„Du gehst vor“, befahl sie.

Kilian nickte. Er ging in den dunklen Gang, musste dann aber noch einmal die Tür hinter ihnen schließen. Als diese mit einem lauten Rumms zufiel, schluckte Ava. Ihr Herz schlug ihr plötzlich bis zum Hals. Doch Kilian zückte nicht sein Meuchelmesser, sondern ging wie versprochen voran. Trotz Handylicht sah Ava nicht allzu viel. Kilian bewegte sich dennoch zielsicher durch das Halbdunkel. An einer Kreuzung leitete er Ava gebückt in einen weiteren Gang, der leicht nach unten abfiel. Es roch nach Erde, und Ava hatte das Gefühl, dass sich auf dem Boden etwas bewegte. Sie dachte lieber nicht drüber nach, sondern folgte blindlings dem fremden Mann, der spätestens jetzt jegliche Grausamkeit hätte mit ihr anstellen können, ohne dass die Welt es mitbekommen würde. Als er abrupt stehen blieb, stockte Ava der Atem, und sie brachte ihren Körper in Kampfstellung – als Zwölfjährige hatte sie mal ein Jahr Karate gelernt, bis es ihrer Mutter als zu unpassend für „eine junge Frau“ erschienen war. Jetzt verfluchte sie

Mum dafür. Gott sei Dank sah Kilian ihre merkwürdige Pose nicht. Denn der einzige Grund für seinen Stopp war die Ausgangstür, an der sie angelangt waren. Eine weitere Stahltür, nicht ganz so alt wie die unter dem Krankenhaus, sogar versehen mit einer normalen Klinke, aber dafür nicht weniger rostig. Mit einem festen Ruck konnte Kilian sie öffnen, schummriges Licht fiel von draußen in den Gang. Kilian schob die Tür gegen einen Widerstand weiter auf. Schließlich sah Ava, wo sie herausgekommen waren: In der Tiefgarage unter dem Fleischmarkt. Genauer gesagt in einer abgesperrten Ecke mit diversen Baumaterialien, Leitern und Schubkarren, von denen eine die Tür versperrt hatte. Ava trat aus dem Gang. Unweit von ihnen ging eine Familie zu ihrem geparkten Wagen, ein anderes Auto fuhr vorbei. Ava atmete tief durch. Sie sah Kilians amüsierten Blick.

„Danke", sagte sie.

„Gerne", antwortete er.

Kilian schloss die Tür hinter ihnen, die auf der Außenseite nur einen unbeweglichen Drehknauf aufwies. Sie wurde normalerweise nicht benutzt. Wahrscheinlich wussten die Bauarbeiter nicht einmal, wohin diese Türe führte. Kurz rätselte Ava, warum sich ausgerechnet Kilian damit so gut auskannte, aber für den Moment hatte sie keine Lust auf weiteres Misstrauen. Er hatte versprochen, sie aus dem Krankenhaus zu bringen, und das hatte er auch getan.

Kilian half Ava über eine Absperrung und brachte sie die Einfahrt der Tiefgarage hoch bis zu einem Bezahlautomaten, hinter dem eine freistehende Treppe mit Gitterroststufen steil nach oben führte. Oben auf den Straßen von London angekommen sah Ava den imposanten viktorianischen Bau, in dem sich der Smithfield-Fleischgroßmarkt befand. Ihr wurde schmerzlich bewusst, dass sich direkt auf der anderen Seite davon das Fabric befand. Bestimmt hatte man deswegen das Barts ausgewählt, um die Überlebenden zusammenzubringen. Das Krankenhaus selbst war zunächst nicht zu sehen, doch als Ava einen paar Schritte weitergegangen war, konnte sie in die andere Richtung an der Rotunde mit dem Smithfield-Park vorbeischauen bis zum historischen Haupteingang des Barts. Die alten Gemäuer und die Toreinfahrt unter der Statue von Heinrich dem Achten waren kaum zu erkennen, denn davor befand sich gleich ein ganzes Bataillon an Fahrzeugen. Polizei, Krankenwagen, aber auch Übertragungswagen von Fernsehstationen. Der Eingang war mit Gittern abgesperrt, vor denen sich Leute drängten. Verzweifelte, die auf die Polizisten einredeten, aber auch Schaulustige oder eben Journalisten. Ava war sich sicher, dass es am Eingang zum Neubau ähnlich aussah. Es wäre tatsächlich unmöglich gewesen, auf normalem Wege das Krankenhaus zu verlassen.

„Was machst du jetzt?", fragte Kilian, der sich neben sie gestellt hatte und den Menschenauflauf betrachtete.

„Was meinst du?"

„Was hast du jetzt vor?"

Darüber hatte Ava sich keine Gedanken gemacht. Ihr müdes Gehirn funktionierte deutlich langsamer als sonst. Sie war allerdings auch so mit ihrem Misstrauen beschäftigt gewesen, dass sie überhaupt nicht weiter hatte denken können. Insgeheim hatte sie vielleicht gehofft, dass Kilian ihr schon sagen würde, wie es weiterging.

„Nach Hause gehen."

Es war mehr eine Frage als eine Feststellung.

„Kann sein, dass die Polizei noch dort ist", entgegnete Kilian. „Kannst du nicht zu deiner Familie? Deinen Eltern?"

Ava musste lachen. Selbst wenn sie in London leben würden, waren ihre Eltern die Letzten, zu denen sie gehen wollte. Sie schüttelte den Kopf.

„Freunde? Irgendwohin, wo Leute sind?“

Sie nickte einfach mal, obwohl ihre einzig wahren Freunde in der letzten Nacht gestorben waren.

„Okay, pass auf, nimm von denen hier alle zwei Stunde eine, ja?“

Kilian hatte plötzlich eine weiße Plastikdose in der Hand, die er ihr reichte. Sie öffnete sie und sah darin Tabletten. Weder die Dose noch die Tabletten waren beschriftet.

„Was ist das?“

„Zur Stärkung und … und du wirst dich wacher fühlen.“

Also doch! Verdammt nochmal. Plötzlich war also nicht mehr die Rede von Telefonnummern, sondern er wollte lediglich, dass sie wach blieb. Er sorgte sich um sie. Warum?

„Sollte ich nicht mal schlafen?“, fragte sie so naiv wie möglich. „Ich fühle mich wie ausgewrungen.“

Kilian zögerte. Die Frage behagte ihm nicht. Er konnte nicht einfach so auf sie antworten, wurde noch ernster.

„Ava, versuch, so lange wach zu bleiben, wie es irgendwie geht. Okay? Triff Freunde, versuch den ganzen Scheiß zu vergessen und … Mach was Schönes.“

„Mach was Schönes?“, wiederholte sie ungläubig. „Willst du mich verarschen?“

„Was auch immer du tust“, antwortete er gequält. „Schlaf nicht ein. Ich muss jetzt gehen.“

„Nee, nee, nee“, fuhr sie ihn an. „Du sagst mir jetzt sofort, was das alles soll! Warum hast du mich …“

Doch er ging nicht auf sie ein. Stattdessen drückte ihr noch einmal mitfühlend seine wunderschöne Hand auf den Arm, dann wandte er sich schnell ab und hastete über die Straße.

„Hey!“, schrie Ava empört. „Warte! Warum soll ich nicht schlafen?“

Doch Kilian war schon auf der anderen Straßenseite angelangt. Ava wurde der Weg von einem Krankenwagen blockiert. Als das Fahrzeug endlich weitergefahren war, sah sie Kilian in einer Gasse neben dem Krankenhaus verschwinden. Er hatte sie zwar nicht gemeuchelt, aber dennoch ausgetrickst – denn er wusste etwas über die ungeheuerlichen Ereignisse der Nacht und die Gefahr des Schlafs. Ohne eine Sekunde zu zögern, rannte sie los.

10

34 Stunden 8 Minuten

Noch nie war ein Mann so schnell vor Ava weggelaufen wie Kilian. Als sie zu der Gasse kam, in der er verschwunden war, befand er sich bereits einige hundert Meter entfernt. Sie beschloss, die Entfernung beizubehalten. Offensichtlich wollte er ihr nicht sagen, was er wusste, aber möglicherweise erfuhr sie mehr, wenn sie ihm unauffällig folgte. Sie hastete an einem Pub mit gut gelaunten Touristen vorbei, entdeckte Kilian in der nächsten Gasse, die menschenleer war, so dass sie dort nicht unentdeckt bleiben würde. Also rannte sie die Parallelstraße entlang, in der Hoffnung, den Anschluss nicht zu verlieren. Als sie zweihundert Meter weiter um die Ecke bog, wimmelte es plötzlich wieder von Leuten, die zur naheliegenden Barbican Underground Station gingen oder von dort kamen. Kurz kam Panik in ihr auf, weil sie Kilian nirgends erblicken konnte, doch dann sah sie gerade noch seine grüne Jacke in der Station verschwinden. Ava eilte durch den hupenden Verkehr über die Straße, zum Eingang und dann die Treppen hinunter. An dieser Station gab es nur zwei Bahnsteige, also hatte sie eine Fifty-fifty-Chance, Kilian zu finden. Fuhr er Richtung Westen weiter in die Stadt hinein oder in Richtung Osten nach außerhalb? Nachdem sie die Sperren mit ihrer Oystercard überwunden hatte, hastete sie zur Überführung zu den Bahnsteigen. Ihr Glück war es, dass die Bahnsteige nach oben offen waren – durch ein Fenster konnte sie Kilian in seinem grünen Sanitäter-Outfit auf der Eastbound-Seite ausmachen. Doch sie sah auch, dass bereits eine Bahn der Hammersmith & City Line einfuhr. Sie sprintete zu den Treppen, rempelte dort fast eine Gruppe Touristen um und nahm auf dem Weg nach unten immer gleich zwei Stufen auf einmal. Als sie auf den Bahnsteig gelangte, ertönte bereits das Signal zum Schließen der Türen. Nur mit einem Hechtsprung schaffte es Ava noch in den letzten Wagen. Außer Atem verbarg sie sich hinter einem Backpacker mit einem enormen Rucksack. Durch die miteinander verbundenen Wagen konnte sie weiter vorne den grünen Mann ausmachen, dem sie folgte. Er stand mit dem Rücken zu ihr. Als er an der nächsten Station nicht ausstieg, dafür aber der Backpacker, setzte sich Ava auf einen freien Platz, der hinter einer Wagenverbindung verborgen war. Die Bahn fuhr weiter.

Sobald Ava eine Minute regungslos dasaß, kroch die Müdigkeit wieder an ihr hoch. Sie erschrak, als ihr fast die Augen zufielen. Nicht nur, weil sie Kilians Spur verlieren würde, wenn sie einschlief. Nein, sie hatte Angst einzuschlafen. Ihre Befürchtung hatte sich ihrer Meinung nach bestätigt: Sie lebte nur noch, weil sie seit dem Abend im Fabric noch nicht geschlafen hatte. Zumindest suggerierte Kilians Verhalten das. Ava zog sein Döschen aus ihrem Rucksack, in den sie es schnell hineingeworfen hatte, als er geflüchtet war. Sie öffnete es und nahm eine Tablette heraus. Weiß, rund, nach Medizin riechend. Sie konnte sich darauf keinen Reim machen. Trotz allem vertraute sie Kilian – schließlich hatte er sie auch unbehelligt aus dem Krankenhaus gebracht. Sie steckte sich die Tablette in den Mund und schluckte sie ohne Wasser herunter. Sie konnte nur hoffen, dass es half, denn die Müdigkeit saß wie ein Stachel hinter ihrer Stirn.

Als sie an der vierten Station ankamen – Whitechapel – stellte Kilian sich an die Tür. Ava sprang auf. Die Bahn hielt. Sie stieg vorsichtig aus, um nicht entdeckt zu werden. Doch Kilian war längst in die andere Richtung unterwegs. Whitechapel war ein Umsteigebahnhof, und ihr Sanitäter strebte zum Bahnsteig der Overground-Linie. Trotz ihres Namens befand sich diese Linie noch eine Etage tiefer. Auf dem schmalen Bahnsteig angekommen, sah sie, dass Kilian bereits nach hinten durchgegangen war. Sie setzte sich auf die erste Bank in einer kleinen Nische, um auf die Bahn zu warten. Zeit durchzuatmen.

Als Ava wieder die gefährliche Müdigkeit spürte, zog sie ihr Handy aus der Tasche. Ablenken. Beschäftigen. Das fiel ihr nicht besonders schwer, denn sobald sie das Smartphone geöffnete hatte, sah sie, dass sie achtzehn neue Mails, fünf SMS und elf Anrufe verpasst hatte. Oha. Die Kontaktversuche kamen hauptsächlich von Mitgliedern ihrer Crew für den Kurzfilm oder aber von Kommilitonen der Filmschule. Als sie die ersten Nachrichten öffnete, kapierte sie schnell, was los war: Ihr Schauspieler Max hatte nach dem kurzen Telefonat mit ihr in seinen sämtlichen Social-Media-Kanälen gepostet, dass seine „liebste Freundin Ava“ unter den Opfern des Anschlags im Fabric war und im Barts um ihr Leben kämpfte. „Thoughts and Prayers.“ Dazu hatte er natürlich ein Foto von sich gepostet mit übertrieben besorgtem Gesichtsausdruck. Auf Instagram und Twitter war das Posting viele Mal geteilt worden, was dann auch die zwei Mails von Fernsehsendern und die unbekannten Nummern erklärte. Ava war in ihrer Abwesenheit zu einem der Namen der Katastrophe von London geworden. Überhaupt waren sämtliche Medien voll mit Berichten über das Fabric und den Anschlag, über dessen

Ursache, Art und auch Hintermänner immer noch wild spekuliert wurde. Zweiunddreißig Tote waren offiziell bestätigt, hunderte Clubbesucher befanden sich in Quarantäne im Barts, aber mittlerweile auch in anderen Krankenhäusern. Ava musste über die Formulierung „lückenlos abgeschirmt von der Öffentlichkeit“ lachen, denn sie war der lebende Beweis, dass dies überhaupt nicht möglich war. Allerdings hatte sie auch einen ungewöhnlichen Helfer gehabt, der hundert Meter entfernt von ihr auf die Bahn wartete. Sie fragte sich, ob man nach ihr suchen würde. Es waren so viele Leute im Krankenhaus, und es herrschte dort solch ein Chaos, dass ihr Fehlen sicher nicht so schnell bemerkt werden würde. So gesehen war Max' Eitelkeit auch ein Glücksfall, denn es verbreitete sich allenfalls sein Bild und keins von ihr. Für den Moment konnte sie sich unerkannt durch die Millionenstadt bewegen.

Dass die Bahn noch nicht kam, gab Ava genügend Zeit, die persönlichen Nachrichten zu lesen. Es war bitter. Insgesamt hatten sich zwanzig verschiedene Leute bei ihr gemeldet, die sie mehr oder weniger gut kannte. Alle hatten Fragen zu dem „Anschlag“, zu der Gefahr für die Stadt, natürlich auch zu Avas Zustand. Einige äußerten Sorge um sie und fast jeder wünschte ihr alles Gute. Aber kein einziger dieser zwanzig Leute fragte, ob Ava Hilfe bräuchte, oder bot tatkräftige Unterstützung an. Das wäre das Erste gewesen, was Amy getan hätte, da war Ava sich sicher. Aber ihren sogenannten Freunden ging es nur um die Sensation, um ihre eigene Sicherheit und ein paar von ihnen entblödeten sich nicht einmal zu fragen, ob die Dreharbeiten in drei Wochen trotzdem stattfinden würden.

Über ihren Frust verpasste Ava beinahe die einfahrende Bahn. Ava steckte schnell ihr Handy weg und sprang auf. Sie konnte natürlich nicht denselben Wagen wie Kilian besteigen, weswegen sie dieses Mal besonders aufmerksam sein musste: Die Wagen der Overground Linie waren nicht miteinander verbunden. Doch sie brauchte nicht oft auszusteigen und den Bahnsteig zu scannen. Schon beim zweiten Stopp verließ Kilian die Bahn. Er strebte schnurstracks zum Ausgang. Ava folgte.

Wapping hieß die Station, ein Stadtteil an den alten Docks hinter der Tower Bridge. Hier waren deutlich weniger Menschen unterwegs als in der Innenstadt. Ava musste Abstand halten, verlor Kilian dadurch aber auch nicht so leicht aus den Augen. Im Schutz der zu schicken Wohnungen umgebauten ehemaligen Hafenspeicher arbeitete sie sich voran. Sie wusste, dass die Leute in diesen Häusern einen exklusiven Blick auf die Themse hatten. Und auch wenn die Gegend nicht so luxuriös war wie weiter westlich an der Themse, begegneten ihr ganze Kohorten an Joggern, die so aussahen, als ob sie mindestens ein Startup gegründet hätten. Bald kam sie an einem entsprechend luxuriösen Fitnessstudio vorbei, das aber nicht das Ziel von Kilian war – auch wenn er seinem Körperbau nach zu schließen garantiert regelmäßig trainierte. Während sie die Straße namens Wapping Wall entlang huschte, stellte Ava etwas Erstaunliches fest: Sie war nicht mehr müde. Ausgelaugt fühlte sie sich, ihr Herz raste viel zu schnell. Aber ihre Augen fielen nicht mehr zu, sobald sie einmal stehen blieb. Es gelang ihr zudem wieder besser, sich zu konzentrieren. Welche Art von Tablette auch immer Kilian ihr gegeben hatte: Sie wirkten.

In der Ferne sah sie, wie Kilian in einem alten Gebäude am Straßenrand verschwand. Waren sie an seinem Ziel angekommen? Im Näherkommen erkannte sie das Haus als historischen Pub, das „Prospect of Whitby" – laut einem großen Schild an der Steinwand Londons ältestes „Riverside Inn" aus dem Jahre 1520. Neben den hohen und modernen Speicherhäusern wirkte es fast deplatziert – mit seinem rustikalen Holzvorbau und dem im Wind wankenden Pubschild über der Tür, auf dem ein stolzes Segelschiff zu sehen war. Vorsichtig lugte Ava durch eine getönte Scheiben nach drinnen, aber sie konnte Kilian in dem am späten Samstagnachmittag schon ganz gut gefüllten Pub nirgendwo entdecken. Auch als sie den Raum mit der alten Holzbar und den zahlreichen Bildern, Schildern und Fähnchen an der Wand betrat, sah sie ihn nicht. Eins der Schilder verwies auf einen „Secret Garden" mit Blick auf die Themse. Ava arbeitete sich durch das zumeist männliche Publikum – ein Mix aus alten Londonern, noch mehr Start-up-Hipstern und Touristen – bis zur Treppe und dann nach oben. Aus einem der dortigen Räume konnte sie die Terrasse mit den Holztischen auf dem grünen Außenteppich sehen. Von dort aus hatte man tatsächlich einen wunderbaren Blick auf die Themse und die Hochhäuser am gegenüberliegenden Ufer. Unterhalb der Terrasse stand ein alter Galgen mit einsatzbereit geknüpftem Seil – laut einem Schild eine Erinnerung an einen berühmten Richter aus dem siebzehnten Jahrhundert, der Hinrichtungen liebte und ein Stammgast im Prospect of Whitby gewesen war. Überhaupt schien der Pub früher eher von dunklen Gestalten frequentiert worden zu sein.

Da passte es nur zu gut, was Ava als Nächstes sah. Es raubte ihr den Atem. Denn an einem Platz in der Sonne saß mit einem Bier vor sich niemand anderes als der bärtige Mann aus dem Fabric. Der Mann, von dem sie vor gar nicht allzu langer Zeit der Polizei berichtet hatte. Er trug dieses Mal einen hellen Anzug, genoss eine Zigarre und hatte seinen Blick fest auf seinen Gesprächspartner gerichtet: auf Kilian. Also doch. Kilian kannte ihn. Kilian hatte genau gewusst, von wem sie geredet hatte. Er war ein sehr guter Lügner. Ihr Instinkt sagte ihr, dass sie die Polizei rufen sollte, denn aller Wahrscheinlichkeit nach saß dort jemand, der in einen Massenmord involviert war, doch eine Frage nagte nach wie vor an Ava: Welche Rolle spielte Kilian? Er wirkte nicht wie der Komplize des Alten. Im Gegenteil: Er beschimpfte den Mann, der immer wieder abwinkte oder höhnisch lachte, aber auch nicht gänzlich immun gegen die scharfen Worte von Kilian war. Leider konnte Ava von drinnen nichts hören, also schlich sie sich weiter – im Schutz zweier groß gewachsener Männer, die auf die Terrasse wollten. Keine gute Idee, denn sobald die beiden sich setzten, war Ava kaum zu übersehen. Sie hörte noch, wie Kilian ein bitteres „Ich hab' es so satt!" in die Richtung des bärtigen Kerls fauchte, dann blickte der Sanitäter auch schon zur Seite. Wahrscheinlich, um zu sehen, ob ihn jemand gehört hatte. Dabei entdeckte er allerdings Ava. Er schaute sie nur für eine Sekunde an, doch trotzdem sah sie eine ganze Geschichte in seinen Augen ablaufen. Aus der Wut, die er gerade noch dem Mann am Tisch entgegengeschleudert hatte, wurde Überraschung, sogar so etwas wie Freude, die aber gleich wieder von einem schmerzerfüllten Blick abgelöst wurde. Ava war wie gelähmt. Ihr Verstand sagte, dass sie rennen sollte. Hilfe holen. Doch ihre Seele, ihr Herz oder was auch immer konnte sich nicht von Kilian lösen. Er tat etwas Erstaunliches. Er ignorierte sie und schimpfte weiter leise auf den Mann ein. Dabei schob er sich mit Minischritten in das Blickfeld zwischen sich und den Mann. So konnte dieser Ava nicht sehen. Als Kilian ihr dann auch noch hinter seinem Rücken signalisierte, dass sie verschwinden sollte, wusste sie: Er schützte sie vor dem Kerl aus dem Club.

Das gab ihrem Verstand genügend Unterstützung, so dass sie sich endlich aufrappeln und durch die Tür in den Pub zurückkehren konnte. Langsam. Irritiert. Ja, die Lage war eindeutig: Sie befand sich in einer gefährlichen Situation. Aber sie wollte verdammt noch einmal endlich verstehen, was los war. So stand sie ratlos auf der Straße – direkt neben dem historischen Schild, auf dem zahlreiche Könige und Königinnen aufgelistet waren, die der Pub schon überlebt hatte. Sie hielt ihr Handy in der Hand. Die Nummer der Polizei hatte sie bereits gewählt, aber sie konnte nicht auf „Verbinden" drücken.

„Was machst du noch hier?", hörte sie ein Zischen neben sich.

Kilian kam aus dem Prospect of Whitby gestürmt, packte sie am Arm und zog sie mit schnellen Schritten weg von dem Pub.

„Was ich hier mache?", gab sie wütend zurück. „Die Frage ist, was du mit diesem Kerl zu schaffen hast. Du hast mich angelogen."

Er ging nicht auf sie ein, blickte sich mehrfach nach hinten um und bog dann in die nächste Einfahrt zu alten Lagerhäusern, wo sie sich hinter einer Mauer verbergen konnten. Erst dann ließ er Ava los. Er konnte sie nicht anschauen, blickte auf den Boden, als ob er dort nach Worten suchen würde.

„Ich frag dich zum letzten Mal, Kilian: Was ist hier los?"

Endlich schaute er sie an, direkt in die Augen. Er wirkte so verletzlich, dass Ava das Verlangen spürte, ihn in den Arm zu nehmen. Trotz allem.

„Du würdest es eh nicht glauben", sagte er.

„Versuch es."

„Ja, ich weiß, wer dieser Mann ist. Und ja, ich weiß auch, was da heute Nacht passiert ist. Aber nicht, weil ich dabei war oder irgendetwas damit zu tun habe, sondern nur, weil ich ihn kenne."

Er zeigte hinter sich und sprach das „ihn" besonders verachtungsvoll aus.

„Es gibt nichts, was ich oder sonst irgendjemand tun kann. Die Polizei schon gar nicht. Die Menschen sind tot, ihnen können wir nicht mehr helfen."

„Ihnen nicht? Wem dann?“

Kilian schaute sie lange an, tastete ihr ganzes Gesicht mit seinen Blicken ab. Spontan streichelte er ihr über ihr Haar. Es war berührend und beängstigend zugleich.

„Wovon träumst du?“, fragte er unvermittelt. „Was wolltest du immer schon einmal machen?“

„Was?“

Sie musste lachen. Was sollte das denn jetzt?

„Wenn du einen Wunsch frei hättest, was wäre das?“

Er schaute sie überaus interessiert an, gerade so, als ob die Ereignisse des Tages nie stattgefunden hätten.

„Ich wollte immer schon mal auf die Malediven“, erklärte Ava mit deutlichem Sarkasmus in der Stimme. „Und was ist deine Lieblingsfarbe?“

„Es müsste etwas sein, das man in London machen kann“, erklärte Kilian unbeirrt. „Was würde dich jetzt in diesem Moment glücklich machen?“

‚Wenn du mich küssen würdest‘, schoss es Ava unweigerlich in den Kopf, als sie seine wunderbaren Lippen direkt vor sich sah.

Doch natürlich schob sie diesen Gedanken weg. Er war genauso unpassend wie Kilians Frage angesichts der Bedrohung durch den Mann, der an der Themse sein Bier genoss.

„Sag mir das“, ergänzte Kilian. „Und dann wirst du mehr erfahren. Alles.“

Ava hasste solche Spielchen. Sie war sich ziemlich sicher, dass sie in diesem Moment nichts glücklich machen konnte. Dennoch wollte sie erfahren, was er ihr zu berichten hatte.

„Mh, also … puh. Okay, ehrlich gesagt: Ich habe einen Wahnsinnshunger.“

„Gut“, rief Kilian. „Gibt es irgendetwas, das du schon immer mal essen wolltest, aber … es hat nie geklappt.“

„Kaviar. Ich weiß zwar nicht, ob das jetzt das Richtige ist, aber echten, sauteuren Kaviar wollte ich immer schon mal probieren. Überhaupt so richtig gute Meeresviecher. Hummer und Garnelen. Ich hab' echt Hunger."

Kilian musste grinsen. Tatsächlich lief Ava bei ihren Schilderungen das Wasser im Mund zusammen. Auch wenn sie sarkastisch hatte sein wollen, war es die Wahrheit. Sie hatte außer ein paar Keksen, die sie beim Warten auf die Blutabnahme bekommen hatte, noch nichts gegessen an diesem Tag. Dass sie ausgerechnet an Meeresfrüchte denken musste, lag wahrscheinlich an den Gerüchen der Themse und in dem Pub. Trotzdem konnte sie sich nicht vorstellen, dass Kilian jetzt ein Dose Kaviar hervorzaubern würde. Aber wie so oft an diesem Tag täuschte sie sich.

„Komm", sagte er und griff ihre Hand. „Ich kenne den perfekten Ort."

11

36 Stunden 22 Minuten

Der perfekte Ort, um als Sanitäter mit einer übermüdeten, jungen Frau Kaviar zu essen und ihre Fragen zu beantworten, war offensichtlich das Restaurant des Hotels Ritz direkt am Piccadilly. Ein Restaurant, in dem man für einen Tisch am Samstagabend sicher Wochen im Voraus reservieren musste. Ein Restaurant, in dem ein strikter und sehr konservativer Dresscode herrschte. Ein Restaurant, das teurer war als alle Restaurants zusammengenommen, in denen Ava je gegessen hatte.

Trotzdem saß sie in Jeans und ihrem Schlaf-T-Shirt an einem mit zahllosem Silberbesteck und Meißner Porzellan gedeckten Tisch, lauschte der Musik eines Geigenquartetts und blickte auf eine enorm große Schüssel mit im Licht der Kronleuchter glitzerndem Beluga-Kaviar.

„Was verdient man eigentlich so als Sanitäter?", fragte Ava Kilian, der ihr gegenübersaß.

Ihr Begleiter lachte, sagte aber nichts dazu. Er trug einen gut sitzenden braunbeigen Anzug, der perfekt zu seinen rotbraunen Haaren passte. Da man ihn in seinem Sanitäter-Outfit nun wirklich nicht in das Restaurant gelassen hätte, hatte er sich diesen noch schnell mit den Worten „Ich brauchen sowieso mal einen neuen Anzug" in einem Hotelshop gekauft. Ava hatte sprachlos danebengestanden und zugesehen, wie er in wenigen Minuten ausgewählt und mit einer schwarzen Kreditkarte bezahlt hatte, die ihm dann auch den Weg in das Luxusrestaurant geebnet hatte. War Kilian eine verdrehte Version von Bruce Wayne? Sanitäter bei Tag, Multimillionär bei Nacht? Es wurde immer absurder.

„Wieso sind wir mit der U-Bahn hergefahren, wenn du eigentlich die Welt kaufen kannst?“, schob sie die nächste Frage nach.

„Mit der U-Bahn geht es schneller. Außerdem fahre ich gerne U-Bahn.“

Er lächelte entwaffnend. Klar, das ergab Sinn. Genau wie alles andere an diesem Tag.

„Probier’ mal!“, sagte Kilian und deutete auf den Kaviar, neben dem eine ganze Armada von neckischen kleinen Schüsseln mit Leckereien angeordnet war.

Mittlerweile war es für Ava schon ein Automatismus zu tun, was Kilian ihr sagte. Sie nahm sich den Löffel aus Perlmutt, der vor der Schüssel mit dem Kaviar lag, und tauchte ihn in die schwarzen Kügelchen. Am Nebentisch lachte eine Frau, die aussah wie Gwyneth Paltrow. Nein, es war Gwyneth Paltrow – mitsamt berühmter Familie.

„Am besten mit einem Blini“, lenkte Kilian ihre Aufmerksamkeit zurück zu ihrem Tisch.

Er deutete auf die kleinen Pfannkuchen, die neben dem Teller standen. Ava nahm einen, lud den Kaviar darauf ab und biss hinein. Sie hatte wirklich noch nie Kaviar gegessen und liebte es sofort. Wie die Perlen in ihrem Mund platzten, eine angenehm weiche Konsistenz und einen Hauch von Meersalz ausströmen ließen – es schmeckte himmlisch. Sie steckte den restlichen Blini in den Mund und nahm sich sofort noch einen. Sie spürte den Hunger und verspeiste einen Kaviarpfannkuchen nach dem anderen – jeder einzelne davon im Wert eines Komparsendrehtags. Kilian schaute ihr dabei mit einem traurigen Lächeln zu. Sie stoppte.

„Isst du nichts?"

„Ich bin nicht hungrig."

Er wollte ihr zuschauen. Mehr nicht. Sie waren nur deswegen ins Ritz gegangen, damit sie zum ersten Mal in ihrem Leben Kaviar essen konnte. Die meisten Frauen hätten gejubelt, wenn sie von solch einem attraktiven und offensichtlich auch wohlhabenden Mann ausgeführt worden wären. Doch Ava fühlte sich wie ein verwildertes Mädchen aus dem Dschungel, dem der zivilisierte, weiße Mann ein Essen spendierte. Sie hasste es. Sie hatte aber auch keine Kraft, sich dagegen zu wehren.

„Ich verstehe das alles nicht", hauchte sie – plötzlich den Tränen nah. „Und ich bin so verdammt müde."

„Wann hast du die letzte Tablette genommen?", fragte Kilian alarmiert.

„In der U-Bahn, als ich dich verfolgt habe."

„Nimm noch eine."

Ava gehorchte. Sie legte den letzten Blini weg und kramte die Dose mit den Tabletten aus ihrer Jacke. Dieses Mal konnte sie den Wachmacher mit Wasser herunterspülen. Was anderes gab es jedoch nicht zu trinken. Alkohol hatte Kilian rigoros abgelehnt. Er schien dafür gute Gründe zu haben – wie für alle so schwer nachvollziehbaren Aktionen an diesem Tag.

„Was passiert, wenn ich die Tabletten nicht nehme? Wenn ich einschlafe?"

Kilians Blick spiegelte seine Qualen wider. Er ließ sie dieses Mal nicht so lange zappeln.

„Du wirst sterben", sagte er mit einem Stich in der Stimme.

Es war längst keine überraschende Antwort mehr. Es war die einzig passende Antwort. Trotzdem wollte Ava es nicht akzeptieren.

„Es haben ganz viele aus dem Club geschlafen. Sie sind nicht gestorben."

„Sie sind anders als du."

„Woher willst du das wissen?", schoss Ava geradezu empört zurück.

Sein verdammtes Selbstbewusstsein ging ihr plötzlich wahnsinnig auf die Nerven. Sie redeten hier über ihr Leben, verdammt noch mal.

„Ich sehe es", sagte Kilian voller Bedauern und schaute ihr in die Augen.

„Du siehst was?"

„Dass Ivor dich berührt hat."

„Ivor? Der Bärtige im Anzug? Seine Berührung hat alle ... Er war es ... Wie kann das sein?"

Avas Stimme überschlug sich. Sie war sofort wieder hellwach, was noch nicht an der Wirkung der Tablette liegen konnte. Es lag an den Antworten, die endlich kamen – auch wenn sie unglaublich klangen.

„Er hat euch berührt", erklärte Kilian. „Und euch in dem Moment eure Lebensenergie geraubt. Beim nächsten Schlaf bekommt das Herz keinen Impuls mehr, um weiterzuschlagen. Das ist den Toten aus dem Fabric passiert, und das ..."

Er verstummte. Das würde auch Ava passieren.

„Wie kannst du das sehen?", fragte sie hilflos. „An mir?"

„An deinen Augen. Der Kranz ist verblasst."

Unweigerlich fasste Ava sich an die Augen, aber dort fühlte sich alles an wie immer.

„Was für ein Kranz? Seit wann sieht man da einen Kranz?"

Sie kramte ihr Handy aus dem Rucksack und hielt sich die Selfie-Kamera vor das Gesicht. Da war kein Kranz.

„Ihr könnt ihn nicht sehen", erklärte Kilian. „Aber wir können es."

Ava klappte das Kinn herunter.

„Okay, ‚ihr', das ist … Du bist auch so einer? So ein … was auch immer."

Kilian nickte.

„Von was reden wir hier? Außerirdische? Dämonen?"

Sie lachte über sich selbst.

„Sandmänner", kam die Antwort. „Wir sind Sandmänner. Wir haben die Fähigkeit, anderen Menschen die Lebensenergie zu rauben und unser eigenes Leben damit zu verlängern. Ich bin am 3. Februar 1802 geboren. Das ist das Geheimnis hinter dem, was dir zugestoßen ist."

12

September 1815

Als Ivor mit seinem Sohn aus dem Waldstück heraustrat und den Weg hinauf zu den Höhlen des Beinn an Eoin vor ihnen liegen sah, schwante ihm bereits nichts Gutes. Vor dem Eingang zur Höhle reihten sich ein Dutzend Menschen, die darauf warteten, einen Blick nach drinnen erhaschen zu können. Es waren fremde Gesichter. Menschen, die früher niemals Sand abgebaut hatten. Viel zu viele Leute wussten inzwischen von dem magischen Kristall.

Ivor bahnte sich gefolgt von Liam den Weg vorbei an den Frauen und Männern, von denen nicht wenige krank waren oder gebrechlich aussahen. Es waren arme Menschen, einfache Leute aus den Dörfern der Gegend. Solche, die mit den Sandmännern sprachen und nicht auf sie herabschauten. Edelleute oder die Clanmitglieder hatten noch nichts von dem sandfarbenen Kristall erfahren. Soweit war die Geheimhaltung immerhin eingehalten worden, die die Sandmänner noch am Tag der Entdeckung vereinbart hatten. Natürlich war es Ivor nicht möglich gewesen, die anderen von dem Kristall an der Höhlendecke fernzuhalten. Längst hatten auch sie gesehen, dass er einen Menschen verwandeln konnte. Ihn gesunden ließ und stark machte. Alle hatten ihn berühren wollen. Der gute Liam hatte den anderen sogar auf den Findling geholfen, damit sie nach oben reichen konnten. Da hatte Ivor bereits geahnt, dass der Kristall Begierden wecken würde. Er hatte alle Anwesenden drauf eingeschworen, niemandem etwas von der Entdeckung zu verraten. Liam und er hatten mit ein paar anderen in der Höhle übernachtet, sie weiter erforscht, aber außer großen Mengen von wunderbar feinem Sand nichts gefunden. Keinen Hinweis auf die Herkunft des Kristalls. Sie hatten sich wohl gefühlt dort in der Höhle. Es war ihnen so gut gegangen wie noch nie in ihrem Leben. Sie brauchten kaum Essen oder Schlaf. Sie waren andere Menschen. Doch das Glück hielt nicht lange an.

Schon nach wenigen Tagen brachte jemand ein krankes Kind – was sollte man da sagen? Weitere Verwandte wurden herbeigebracht und geheilt. Es war rührend zu sehen, es gab Tränen und glückliche Momente. Aber die Wunder in der Höhle sprachen sich auch herum. Bald kamen die ersten Sandmänner, die an besagtem Tag nicht dabei gewesen waren, aber Gerüchte von dem heilenden Kristall gehört hatten. Es war nicht mehr möglich, in der Höhle zu übernachten, weil zu jeder Zeit Menschen hineinströmten. Und jetzt das. Ivor und Liam waren zwei Tage fort gewesen, um Sand auszuliefern – es war ihnen noch nie so leicht gefallen – aber nun war die Höhle vollkommen überlaufen.

Als sie an den Wartenden vorbei in die vordere Höhle gingen, murrte so mancher und pöbelte, dass man sich hinten anstellen sollte. Ivor ignorierte es. Andere Menschen kamen ihnen entgegen, strahlend, vom Glück beseelt. Geheilt. Im Inneren der ursprünglichen Höhle wartete ein weiteres Dutzend Menschen, einen alten Mann hatte man sogar in einer Holzkarre den Berg hinaufgezerrt. Die Schlange endete am Eingang zur Kristallhöhle, wie Liam sie nannte. Dort hatte Ivor selbst einen größeren Eingang in die Felswände geschlagen, so dass man fast aufrecht gehend bis zu dem Findling gelangen konnte, über dem der heilende Kristall hing. Am Eingang zur neuen Höhle stand Ailis. Die alte Frau mit den grauen, langen Haaren kannte jeder. Sie baute den feinen Sand schon länger ab als alle anderen. Als junge Frau hatte sie mit ihrem Mann begonnen, mit Sand zu handeln. Sie hatte ihn und zwei weitere Ehemänner überlebt. Manch einer glaubte, dass sie das Gewerbe erfunden hatte, zumindest aber hatte sie vor zig Jahren die Höhle am Beiin an Eoin entdeckt – als sie noch nicht mehr als eine verborgene Vertiefung des Berges gewesen war. Eigentlich hatten alle gedacht, dass die gebeugte Alte es nicht mehr lange machen würde, da auch sie von einem rasselnden Husten geplagt war. Doch nun stand sie aufrecht da und regelte mit natürlicher Autorität den Strom in die Kristallhöhle und wieder hinaus. Ivor mochte die Frau, die immer für einen gewissen Respekt und Anstand unter den Sandmännern gesorgt hatte. Doch sie war auch naiv. Wie oft in den zwei Wochen seit der Entdeckung des Kristalls hatte er ihr gesagt, dass sie dieses Wunder für sich behalten sollten?

„Du hast all diese Leute eingeladen?“, fragte er Ailis nicht ohne Schärfe.

Das Meckern der Wartenden verstummte.

„Wir dürfen das nicht für uns behalten, Ivor. Es ist ein Zeichen Gottes. Und Gott liebt alle Menschen.“

Ivor war sich da nicht so sicher, aber es war immer schwierig, gegen Gott zu argumentieren. Er schüttelte den Kopf. Mehr konnte er sowieso nicht tun. Ein Blick in die Kristallhöhle zeigte ihm, dass es viel zu spät war. Durch die noch von ihm und Liam an den Wänden befestigten Fackeln konnte er das ganze Ausmaß sehen: Die große Höhle war mit Menschen dicht gefüllt. Dutzende Menschen befanden sich darin. Einigermaßen geordnet kletterte einer nach dem anderen auf den Findling, vor dem hölzerne Stufen aufgebaut worden waren. Ivor griff sich die Hand von Liam und bahnte sich den Weg vorbei an den Menschen, die ihm wie Eindringlinge vorkamen.

„Hinten anstellen", fauchte ihn eine Frau an.

„Das ist unsere Höhle", gab Ivor wütend zurück. „Wir haben sie gefunden. Also schweig, Weib."

Es war mehr seine wütende Grimasse als seine Worte, die die Frau tatsächlich verstummen ließ. Auch die Umstehenden machten Platz, so dass Ivor bald in die Höhle gelangen konnte. An der Holztreppe neben dem Findling war es eine junge Frau, die Tochter eines Sandmanns, die den Menschen auf die Stufen half und dafür sorgte, dass sie auf der anderen Seite wieder hinabstiegen. Mit Geduld und klaren Worten organisierte sie das Chaos. Immer diese Frauen. Sie waren viel zu weich.

„Das geht nicht gut", hörte Ivor eine dunkle Stimme neben sich.

Carson stand dort mit seinen obligatorischen drei Kumpanen, die ihm so gut wie nie von der Seite wichen. Den muskelbepackten Kerl mit dem finsteren Blick mied Ivor zumeist, genau wie dessen Bande. Sie waren zwar auch Sandmänner, aber oft genug nutzten sie ihre Kenntnisse von Häusern und Höfen, um diese bei Nacht auszurauben und Feuer zu legen – so dass es den Vasallen von Gräfin Sutherland in die Schuhe geschoben werden konnte. Bis vor zwei Wochen war jeder der vier mit Narben übersät gewesen, die auf ihre Vergangenheit als Söldner und Wegelagerer hinwiesen, bevor sie dafür zu schwach oder alt geworden waren. Doch nun waren die Narben verschwunden und die Schwäche gewichen. Auch ihnen hatte der Kristall Kraft gegeben. Aufrecht und mit Dolchen unter dem Mantel standen sie da und betrachteten grimmig das Gedränge um sie herum. Nur einer von ihnen – der für seine Brutalität weithin bekannte rothaarige Logan – war an dem Tag dabei gewesen, als Ivor und Liam den Kristall entdeckt hatten. Aber natürlich hatten Carson und die anderen nicht lange auf sich warten lassen.

„Wir sind hier auf dem Land der Sutherlands“, zischte Carson Ivor zu. „Wenn die Gräfin von dem Kristall Wind bekommt, wird nie wieder einer von uns einen Fuß in diese Höhle setzen.“

Normalerweise hätte Ivor sich nicht auf ein Gespräch mit Carson eingelassen, aber in diesem Fall teilte er die Sorge des dunklen Gesellen. Ivor wollte den Kristall auf keinen Fall verlieren. Er hatte ihn vermisst in den letzten zwei Tagen. Kaum eine Stunde war vergangen, in der er nicht an das funkelnde Sandgelb denken musste – wie ein verliebtes Weib. Erst hatte er gedacht, dass er sich das nur einbildete. Aber auch Liam hatte sich nach den zwei Tagen nicht mehr so stark gefühlt wie in der Nähe des Edelsteins. Als sie nun zu ihm gelangten, konnten sie wieder freier atmen, die Muskeln schmerzten nicht mehr. Sie brauchten diesen Kristall.

„Was willst du machen?“, fragte er Carson.

„Wir müssen die Leute vertreiben und den Kristall abschlagen. Dann verstecken wir ihn.“

„Er wirkt dann nicht mehr“, widersprach Ivor.

Carsons Kumpan Logan war bereits nach kurzer Zeit auf die glorreiche Idee gekommen, dass so etwas wunderschön Funkelndes sicher enorm wertvoll war. Als keiner auf ihn geachtet hatte, war er auf den Findling geklettert und hatte ein kleines Stück des Kristalls mit einem Beil abgeschlagen. Es war mit einem leichten Hieb möglich gewesen, was Ivor nicht nur verärgert, sondern auch beunruhigt hatte. Ein echter Edelstein wie ein Diamant oder Rubin durfte sich seines Wissens nach nicht so einfach zerschlagen lassen. Nachdem Logan mit dem kleinen Stück entkommen war, hatte er den Goldschmied in Lairg aufgesucht, der ihn aber nur ausgelacht und den kleinen Kristall mit dem Hieb eines schweren Hammers pulverisiert hatte. Bunter Glasstein sollte es sein, wie man ihn manchmal am Strand fand. Seitdem war ihnen allen bewusst, dass der Kristall selbst keinen Wert besaß – dafür aber eine magische Wirkung wie nichts anderes auf dieser Welt. Doch auch diese war begrenzt – auf die Kristallhöhle. Bevor Logan vom Goldschmied um sein Stück gebracht worden war, hatte er an einem Abend im Pub versucht, damit Leute gegen ein paar Shilling zu heilen. Es war nichts passiert. Kein Buckel wurde gerade, keine Wunde geschlossen, nicht einmal einen Schnupfen konnte der Splitter heilen.

„Logan hatte nur ein kleines Stück", argumentierte Carson. „Wir brauchen den ganzen Kristall."

„Zu riskant."

Ivor war strikt. Lieber sollten hunderte Menschen sich an dem Kristall heilen, als dass sie seine Wirkung zerstörten. Carson war unzufrieden, widersprach aber auch nicht. Sie standen schweigend nebeneinander und beobachteten, wie die Frau an dem Findling einem Mann nach oben half. Ivor erkannte in ihm einen Sandmann, der bei der Entdeckung dabei gewesen war. Er zog plötzlich einen Meißel unter seinem Hemd hervor und hämmerte damit auf den Stein ein.

„Hey!", schrie Carson sofort und stürmte in die Mitte der Höhle.

Seine Männer folgten, Logan mit einem beeindruckenden Kurzschwert allen voran, empört, dass es jemand wagte, den Kristall zu spalten – als ob er es nicht selbst versucht hätte. Doch auch Ivor gefiel die Attacke nicht.

„Hör auf!", schrie er dem Sandmann auf dem Findling zu.

Die vier Räuber bahnten sich brutal den Weg durch die Menge, wodurch es ein unheilvolles Gedränge gab. Die Wartenden fluchten und schrien. Manche wollten fliehen. Andere bekamen Angst, dass ihnen die Heilwirkung des Steines entgehen könnte, und drängten heftiger nach vorne. Vom Eingang schoben Leute nach, die sehen wollten, was los war. Der Sandmann auf dem Findling hatte ein Stück abgeklopft, weswegen Carson umso wütender mit seinem Dolch nach ihm hieb. Der Sandmann sprang hoch, klammerte sich an den Kristall, wodurch alle nur noch unruhiger und wütender wurden. Carson hieb in die Luft, traf Unschuldige. Andere sprangen auf den Findling und rissen an dem Sandmann, der sich krampfhaft an dem Kristall festhielt, als ob er sein Säugling wäre. Doch schließlich gelangte auch Logan auf den Findling und schlug mit einem furchtbaren Hieb dem Sandmann den rechten Arm ab, so dass er schreiend zu Boden stürzte. Die Menge schrie. Ivor sah mit Grauen nach oben. Denn durch Logans Schwung war der Sandmann zur Seite geschleudert worden. Er hatte den Kristall mit sich gerissen, so dass dieser ein Stück weit abgebrochen war. Er baumelte an der Decke wie ein nur halb abgeschlagener Kopf.

„Der Kristall!“, schrie die junge Frau an der Treppe warnend.

Im nächsten Moment fiel er schon hinab und knallte mit Wucht auf den Steinboden, wo der wunderschöne Kristall mit einem lauten Klirren in zahllose Stücke zersprang. Für einen Moment war es bis auf das Jammern des um seinen Arm gebrachten Sandmanns totenstill in der Höhle. Alle spürten den Schmerz, den Verlust. Ivor hatte das Gefühl, dass eine feine Klinge sein Herz durchstochen hätte, als der Kristall zersplittert war. Auch Liam war leichenblass geworden. Doch Ivor konnte sich nicht um den Jungen sorgen, denn im nächsten Moment brandeten Schreie aus allen Ecken auf. Die Menschen stürmten blindlings los zu den Splittern des Kristalls. Ivor und Liam wurden von den Nachströmenden mitgerissen. Der Vater packte seinen Sohn an der Hand und wollte ihn gegen den Strom aus der Höhle ziehen, als er sah, dass die ersten Menschen niedergetrampelt wurden und schwerste Verletzungen erlitten. Es kamen immer mehr Menschen nach. Liam zog seinen Vater in die andere Richtung, weiter in die Höhle hinein. In eine Ecke, in der sie zwei Nächte lang geschlafen hatten. Fernab von der Mitte mit den zahllosen kleinen Kristallen waren sie sicher. Fassungslos mussten sie mit ansehen, was geschah. Wie die Tiere stürzten sich alle auf die vermeintlich heilbringenden Stücke. Jeder griff, was er kriegen konnte. Es wurde gerangelt, gestoßen, auf Körpern herumgetrampelt. Carson und seine Männer scheuten sich auch nicht, mit Schwert und Dolch Platz zu schaffen, um so viele Stücke wie möglich an sich bringen zu können. All das zu sehen, machte Ivor so wütend.

„Sie haben ihn zerstört“, klagte Liam neben ihm. „Er wird uns nicht mehr helfen können, nicht wahr?“

Erst jetzt sah Ivor, dass Liam zwei kleine Stücke des Kristalls in der Hand hielt. Er musste sie aufgefangen haben, als sie durch die Luft geschleudert worden waren. Ivor nahm eins der Stücke. Es war nicht größer als ein Kinderfinger, funkelte genauso sandfarben wie der große Kristall. Das Merkwürdige war, dass beide Stücke dieselbe Form hatten. Länglich, vier Seiten, spitze Zuläufe an den Enden. Auch die Stücke, die die Wilden in der Mitte der Höhle triumphierend hochhielten, sahen so aus. Als ob der Kristall in unzählige identische Miniaturen seiner selbst zerfallen wäre.

„Werden die kleinen Stücke uns helfen können, Vater?“, fragte Liam den Tränen nah.

Ivor schaute ihn entschlossen an.

„Das werden sie. Das müssen sie.“

13

37 Stunden 41 Minuten

„Doch das taten sie nicht."

Kilian trank einen Schluck Wasser. Ava hielt beim Essen inne. Sie hatte nicht gemerkt, dass sie mittlerweile den gesamten Kaviar und auch noch einen halben Hummer verspeist hatte. Die exquisitesten Gaumenfreuden, die ihr je serviert worden waren, stopfte sie wie Fast Food in sich hinein. Es war einfach nicht der Abend, um so etwas genießen zu können. Ihre Gedanken rasten hin und her zwischen allem, was sie erlebt hatte, und der unglaublichen Geschichte, von der Kilian ihr berichtete.

„Die kleinen Kristalle heilten nicht", fuhr Kilian bedauernd fort. „Aber eine magische Wirkung blieb: Wenn die Menschen, die an diesem Tag in der Höhle gewesen waren, den Kristall bei sich trugen, konnten sie den Kranz um die Augen der anderen Menschen sehen."

„Langsam, langsam", ging Ava dazwischen. „Du willst mir sagen, dass du auch dort gewesen bist? Vor zweihundert Jahren?"

Kilian nickte. Ava steckte sich das letzte Stück Hummer in den Mund, kaute darauf herum und schob ihren Teller weg. Sie hatte genug.

„Okay, das ist ja alles wirklich spannend und so. Aber du verstehst schon, dass ich das nicht glauben kann?"

„Natürlich. Das habe ich doch vorhergesagt."

Er lächelte. Es war so ein schönes Lächeln, dass auch Ava lächeln musste. Obwohl ihr gar nicht danach war. So gesehen hatte Kilian auf jeden Fall eine magische Wirkung – auf sie. Sie drückte das Gefühl weg, schüttelte den Kopf.

„Du kannst jetzt in diesem Moment den Ring um meine Augen sehen?"

„Ich sehe nur den Schatten davon. Der Kranz ist verblasst. Du hast keine Energie mehr."

Er klang wieder sehr hart, konnte ihrem Blick kaum standhalten.

„Das ist wie so 'ne Akkuanzeige, oder was?"

Ihr Tonfall klang patzig. Sie konnte nicht anders. Doch Kilian nickte.

„Okay, also wenn ich das jetzt mal alles für die Wahrheit halten würde … Ich sterbe, wenn ich einschlafe?"

„Sobald du in den Tiefschlaf fällst, hört dein Herz auf zu schlagen. Du merkst es nicht. Es ist nicht qualvoll."

„Na, danke. Aber wieso? Wieso hört es auf?"

„Warum genau, weiß ich nicht. Die Wissenschaft weiß ja bis heute nicht einmal, warum ein Herz überhaupt schlägt. Was den Stromimpuls antreibt, der uns das Leben gibt. Fakt ist: Was Ivor bei dir gemacht hat, nimmt dir diesen Impuls."

„Und es gibt nichts, was man dagegen machen kann? Auch, wenn man es weiß?"

„Ich habe alles probiert", antwortete Kilian mit hörbarem Bedauern.

Ava musste lachen.

„Glaub mir, ich kenne das Problem schon länger", erklärte er. „Und … Ich kann dich einige Tage wachhalten. Die Tabletten … Ich hab' sie selbst entwickelt."

„Du stellst Medikamente her?", fragte Ava ungläubig.

„In den Sechzigerjahren habe ich in New York Pharmazie studiert. Ich war sogar einige Jahre Apotheker."

Kilian lächelte.

Das konnte einfach nicht sein. Kilian war allerhöchstens dreißig Jahre alt.

„Aber die Tabletten … irgendwann helfen auch sie nicht mehr. Dann hilft nichts mehr. Dann kannst du noch versuchen, dich durch Bewegung und Ablenkung wachzuhalten. Ich hatte mal jemanden, der es zehn Tage geschafft hat. Aber … Mehr geht nicht."

Ava hörte die Worte. Auf gewisse Weise beunruhigten sie sie. Aber sie machten ihr längst nicht so viel Angst, wie es die Ankündigung, dass sie in spätestens zehn Tagen sterben würde, eigentlich sollte. Weil sie einfach nicht glauben konnte, dass der Kerl, der da vor ihr saß, mehr als zweihundert Jahre alt war. Sie fühlte sich immer mehr verarscht.

„Deswegen … Genieß die Tage! Mach Sachen, die du schon immer machen wolltest …"

„Kaviar essen. Das ist der Grund, warum wir hier sitzen. Mein Henkersmahl."

Sie warf die Serviette auf den Teller mit den Resten des Hummers. Auch wenn sie den ganzen Scheiß nicht glauben konnte, Kilian glaubte es und hielt es für eine großherzige Geste, sie mit Luxusessen vollzustopfen.

„Geh zu deiner Familie. Zu deinen Freunden …"

„Verdammt nochmal, ich habe keine Freunde", brach es plötzlich so laut aus Ava heraus, dass der ganze Saal verstummte.

Von überall blickten nobel gekleidete Menschen zu ihr herüber. Sie stand auf.

„Mir ist das zu viel. Ich glaube dir kein Wort. Das ist irgendein perverser Fetisch von dir oder … Ich will dich nie wiedersehen."

„Ava!"

Auch Kilian stand auf, aber Ava rannte bereits zum Ausgang. Sie stieß beinahe einen Kellner um, der zwei Teller mit versilberten Gloschen zum Tisch von Gwyneth Paltrow brachte. Geschickt wich er ihr aus, doch Kilian stoppte er mit einem scharfen „Sie wünschen die Rechnung?", woraufhin der angeblich Zweihundertjährige notgedrungen zurückblieb.

Ava ignorierte die Blicke der oberen Zehntausend. Sie sah nicht nach rechts und links. Sie wollte einfach nur weg. Schnellen Schrittes eilte sie durch die Lobby des luxuriösen Hotels. Sie rang nach Luft, draußen würde es ihr besser gehen. Zumindest hoffte sie das. Ein livrierter Türsteher öffnete von außen die prunkvolle Tür für sie. Als sie endlich auf der lebhaften Straße mitten in ihrer geliebten Stadt stand, atmete sie tief ein und aus. Sie blickte hinter sich. Kilian war nicht zu sehen. Sie musste weiter. Aber wohin? Während sie ziellos Piccadilly in Richtung Green Park entlangeilte, griff sie in ihrem Rucksack nach ihrem Handy, doch es war nicht dort. Verdammt. Sie hatte es auf dem Tisch liegen gelassen. Das war mal wieder typisch. Sie machte einen dramatischen Abgang, aber musste dann noch einmal zurück, weil sie ihr Handy vergessen hatte. Sie blieb stehen, dachte darüber nach. Ohne das Handy hatte sie buchstäblich nichts in der Hand. Sie wusste nicht einmal eine einzige Telefonnummer von irgendjemandem, den sie kannte. Unwillig kehrte sie um.

Der livrierte Türsteher öffnete erneut die Tür und nickte ihr zu, als ob er sie zum ersten Mal sehen würde. Schnell durchschritt sie die Lobby, doch der Tür des Restaurants näherte sie sich vorsichtig. War Kilian noch am Tisch, oder suchte er sie bereits? Aus sicherer Entfernung sah sie am Empfangstisch vorbei, dass der Kellner bei Kilian stand und dessen Kreditkarte durch einen Kartenleser schob. Kilian saß mit grimmiger Miene da und tippte seinen Code in das Gerät. Dieser wurde akzeptiert. Immerhin war der unerklärliche Reichtum schon einmal nicht geschwindelt, denn das Essen war sicher noch teurer gewesen als der verdammte Anzug. Der Kellner dankte mit einer angedeuteten Verbeugung und verschwand mit dem Gerät. Kilian blieb sitzen. Unzufrieden. Unglücklich. Im nächsten Moment entdeckte er Avas Handy neben dem Teller mit den Resten des Hummers. Er lächelte traurig, stand auf und nahm es an sich. Er hielt es einen Moment in der Hand, streichelte es fast zärtlich, dann steckte er es in seine Jacketttasche. In dem Moment wusste Ava, was sie tun würde.

14

38 Stunden 31 Minuten

Ein Paar verschlafene Augen blinzelten Ava durch den Spalt der Wohnungstür an. Koto hatte bereits geschlafen. Deswegen hatte der Concierge in der Eingangshalle des Park Towers so lange gebraucht, um sie zu erreichen.

„Ava?", murmelte Koto. „Was ist denn los?"

„Sorry, es ist echt ein Notfall."

Die acht Jahre ältere Frau öffnete ihre Tür gänzlich und ließ Ava in die Wohnung. Sie trug einen mit Schmetterlingen bedruckten Seidenpyjama.

„Ich hab' dich geweckt, ja?", fragte Ava peinlich berührt.

Dabei war es noch nicht einmal zehn Uhr. Koto nickte. Hinter ihr konnte Ava das dezent beleuchtete Wohnzimmer sehen. Kotos Wohnung war ein Traum. Sie war nicht nur geräumiger als Avas, sondern auch um einiges schöner und vor allem geschmackvoller eingerichtet. Koto hat Stil und kam aus einer reichen Familie, weswegen sie sich dieses sündhaft teure Apartment überhaupt leisten konnte. Ihr Vater besaß nicht gerade geringe Anteile an irgendeiner japanischen Hightechfirma.

„Wir haben morgen um fünf Drehbeginn", erklärte Koto müde. „Wir drehen auf der A10, und die sperren die komplett für uns."

Koto war Kamerafrau an der Filmschule von Ava – eins

der ‚Rich Kids' aus dem höheren Jahrgang. Trotzdem hatte sie zugestimmt, auch bei Avas Kurzfilm die Kamera zu führen. Diese Besetzung war Avas größter Erfolg, denn Koto war ein Kracher als Bildgestalterin. Da die Kamerafrau derzeit noch einen Abschlussfilm drehte, hatte Ava ihre eigenen Dreharbeiten nach Koto ausgerichtet.

„Möchtest du etwas trinken?", fragte die für eine Asiatin sehr große Frau höflich.

„Später. Ich müsste dringend an einen Computer. Geht das?"

„Klar. Was ist denn?"

Sie ging bereits auf den Schreibtisch am Fenster zu, aus dem man über den Green Park bis zum Buckingham Palace sehen konnte. Für die maximal fünfzig Quadratmeter im zehnten Stock musste Koto ein Vermögen zahlen. Ihr war es das wert. Sie hatte einmal erzählt, dass sie in Tokio in solchen Höhen groß geworden war und einfach nicht näher am Boden leben konnte. Sie fühlte sich nur in luftigen Höhen sicher. Nicht zuletzt deswegen waren Luftaufnahmen mit Drohnen ihre Spezialität – niemand flog die Dinger ruhiger und zielsicherer. Koto konnte auch mit einfachstem Equipment das Gefühl vermitteln, dass man einen Hollywoodfilm sah.

„Hast du gar nichts mitbekommen?", fragte Ava. „Vom Fabric?"

„Von diesem Anschlag? Doch, vorhin beim Drehschluss hat ein Ausstatter davon erzählt. Furchtbar. Kanntest du dort jemanden?"

Tatsächlich war Koto eine der wenigen Crewmitglieder gewesen, die Ava heute keine Nachricht geschickt hatten. Da sie auf einem Dreh gewesen war, erklärte sich dies schnell. Manchmal lebte man bei Dreharbeiten in einem regelrechten Paralleluniversum, weil man nicht einmal mehr dazu kam, seine eigene E-Mails zu überprüfen.

„Ich war dort“, sagte Ava, als sie sich vor den Computer setzte. „Amy und zwei ihrer Freundinnen sind gestorben.“

„Oh, mein Gott.“

Koto nahm sie sofort in den Arm. Eigentlich kannte sie die Kamerafrau gar nicht so gut. Sie hatten sich dreimal zu Besprechungen getroffen. Auch einmal bei Ava zu Hause, wo Koto Amy kennengelernt hatte. Doch sie hatten nur über den Film geredet, nichts Privates, besonders herzlich war Koto nie gewesen. Sie war einfach nur an dem Projekt interessiert und wollte Ava als eine der wenigen Regisseurinnen unterstützen. Ava war auch nicht zu ihr gegangen, weil sie sich von ihr besonderen Zuspruch erhofft hatte, sondern weil sie von all ihren Bekannten am nächsten zum Ritz wohnte. Wenn sie nicht so verzweifelt und in Eile gewesen wäre, hätte sie sich das niemals getraut. Koto war eine Göttin für sie. Doch die unerwartete körperliche Nähe trieb Ava Tränen in die Augen. Koto löste sich und blickte sie an.

„Du hast die Hölle hinter dir. Kann ich was für dich tun?“

Ava musste lächeln. Manchmal kam Hilfe von Seiten, die man nie erwartet hätte.

„Das tust du schon.“

Sie deutete auf den Computer. Koto hatte den Bildschirmschoner vertrieben und überließ Ava nun die Tastatur.

„Aber dir geht es gut?“, fragte Koto, während Ava am Computer aktiv wurde.

„Ich denke schon.“

Sie tippte noch ein paar Worte, dann fiel ihr etwas ein.

„Ich bin nicht ansteckend oder so. Keine Angst.“

Koto lächelte.

„Das habe ich nicht. Aber du siehst nicht gut aus.“

„Ich habe seit gestern früh nicht geschlafen, und … Kann ich kurz hier etwas machen?“

Sie deutete fragend auf den Bildschirm, musste sich konzentrieren.

„Ich koche dir einen Kaffee“, verkündete Koto und stand auf.

Ava war froh, dass sie alleine gelassen wurde. Sie hätte nicht gewusst, wie sie erklären sollte, was sie in diesem Moment tat. Sie hatte sich auf der Apple-Seite mit ihrer ID eingeloggt und die Funktion „Mein iPhone suchen“ aufgerufen. Da sie bereits einmal ihr Handy verloren hatte, wusste sie diese Funktion zu schätzen. Sie würde gleich sehen, wo sich das Gerät befand. Da es wahrscheinlich noch in der Jacketttasche von Kilian steckte, würde Ava auch seinen Weg verfolgen können. Ohne dass sie ihm nachschleichen musste, was nachts bei leeren Underground-Bahnhöfen sicher sehr viel schwerer gewesen wäre als am Nachmittag. Der grüne Punkt auf dem Bildschirm leuchtete auf. Wie zur Bestätigung sah Ava, dass er sich bewegte – entlang der Strecke der Piccadilly Line. Kilian saß wieder in der Bahn, auch wenn er sich wahrscheinlich eine Limousine mit Chauffeur hätte leisten können. Hoffentlich fuhr er zu sich nach Hause, so dass sie ihn wiederfinden konnte, wenn sie einen klaren Gedanken gefasst hatte oder wenn sie die Polizei mitbrachte.

Sie grübelte noch darüber, wie sie mit diesem auf so vielen Ebenen verwirrenden Kerl umgehen sollte, als die Bewegungen des Punkts langsamer wurden. Kilian war an der Station Russell Square ausgestiegen. Die Station, an der auch Ava immer ein- und ausstieg, denn sie lag am nächsten zu ihrer Wohnung in Bloomsbury. Während sie Kilians Weg durch die Straßen verfolgte, kam Koto mit einem duftenden Kaffee zurück. Sie stellte ihn neben Ava ab und schaute auf den Bildschirm. Was sollte sie bloß Koto erzählen? Ganz sicher nichts von einem zweihundert Jahre alten Typen, der Akkuladezeichen an ihren Augen sehen konnte.

„Ist dir dein Handy gestohlen worden?“, fragte Koto von alleine.

Das war doch eine gute Erklärung.

„Ja“, antwortete Ava, ohne Koto anzuschauen.

„Auch das noch. Das ist ja alles furchtbar.“

Ava trank einen Schluck von dem Kaffee. Sie spürte längst wieder die Müdigkeit. Seit der letzten Tablette mussten mehr als zwei Stunden vergangen sein. Immerhin hatte Kilian, was diese anging, nicht gelogen. Ihre Wirkung half zuverlässig für zwei Stunden. Also nahm sie auch jetzt wieder eine aus ihrer Tasche und schluckte sie mit Kaffee herunter. Koto kommentierte es nicht, sondern starrte auf den Bildschirm.

„Scheint ein reumütiger Dieb zu sein“, sagte sie.

„Wieso?“

Sie folgte Kotos Blick auf die Karte von London.

„Er bringt dir das Handy nach Hause.“

Tatsächlich. Der grüne Punkt war zwanzig Meter von dem Haus mit Mister Basus Halal-Laden stehengeblieben. Ava verwirrte dies nur noch mehr. Immer wenn sie dachte, sie hätte eine finstere, böse oder verrückte Seite von Kilian entdeckt, machte er etwas, das ihn eindeutig als Guten identifizierte.

„Oder meinst du, der will bei dir einbrechen?“, fragte Koto besorgt.

„Wird ihm schwerfallen. Meine Wohnung ist von der Polizei abgeriegelt.“

Was wahrscheinlich auch der Grund war, warum Kilian nicht näher an das Haus heranging. Zwei Minuten blieb er unverändert an einer Ecke stehen, wo nach Avas Erinnerung hohe Büsche standen, hinter denen er sich verbergen konnte. Sie seufzte. So wie sie ihn einschätzte, würde er dort auf sie warten.

„Ich würde das gerne noch eine Weile beobachten“, sagte

Ava zu Koto. „Wenn das für dich okay ist. Du kannst auch gerne wieder schlafen gehen."

„Kann ich nicht noch irgendwas für dich tun?"

Ava schüttelte den Kopf. Auch wenn sie sich früher am Tag darüber beklagt hatte, dass ihr niemand half, wusste sie nicht einmal, wie man ihr hätte helfen können. Der Einzige, der vielleicht dazu im Stande war, stand mit ihrem Handy vor ihrem Wohnhaus und beharrte darauf, dass sie Zeuge eines mystischen Ereignisses geworden war.

„Okay", sagte Koto bedrückt. „Dann würde ich wirklich noch etwas schlafen. Das ist ein harter Dreh. Und ..."

„Bitte, ja. Ich geh auch ganz leise, wenn ich fertig bin."

„Das musst du nicht. Weck mich, wenn noch etwas ist. Wenn ich irgendwas tun kann. Du kannst auch hier schlafen. Die Couch ist bequem."

Sie deutete auf das graue Möbelstück an der Wand.

„Das ist lieb. Danke."

Natürlich würde sie nicht schlafen. Nicht bevor sie Antworten hatte. Glaubwürdige Antworten.

Koto stand auf.

„Fühl dich wie zu Hause. Bediene dich in der Küche."

Es fiel ihr sichtlich schwer, Ava einfach sitzen zu lassen. Aber andererseits war sie ihrem Team gegenüber verpflichtet, ausgeschlafen zu sein. Ava wusste das nur zu gut. Kurz bevor Koto im Schlafzimmer verschwand, drehte sie sich noch einmal um.

„Wir müssen übrigens noch einmal über das Equipment für deinen Dreh reden. Ich hab' da noch ein paar Ideen."

„Klar", sagte Ava. „Machen wir. Ich rufe dich an, wenn ich mein Handy wiederhabe."

Koto lächelte, sagte noch einmal „Weck mich jederzeit" und schloss dann die Schlafzimmertür hinter sich. Ava hörte sie kaum noch. Gedanklich hing sie noch an der Verabredung, um über Equipment zu reden. Sie erschien ihr absurd. Ihr bisheriges Leben war ganz weit in die Ferne gerückt. Es war sinnlos geworden. Vielleicht war es an der Zeit zu akzeptieren, dass sie tief in ihrem Herzen längst glaubte, was Kilian ihr vermittelt hatte: dass sie den Dreh in drei Wochen auf keinen Fall erleben würde.

15

39 Stunden 51 Minuten

Kilian hatte Ausdauer. Auch nach einer Stunde blinkte der grüne Punkt noch immer vor Avas Haus. Da er sich ab und zu um ein paar Meter bewegte, konnte sie sicher sein, dass Kilian das Handy nicht einfach irgendwo abgelegt hatte. Eine Weile hatte sie nur auf die Karte von London gestarrt, aber irgendwann hatte sie diese verkleinert in eine Ecke des Bildschirms verschoben und sich darangemacht, mehr über Kilian herauszufinden.

Was ihn selbst anging, geriet sie bald in eine Sackgasse. Nur mit den Stichwörtern Sanitäter, St Bartholomew's Krankenhaus und Kilian kam sie nicht besonders weit. Sie wusste ja nicht einmal, wie er mit Nachnamen hieß. Auch auf den diversen Fotos der Krankenhausinternetseite war nirgendwo sein vertrautes Gesicht zu sehen – trotz vieler Gruppenfotos des Personals. Es hätte Ava aber auch nicht gewundert, wenn er am Tag der Fotoaufnahmen plötzlich krank geworden wäre. Kilian schien darauf bedacht zu sein, nicht viele Spuren zu hinterlassen. Facebook und derlei konnte Ava sich sparen.

Also tauchte sie in die Welt der Sandmänner ein. Es gab erstaunlich wenig Informationen über diese Berufssparte, die es jedoch tatsächlich gegeben hatte. Nur war sie für mehrere hundert Jahre eher unter dem Radar gelaufen. In vielen europäischen Ländern wurde bis zum Anfang des zwanzigsten Jahrhunderts mit feinem Sand geputzt. Nicht nur Holzböden und -tische, sondern auch Geschirr, Besteck und Öfen. Der Sand wurde in vielen Gegenden von besagten Sandmännern angeliefert. Es waren nicht selten die Ausgestoßenen der Gesellschaft. Arme, Behinderte, oft Kinder. Und tatsächlich machte der Beruf nicht wenige von ihnen noch kränker, als sie es ohnehin schon waren. Denn das ständige Leben mit und im Sand – zumeist wurde er zu Hause verfeinert, gesiebt und gelagert – führte zu Entzündungen an den Augen und einer sich langsam mit Sand füllenden Lunge. Ein Arzt beschrieb die Obduktion eines Sandmanns so: Als er die Lunge sezierte, war es wie durch Sand schneiden.

All das passte zu der Erzählung von Kilian. Allerdings fand Ava nirgendwo einen Hinweis auf besondere Ereignisse rund um eine Gruppe von Sandmännern in den schottischen Highlands. Zwar hatte es die erwähnten historischen Figuren wie Gräfin Sutherland gegeben, aber den Rest hätte Kilian sich auch zusammenreimen können. Dafür stieß sie auf Schauermärchen von E.T.A. Hoffmann, in dem der Sandmann zu einem Monster wurde, das den Kindern die Augen ausriss. Vielleicht hatte dies Kilian ja inspiriert bei seinen erfundenen „Augenringen", die die Lebensenergie anzeigten. Oder im Fall von Ava eben nicht.

Ava ertappte sich dabei, wie sie bei der Erinnerung an Kilians Schilderungen wieder ihre Augen abtastete. Diese fühlten sich nach wie vor an wie immer. Google hatte noch nie von dieser Theorie mit der Energieanzeige an den Augen gehört – nicht einmal in Märchen. Was war das nur für ein Quatsch?

Für einen Moment hatte Ava die London-Karte aus besagten Augen gelassen, so dass sie nun überrascht feststellen musste, dass der grüne Punkt sich längst wieder bewegte.

Kilian hatte aufgegeben. Es war nach Mitternacht, als er sich wieder in den Underground begab und mit der Piccadilly Line bis zur Knightsbridge-Station in Kensington fuhr. Dort verließ er den Underground, ging am Luxuskaufhaus Harrods vorbei die Brompton Road entlang und bog schließlich in eine Seitenstraße namens Brompton Square. In einem Haus fast am Ende der Sackgasse kam der grüne Punkt schließlich zur Ruhe. Ava tippte den Namen der Straße bei Wikipedia ein und erhielt eine schier endlose Liste von Berühmtheiten aus dem neunzehnten Jahrhundert, die dort gelebt hatten. Die meisten Häuser waren denkmalgeschützt und nebenbei auch unfassbar teuer. Kensington war einer der exklusivsten Stadtteile Londons. Der Sanitäter schien kein Limit auf seiner schwarzen Kreditkarte zu haben. Oder lebte er gar nicht dort? Als der grüne Punkt sich auch für weitere zwanzig Minuten nicht bewegte, nicht einmal für wenige Millimeter, war sich Ava zumindest sicher, dass Kilian in diesem Haus die Nacht verbringen würde.

Es war Zeit für eine Entscheidung. Viel hatte sie in den letzten Stunden darüber nachgedacht, was Kilian für sie oder in ihrer Gegenwart getan hatte, seit sie ihm am Mittag im Krankenhaus begegnet war. Er wollte ihr nichts Böses, da war sie sich sicher. Er hätte alles Mögliche mit ihr anstellen können, aber am Ende hatte er immer geholfen. Sie hatte zudem das Gefühl, dass er selbst die Geschichte glaubte, die er ihr präsentiert hatte. Vielleicht war das das Problem: dass er geistig verwirrt war. Vielleicht war er es, der Hilfe brauchte. Vielleicht war auch er ein Opfer von „Ivor“ – dem Mann, der zweifelsohne etwas mit den Ereignissen im Fabric zu tun hatte. Diese Theorie gab Ava neue Hoffnung – Hoffnung, dass mit ihr vielleicht doch alles in Ordnung war. Die Theorie machte es aber auch unmöglich, einfach die Polizei zu Kilian zu schleppen. Wahrscheinlich würden die Beamten ihn und seine Sandmänner in eine psychiatrische Einrichtung stecken. Am Ende würde dadurch sogar die Chance vertan, noch einmal an Ivor heranzukommen. Doch genau das musste doch für alle das oberste Ziel sein. Es war Avas Ziel. Und sie würde es garantiert nur mit Kilians Hilfe erreichen.

Ava brachte die Kaffeetasse zurück in Kotos hypermoderne Küche, nahm noch einmal eine Tablette, weil sie sich bereits wieder müde fühlte, und schlich leise zur Wohnungstür. Doch als sie die Wohnung und damit auch Koto verlassen wollte, beschlich sie ein unschönes Gefühl. Es war irrational, aber Ava konnte es nicht abschütteln. Noch einmal ging sie auf Zehenspitzen zurück, öffnete die Schlafzimmertür und schaute hinein. Ihre Kamerafrau lag auf einem Futon unter einer dünnen Decke und hatte ihr den Rücken zugewandt – wie Amy am Morgen. Sie bewegte sich nicht. Avas Herz schlug schneller. Bitte nicht. Sie huschte zu der jungen Japanerin und ging vor ihr auf die Knie. In dem Moment öffnete Koto die Augen.

„Alles okay?“, fragte sie müde.

Ava fielen sämtliche Steine vom Herzen. Sie nickte.

„Ich gehe jetzt“, flüsterte sie. „Danke für alles. Schlaf weiter.“

Sie lächelte noch einmal. Koto ebenfalls. Ihre Freundin schloss wieder die Augen, atmete schon bald gleichmäßig. Ein völlig ungefährlicher Schlaf. Ava konnten endlich die Wohnung verlassen.

16

September 1815

Auch wenn Ivor und Liam die kleinen Kristalle jederzeit bei sich trugen, gut versteckten und pflegten, wurden Vater und Sohn doch wieder schwächer. Krank. Die Magie war verloren. Die Menschen hatten sie selbst zerstört. Nur eins war geblieben: Ivor und Liam konnten den Kranz um die Augen der Menschen sehen. Kräftige Kränze bei Kindern, blassere bei Menschen im Alter von Ivor und kaum noch sichtbare bei den alten Leuten. Liam war sich deswegen sicher, dass die Kristalle nach wie vor noch eine Wirkung hatten. Eine Wirkung, die sie vielleicht nicht verstanden. Doch das nützte Ivor nichts. Die alten Beschwerden und Krankheiten waren zurückgekehrt. Schlimmer noch: Je mehr Tage nach der Katastrophe in der Kristallhöhle verstrichen, desto schlechter fühlten sie sich. Es wurde letztlich sogar schlimmer als früher. Übelkeit, Zittern, Kopfweh. Irgendwann war es kaum noch auszuhalten. Ivor kam es vor wie damals, wenn er an einem Abend so viel Whisky getrunken hatte, dass er bewusstlos geworden war. Am nächsten Tag hatte er sich oft so gefühlt wie nun nach der Zerstörung des heilenden Kristalls. Nur, dass das Elend damals nach ein oder zwei Tagen nachgelassen hatte.

Allen, die an dem verhängnisvollen Tag in der Höhle gewesen waren, ging es so. Sogar denen, die nicht dort gewesen waren, aber zuvor den Kristall an der Decke berührt hatten. Unerheblich, ob sie ein Stück des Kristalls hatten ergattern können oder nicht. Oder gleich Dutzende wie Carson und seine Leute. Doch auch das half den Räubern nicht, so dass sie mit einer gefährlich üblen Laune durch die Gegend streiften. Ivor ging ihnen noch mehr aus dem Weg als früher.

Dennoch musste er mit Liam in die verfluchte Höhle zurückkehren. Auch wenn von dem Kristall nichts übriggeblieben war, so hatte sie große Vorkommen an feinem Sand preisgegeben, der abgebaut und verkauft werden musste, wenn sie überleben wollten. Vater und Sohn schleppten sich geschwächt den Berg hinauf und in die Höhle, in der die düsteren Erinnerungen sie befielen. Nachdem die Menschen sich die kleinen Kristalle gesichert und die Höhle verlassen hatten, waren es Ivor und Liam gewesen, die mit einem Dutzend Leichen zurückgelassen worden waren. Zertrampelte oder verblutete Menschen. Ein totes Kind, dessen zerquetschter Kopf Ivor noch lange in seinen Träumen verfolgen würde. Die alte Ailis und ein paar Sandmänner der ersten Stunde hatten zusammen mit Ivor das Schlachtfeld aufgeräumt, die Toten begraben. Doch als Ivor nun zurückkehrte, sah er sie immer noch vor sich, die geschundenen Körper. Auch Liam war der Schrecken in seinen Augen anzusehen. Der tapfere Junge sagte nichts. Schweigend begannen sie, ihre Säcke mit dem guten Sand zu füllen – abseits der Stellen, an denen er von Blut getränkt worden war.

Nachdem sie eine Stunde geschuftet hatten, fiel Liam zur Seite. Er war zu erschöpft für die harte Arbeit. Ivor versorgte ihn mit Wasser. Der Junge rappelte sich auf und wollte weitermachen, doch Ivor bettete ihn in eine Kuhle mit weichem Sand und befahl ihm zu schlafen. Den Rest würde Ivor alleine schaffen. Liam gehorchte. Bald schlief er zu den Füßen seines Vaters, zerbrechlich, mit blasser Haut und von einer Entzündung geröteten Augenlidern. Ivor verfluchte den Kristall, der ihnen Hoffnung geschenkt und sie dann zerstört hatte. Eine Grausamkeit sondergleichen.

„Wieder alles wie früher, aye?“, hörte Ivor die verhasste Stimme von Carson hinter sich.

Er und seine drei Gesellen standen im Eingang zur Kristallhöhle. Eine Handvoll weiterer Sandmänner, die dort beschäftigt waren, verzogen sich in eine entfernte Ecke. Doch Carson interessierte sich nicht für sie, sondern kam zu Ivor. Der wunderte sich über die gute Laune, die aus Carson sprach. Der Mann stand aufrecht vor ihm – mit rosa Wangen und reiner Haut. Bei ihrer letzten Begegnung vor wenigen Tagen hatte Carson wie der wandelnde Tod gewirkt. Was war mit ihm geschehen? Ivor musterte seine Begleiter, für die dasselbe galt: Sie waren gesund und munter – wie zu den besten Zeiten des heilenden Kristalls. Noch etwas fiel Ivor auf: Die Kränze um die Augen von Carson und seinen Männern leuchteten so intensiv wie sonst nur bei Kindern.

„Du staunst, mh?“, fragte Carson provozierend.

Sie hatten ihre kleinen Kristalle irgendwie dazu gebracht, sie zu heilen. Ivor fiel es schwer, kein Interesse zu zeigen.

„Was habt ihr gemacht?“, fragte er.

Carson antwortete nicht, sondern blickte zu dem schlafenden Liam.

„Stirbt er?“, fragte er ohne Mitgefühl.

„Nein“, antwortete Ivor mit Entschlossenheit.

Er würde den Jungen auch jetzt nicht verlieren.

„Wie haben euch die Kristalle geheilt?“, hakte er nach.

Carson grinste ihn überheblich an.

„Du hältst dich für einen guten Menschen, Ivor, nicht wahr? Du hältst dich für besser, als wir es sind. Weil wir rauben und morden. Nicht wahr?“

„Was soll das, Carson?"
Carson antwortete nicht, feixte nur.
„Liam und ich haben den Kristall gefunden", betonte Ivor. „Ohne uns hättet ihr nichts."
„Ich weiß", antwortete Carson. „Und ich merke mir stets, wer mir hilft. Deswegen helfe ich auch dir. Aber es wird dir nicht gefallen."
„Was?"
„Die Kränze um die Augen, die wir Geheilten sehen, du kennst sie?"
„Natürlich."
„Wir wissen jetzt, warum wir sie sehen. Die Augen heilen uns."
„Was?", fragte Ivor irritiert.
„Er versteht es nicht", rief Carson zu den anderen drei, die laut lachten. „Oder willst du es nicht verstehen?"
Ivor versuchte, sich einen Reim aus dem Gesagten zu machen, aber er kam zu keinem Ergebnis. Carson kam ganz nah zu ihm, so dass Ivor seinen stinkenden Atem riechen konnte. Er deutete mit einem Finger auf Ivors Auge.
„Du musst die Augen essen, Ivor. Du musste sie einem Lebenden herausreißen und sie essen. Dann heilen sie dich."
„Das stimmt nicht."
Carson nickte bedeutungsvoll.
„Oh doch. Und je jünger die arme Sau ist, deren Augen du isst, desto besser fühlst du dich. Oder was denkst du, warum Logan so glänzendes Haar hat?"
Er lachte dreckig. Tatsächlich sah Logan am besten aus von den vier. Ivor versuchte, sich nicht vorzustellen, was er angeblich dafür getan hatte.
„Verschwindet", herrschte er sie alle an.
„Du wirst es tun", zischte Carson. „Du bist nicht besser als wir."
Carson lachte noch einmal, wandte sich dann zum Gehen.

„Schmecken gar nicht so schlecht, die Glubschdinger", rief er noch, und alle lachten.

Dann waren sie verschwunden. Und Ivor mit seinen düsteren Gedanken alleine.

17

42 Stunden 15 Minuten

Wenn man es genau nahm, war Brompton Square keine Sackgasse, sondern eine Straße, die einmal rund um einen langgezogenen, schmalen Park führte – während rechts und links die alten Stadthäuser Wand an Wand standen. Kein Haus war hier jünger als hundert Jahre, viele deutlich älter. Kaum eins stand nicht unter Denkmalschutz. Die Häuser hatten zumeist vier Obergeschosse und waren letztlich auch nicht viel breiter als Avas Haus in Bloomsbury. Sie war sich trotzdem sicher, dass es innen weit mehr Platz gab. Die Parkplätze am Straßenrand waren mit Luxusautos besetzt: Maserati, Mercedes, Jaguar waren die bevorzugten Marken.

Das Haus, in dem Kilian mit dem grünen Punkt zur Ruhe gekommen war, unterschied sich kaum von den anderen. Es gehörte mit Sicherheit zu den älteren und verzichtete auf übertrieben prunkvolle Vorbauten an der Haustür. Dennoch war es gut in Stand gehalten worden. Als Ava mitten in der Nacht in der ruhigen Nebenstraße davor stand, hatte sie das Gefühl, in einer anderen Zeit angekommen zu sein. Der Verkehrslärm war weit entfernt, das fahle Licht der wenigen Straßenlaternen hätte auch von Gaslampen herrühren können. Es fiel ihr leicht, sich vorzustellen, dass Kilian hier auch schon in einem anderen

Jahrhundert gelebt hatte. Oder aber, dass er sich das gerne einbildete.

Sie ging die kurze Steintreppe zum Hauseingang hinauf und betrachtete die Klingelschilder. Ungewöhnlich für die Straße war, dass es gleich sechs davon gab. Die meisten anderen Häuser verfügten nur über eine Klingel – selten wohnte mehr als eine Familie in einem Haus. In diesem Fall waren es jedoch getrennte Apartments, deren Klingeln fein säuberlich von eins bis sechs durchnummeriert waren. Namen gaben sie nicht preis, aber selbst das hätte Ava nichts genutzt, da sie Kilians Nachnamen nicht kannte. Vor ihrer Abfahrt bei Koto hatte sie noch „Kilian" im Zusammenhang mit der Adresse gegoogelt, aber dazu kein Ergebnis erhalten. Dummerweise konnte sie nicht einmal mit Bestimmtheit sagen, in welchen Bereich des Hauses sich der grüne Punkt befunden hatte. Die Höhe zeigte die iPhone-Suche nicht an, zudem war sie selten auf den Meter genau. Es war Ava mittig vorgekommen, aber wenn sie Pech hatte, befand er sich auch ein Haus weiter. Sie trat noch einmal zurück und schaute an der Fassade nach oben. Nirgendwo brannte Licht. Sie hatte eine halbe Stunde gebraucht, um von Kotos Wohnung bis hierher zu gelangen. Die Zeit hatte gereicht, um sich umzuziehen und ins Bett zu legen. Ja, Kilian durfte schlafen. Nur Ava nicht.

Da ihr nichts Besseres einfiel, setzte sie sich auf der anderen Straßenseite auf einen Stromkasten, so dass sie Kilians Haus gut im Blick halten konnte. Natürlich wusste sie nicht einmal, ob es wirklich sein Haus war. Vielleicht hatte er auch nur jemanden besucht, eine Freundin. Seine Freundin? Hatte er Familie? All das wusste sie nicht, aber da sie mitten in der Nacht sowieso nicht viel anderes machen konnte, hoffte sie einfach, dass sich hinter einem der Vorhänge irgendwann etwas regen würde.

Eine naive Hoffnung, wie sich bald zeigte. Einmal kam

ein betrunkener Nachtschwärmer nach Hause und verschwand drei Häuser weiter, aber ansonsten blieb die Straße ruhig. Die Ruhe tat Ava nicht gut. Sie spürte ihre Erschöpfung, die drückende Müdigkeit und das auch, obwohl sie lange vor Zweistunden-Frist eine weitere von Kilians Tabletten eingenommen hatte. Soviel sie – auch aus der Erfahrung von Dreharbeiten – wusste, war diese Nachtzeit die größte Herausforderung für den Körper. Wie lange konnte das gut gehen? Wie lange konnte sie durchhalten?

Ein stechender Schmerz durchfuhr Avas linkes Knie und ihre linke Schulter – wie nach simultanen Hieben mit Baseballschlägern. Doch es hatte sie niemand geschlagen. Es war nicht einmal jemand in der Nähe. Perplex stellte sie fest, dass sie neben dem Stromkasten auf dem Gehsteig lag. Sie war von dem Kasten gefallen und hatte es nicht einmal gemerkt, aus einem simplen Grund: Ava war im Sitzen eingeschlafen. Noch während sie über ihre Müdigkeit nachgedacht hatte. Hätte sie bequem an einer Hauswand gelehnt, dann würde sie nun schlafen. Dann wäre sie jetzt …

Erschrocken sprang sie auf die Beine. Der Schmerz war schnell vergessen. Die Angst schnürte ihr den Brustkorb zu. So mussten sich Panikattacken anfühlen. Sich selbst antreibend, ging sie hastig gegenüber von dem observierten Haus auf und ab. Langsam bekam sie ihre Atmung in den Griff. Was machte sie hier eigentlich? Glaubte sie jetzt, dass sie beim nächsten Schlaf sterben würde, oder nicht? Und wenn sie es glaubte, hatte sie dann nichts Besseres zu tun, als vor dem Fenster eines zweihundert Jahre alten Typen darauf zu warten, dass er sich gnädigerweise zeigte? Wenn sie wirklich nur noch wenige Tage zu leben hatte, musste sie diese dann nicht nutzen? Sie erinnerte sich unweigerlich an Kilians Versuche, sie zu ihrer Familie zu schicken. Offensichtlich war das etwas, das normale Menschen in solch einem Moment tun würden. Bisher hatte Ava es ausgeschlossen. Aber als sie die Panik, ihr Leben könnte jeden Moment abrupt enden, nicht abschütteln konnte, wurde das Bedürfnis, ihre Mum anzurufen, stärker und stärker. Und sei es nur, damit diese sie wach hielt.

An der mehrspurigen Brompton Road hatte Ava eine der berühmten roten Telefonzellen gesehen. Für sie waren diese Dinger vergleichbar mit Denkmälern oder Farbklecksen in der Landschaft. Noch nie hatte sie eine „Red Box“ tatsächlich zum Telefonieren benötigt. Aber ihr Handy lag ja nun mal unerreichbar in dem verdunkelten Haus auf der anderen Straßenseite.

Als sie nach dem kurzen Fußmarsch in der roten Kiste stand, musste sie lachen, denn sie hatte keine Ahnung, wie so ein öffentliches Telefon funktionierte. Es fiel zu wenig Licht von einer Straßenlaterne in die Zelle, so dass sie nur mit Mühe die Anleitung zwischen den vielen Werbezetteln neben dem eigentlichen Telefon entziffern konnte. Mit ihrer Kreditkarte bekam sie das Gerät schließlich in Gang – auch wenn diese nicht annähernd so viel finanziellen Spielraum bot wie die von Kilian. Immerhin kannte sie die Handynummer ihrer Mutter noch auswendig – ein Relikt aus ihrer Kindheit, als ihre Mutter ihr in jedem Einkaufszentrum die Nummer eingebläut hatte, falls sie mal verloren ging. Ava war nie verloren gegangen. Bis heute.

Erst als der Klingelton zum sechsten Mal ertönte, wurde Ava bewusst, dass es mitten in der Nacht war und Mum natürlich schlafen würde. Sie dachte definitiv langsamer als sonst. Gerade als sie resigniert aufgeben wollte, hörte sie ein Knacken in der Leitung.

„Ja?“, erklang die mehr grantige als müde Stimme ihrer Mutter.

„Mum, ich bin’s.“

„Weißt du, wie spät es ist?“, wurde sie angeblafft.

„Sorry, ja, aber es ist … so etwas wie ein Notfall.“

„Hattest du einen Unfall? Bist du verletzt?“

Mum war kein überschwänglich emotionaler Mensch. Positiv formuliert konnte man sie als handfest beschreiben. Deswegen war der besorgte Unterton bei ihren Fragen schon beachtlich.

„Nein, ich bin … okay.“

„Was ist denn los?“

Mum sprach gedämpft. Man konnte das Rascheln der Bettwäsche hören. Ächzend kämpfte sie sich aus dem Bett. Sie wollte Avas Vater nicht stören.

„Ich war im Fabric“, erklärte Ava. „In dem Nachtclub, wo so viele Leute gestorben sind. Hast du davon gehört?“

„Die Nachrichten kennen ja gar kein anderes Thema mehr“, erwiderte Mum, als ob es eine Zumutung sei.

„Meine Mitbewohnerin ist gestorben, und …“

Ava verstummte. Sie konnte unmöglich irgendetwas von ihrer panischen Angst vor dem Schlaf sagen. Niemals würde ihre Mutter auch nur ein Wort glauben. Also sprach sie weiter über Amy.

„Kannst du dich an sie erinnern? Sie ist mal an mein Handy gegangen, als du …“

„Aber dir geht es gut?“, unterbrach Mum sie.

Amy interessierte sie nicht. Hatte sie nie interessiert. Avas Eltern waren im vergangenen Jahr kein einziges Mal nach London gekommen, um sich anzuschauen, wo ihre Tochter lebte.

„Ja, soweit … ja.“

„Warum rufst du dann an?“

„Mh … Ich weiß nicht. Ich kann nicht schlafen, und …“

„Was hattest du denn erwartet? Das ist London. Da werden am laufenden Band Leute umgebracht. Ist doch nicht der erste Terroranschlag. Ich versteh’ wirklich nicht, warum … Komm nach Hause.“

Ava bereute es bereits, ihre Mutter angerufen zu haben.

Sie blickte durch das Fenster der Red Box stumm auf die nächtliche Straße der Großstadt, die sie so sehr liebte. Mum regte sich dafür umso mehr auf.

„Das war der Schuss vor den Bug zur rechten Zeit. Du hast es überlebt. Beim nächsten Mal hast du nicht so viel Glück."

Sie hatte sich schon ihr Urteil gebildet, dabei kannte sie so gut wie keine Fakten. Sie fragte auch gar nicht erst nach, sondern wiederholte die Plattitüden, die sie Ava bereits unzählige Male um die Ohren geworfen hatte. Ava hasste es.

„Brauchst du Geld für den Zug? Ich kann dir meine Kreditkartendaten geben, und du buchst …"

„Mum", unterbrach Ava sie endlich. „Ich will jetzt nicht zu euch nach Hause kommen. Ich will einfach nur, dass du mir …"

„Ava, sei nicht wieder bockig. Dieser übertriebene Stolz, das hast du von deinem Vater. Du wärst fast gestorben, meine Güte!"

Sie hatte ihre Stimme erhoben. Ava konnte nicht mehr.

„Du, Mum, ich muss auflegen. Ich …"

„Warte!", unterbrach Mum sie erneut und sprach weg vom Telefon. „Es ist Ava. Stell dir vor, sie war in diesem Nachtclub, wo der Terroranschlag war."

Ava hörte unverständlich die brummende Stimme ihres Vaters im Hintergrund. Dann wieder ihre Mutter: „Bist du doof? Sie könnte ja wohl kaum anrufen, wenn sie tot wäre."

Ironischerweise stimmte das nur halb. Kilian zufolge war sie so zumindest so gut wie tot.

„Willst du mit ihr reden?", fragte Mum Avas Vater.

Es war wie immer: Trotz aller erlebten Enttäuschungen wollte ein unbelehrbarer Teil von Ava glauben, dass sich ihr Vater um sie sorgte, sich für sie interessierte, für sie da sein wollte. Doch es dauerte keine drei Sekunde bis zur erneuten Ohrfeige.

„Ja, schlaf weiter, ich bin leise“, murmelte Mum in Richtung Dad.

Was hatte Ava auch erwartet? Dieser Mann wurde nicht müde, bei jeder Gelegenheit – mal im Scherz, mal im Streit – zu erzählen, dass seine Frau ihm „das zweite Kind“ (er sagte nie Avas Namen) angedreht hatte. Dabei war er mit ihrem großen Bruder Steve vollauf zufrieden und ausreichend ausgelastet gewesen. Mum hatte heimlich die Pille abgesetzt, was er ihr nie verziehen hatte. Auch in dieser Nacht nicht, in der das zweite Kind ihn um seinen Schlaf brachte.

„Hast du was zu schreiben?“, fragte Mum unvermittelt am anderen Ende der Leitung. „Dann gebe ich dir meine Kreditkartendaten und …“

„Danke, Mum“, unterbrach Ava. „Ich muss … auflegen.“

Das tat sie dann auch. Gerade noch rechtzeitig, bevor sie ihr zitterndes Kinn nicht mehr unter Kontrolle hatte. Sie drückte die Tränen weg und atmete tief durch.

Sollte das wirklich der letzte Kontakt mit ihren Eltern gewesen sein, dann hätte er nicht typischer verlaufen können. So war es schon immer gewesen in der Familie Batterson. Natürlich hatte Ava auch schöne Erinnerungen – an ihre Kindheit. Tage am Meer bei Middlesbrough. Gemeinsame Fernsehabende. Oder wenn Mum ihr vor dem Schlafengehen aus Kinderbüchern vorgelesen hatte. Avas erste Begegnungen mit Geschichten, die mit einer Kamera zu erzählen später ihr Leben werden sollte. Aber genau mit dieser Leidenschaft hatte sie sich dann auch von ihrer Mutter entfernt. Das süße Töchterchen, das Mum sich „erschummelt“ hatte und für das sie von ihrem Mann viel einstecken musste, blieb nicht einfach süß, sondern entwickelte eine eigene Persönlichkeit. Schon in der frühen Pubertät hatte Ava ihr erstes Smartphone nicht für endlose Telefonate oder das Spielen von Angry Birds genutzt, sondern um damit zu filmen. Alles und jeden. Ihre Eltern waren erst amüsiert, aber bald genervt. Ihr Bruder hatte es gehasst. Natürlich auch, weil Ava einen besonderen Spaß daran entwickelte, entlarvende Situationen zu filmen und später einem breiteren Publikum vorzuführen. Einer der regelmäßigen Streitigkeiten von Mum und Dad über das „zweite Kind" oder wie blöd sich Steve Mädchen gegenüber benahm. Zu ihrem fünfzehnten Geburtstag hatte sie sich kein Parfum oder Kleid gewünscht wie die meisten Mädchen in ihrer Schule, sondern ein teures Schnittprogramm, mit dem sie endlich Bild und Ton ihrer Filme bearbeiten konnte.

Ungefähr ab dieser Zeit hatte sie ihre Mutter nur noch kopfschüttelnd erlebt. Sprüche darüber, dass Ava es nie zu etwas bringen und – viel schlimmer noch – auch keinen richtigen Mann finden würde, wurden immer häufiger. Und das von einer Frau, die sich selbst als Feministin rühmte. Schließlich hatte sie ihr Leben lang gearbeitet, was in der Generation ihrer Eltern noch nicht vorstellbar gewesen war. Dass sie neben ihrem Job als Grundschullehrerin komplett alleine den Haushalt und die Betreuung der Kinder übernommen hatte, während ihr Mann sich buchstäblich das Bier zum Fernseher bringen ließ, vergaß Mum dabei nur zu gerne zu erwähnen. In einem ihrer ersten Kurzspielfilme hatte Ava diesen Widerspruch in eine bissige und überhaupt nicht subtile Komödie verpackt. Mum erkannte sich wieder und hasste seitdem Avas „Hobby". Im Nachhinein war Ava dieser Film auch eher unangenehm, eine spätpubertäre Laune. Sie hatte sich sogar einmal dafür entschuldigt. Aber Mum konnte genauso wenig verzeihen wie Dad in der Sache mit dem zweiten Kind. Im Grunde hatten sich Mutter und Tochter seit der Aufführung des heiklen Films auf einem Familienfest vor drei Jahren nie wieder herzlich unterhalten. Die vermeintliche Sorge in dem soeben beendeten Telefonat war letztlich noch nicht einmal das gewesen, sondern nur die Suche nach Bestätigung. Denn, ja, Mum hatte immer und immer wieder gesagt, dass es nicht gut gehen würde, wenn das kleine, hübsche Mädchen in die große Stadt gehen und Filme machen würde.

Aber daran war Ava nicht gescheitert. Nicht an London. Nicht am Filmen. Sie war überhaupt nicht gescheitert. Wenn überhaupt, war sie zum falschen Zeitpunkt am falschen Ort gewesen. Pech. Und ob das mit dem Sterben stimmte, war für sie noch längst nicht erwiesen. Sie blickte auf die Uhr. Halb vier. Unfassbar. Vertrödelte sie nicht ihre Zeit? Sie fluchte, weil sie keine Möglichkeit hatte, die Lage des grünen Punkts noch einmal zu überprüfen. Am Ende war Kilian nur auf einem kurzen Zwischenstopp in dem Haus gewesen und längst weitergezogen. Es war eigentlich ein Wahnsinn, dass sie versuchte, ihn alleine einzukreisen. Selbst wenn er verrückt und hilfsbedürftig war – das war doch nicht ihr Problem. Außerdem sehnte sie sich nach einer Dusche, hatte schon wieder Hunger und wollte endlich raus aus dem bescheuerten Schlaf-T-Shirt. Entschlossen griff sie sich ihren Rucksack und schob die Tür der Telefonzelle auf. Sie musste wieder lachen. Am Ende war es einmal mehr der Frust über ihre Mutter, der sie antrieb. Aber es wäre ja auch wirklich zu blöd gewesen, sich ausgerechnet in der größten Krise ihres Lebens nicht auf ihre Stärken zu besinnen: Probleme lösen.

18

46 Stunden 12 Minuten

„Guten Morgen", flötete Ava in den Polizeiwagen vor ihrem Haus, der von der aufgehenden Sonne beschienen wurde.

Sie schaute in die verdutzten Gesichter zweier Beamter, die sich mit dem Spielen auf ihrem Handy wachgehalten hatten. Den Wagen hatten sie mit gutem Überblick gegenüber von Avas Haus abgestellt. Die Haustür im Visier – aber von hinten konnte man sich trotzdem unbemerkt dem Wagen nähern. Dabei wollte Ava keine heimliche Attacke starten, sondern mit offenen Karten spielen.

„Sie suchen mich, oder?"

„Ava Batterson?", fragte der Polizist auf dem Beifahrersitz.

„Das bin ich."

„Wir würden Sie gerne mit zu einer Befragung wegen der Vorfälle im Fabric nehmen. Sie sind eine wichtige Zeugin."

„Ich weiß. Können wir es so machen: Ich dusche kurz, ziehe mich um, und dann komme ich runter? Sie können auch oben in der Wohnung warten, wenn Sie wollen, aber ich habe nicht vor wegzulaufen."

Die beiden Polizisten schauten sich kurz an.

„Wir sollten Sie begleiten", verkündete der offensichtlich ranghöhere Mann am Steuer. „Ihre Tür ist versiegelt."

Ava zuckte mit den Schultern. Dann sollten sie halt mitkommen. Sie hatte wirklich nicht vor, wieder abzuhauen. Denn sie wollte wissen, was die Polizei wusste. Und ja, sie wollte auch mit ihnen über Ivor reden. Sie wusste noch nicht, wie sie das anstellen sollte, aber irgendwie hatte sie das Gefühl, dass polizeiliche Unterstützung nicht schaden konnte.

Geduldig wartete sie, bis die beiden Beamten aus ihrem Wagen gestiegen waren. In der Straße war es ansonsten noch sehr ruhig. Die Läden und Cafés waren geschlossen, in kaum einer Wohnung brannte Licht. Irgendwo in der Ferne hörte man einen Müllwagen, ein frühaufstehender Jogger war bereits unterwegs, aber ansonsten waren sie alleine, als sie über die Straße zu dem Hauseingang gingen, vor dem sie am Tag zuvor von einem gelben Anzug in eine Ambulanz verfrachtet worden war. Von den Absperrungen war nichts mehr zu sehen, und Angst vor Kontakt mit Ava schienen die Beamten auch nicht zu haben. Sie wusste nicht, ob ihr wegen ihrer Flucht Konsequenzen drohten. Sie hatte ihres Wissens nach nichts falsch gemacht, außer dass sie ein Krankenhaus verlassen hatte – bei dem in ihren Augen nicht einmal geklärt war, ob die Polizei sie dort hätte festhalten dürfen. Nach ihrer Flucht hatte niemand versucht, sie telefonisch zu erreichen, oder gar durch öffentliche Aufrufe. Und auch wenn die beiden Herren ihr im engen Treppenhaus nicht von der Seite wichen, so war nicht die Rede davon, dass sie verhaftet worden wäre. Wahrscheinlich hätte sie die beiden mit einem Anwalt ganz schnell loswerden können. Aber das wollte sie nicht. Sie wollte duschen.

Vor ihrer Wohnungstür gab es keine Zeltplanen mehr. Nur ein Absperrband und ein Siegel, das die Tür an den Rahmen klebte. Der ältere Polizist durchschnitt es feierlich, so dass Ava die Tür aufschließen konnte. Der Beamte warf an ihr vorbei einen Blick in die Wohnung, als ob er nach Eindringlingen schauen wollte, dann sagte er: „Wir warten hier."

Ava dankte und betrat die kleine Küchenzeile im Flur. Als sie das Licht einschaltete, schnürte es ihr den Hals zu. Als Erstes sah sie Amys Lieblingstasse mit dem Hochzeitsbild von Harry und Meghan, die zerbrochen auf dem Boden lagen. Es war nicht die einzige Spur der massiven Polizeipräsenz in ihrer Wohnung. Möbel waren zur Seite gerückt, die gesammelten Küchenutensilien und Gewürze von der Küchenablage in die Spüle geschoben, um Platz für was auch immer zu machen. Auf dem alten Teppich sah Ava sogar noch Abdrücke der schweren Stiefel von den Leuten mit den gelben Anzügen. Sie ging ein paar Schritte weiter und blickte in Amys Zimmer. Das Bett war leer. Vor ihren inneren Augen sah Ava den leblosen Körper von Amy dort liegen.

Auch als sie endlich unter der beengten Dusche stand, konnte Ava das Bild ihrer toten Freundin nicht abschütteln. Sie erinnerte sich an Kilians Erläuterung: „Sobald du im Tiefschlaf bist, hört dein Herz auf zu schlagen. Du merkst es nicht. Es ist nicht qualvoll."

Warum betonten die Menschen so gerne, dass irgendeine Art zu sterben nicht qualvoll oder schmerzhaft war? Machte das wirklich einen Unterschied? Sie schüttelte die Vorstellung ab und kletterte aus der Dusche. Sie fühlte sich erfrischt.

Sich abtrocknend ging sie zu ihrem Computer, den sie während der Dusche hatte hochfahren lassen. „Finde mein iPhone" zeigte keine Veränderung. Ihr Handy lag noch am selben Platz wie zuvor in dem noblen Haus in Kensington – was auch immer das bedeutete. Sie kramte aus dem Schubfach ihr altes Handy, das sie für Notfälle aufbewahrte. Es war noch halb geladen. Auch wenn sie dafür keine SIM-Karte hatte, konnte sie an Orten mit W-LAN zumindest ins Internet gehen. Als Nächstes zog sie sich ihr Drehoutfit an, bei dem Funktionalität und Bequemlichkeit vor schick und sexy gingen: Feste Sneakers, Jeans, das graue Sweatshirt und die regenfeste, schwarze Lederjacke mit den zahlreichen Taschen. Es sah zwar nicht nach Regen aus, aber was wusste sie denn, wann sie das nächste Mal nach Hause kommen würde. In ihren Rucksack kamen diesmal auch eine Flasche Wasser, für alle Fälle ihr Reisepass und zwei Energieriegel von Amy, die sie noch in der Küche fand. Ihre Freundin würde sie nicht mehr brauchen. Avas Finger zitterten, als sie die Riegel in den Rucksack steckte. Mit Verve schloss sie den Reißverschluss und damit auch das aufkommende schwarze Loch. Dann ging sie entschlossen zurück zu den beiden Polizisten.

Als sie wenig später hinten im Polizeiwagen saß und von der aufgehenden Sonne beschienen wurde, fühlte sie sich wie neugeboren. Das Tageslicht gab ihr Kraft. Heute würde sich endlich klären, was im Fabric passiert war. Heute würde sie die Kontrolle über ihr Leben zurückerlangen.

19

50 Stunden 37 Minuten

„Die Opfer sind von einem unsterblichen Sandmännchen angefasst worden, und das hat sie in einen ewigen Schlaf versetzt?"

Detective Sergeant Huck legte die Stirn in Falten.

„Wenn Sie es so formulieren, klingt es ziemlich bescheuert, ja", gab Ava zu.

Sie war genervt. Erst hatte man sie geschlagene drei Stunden in der hochmodernen Polizeistation New Scotland Yard auf die Detectives Huck und Delaney warten lassen, obwohl sich garantiert Heerscharen von weiteren Ermittlern mit den Ereignissen im Fabric beschäftigten – auch am frühen Morgen. Ava hatte sich nur mit Mühe wachhalten können. Als die beiden Detectives dann endlich nach ihrem wohlverdienten und, wie sie betonten, sehr kurzen Schlaf erschienen waren, hatten sie Ava von Anfang an wie die Hauptverdächtige behandelt. Sie hatten ihr keine Fragen beantwortet, dafür aber ihr Verschwinden aus dem Krankenhaus als äußerst verdächtige Aktion gebrandmarkt. Auch wenn Ava sicher war, dass sie absichtlich übertrieben, um sie einzuschüchtern, bereute sie längst, dass sie sich an die Polizei gewandt hatte. Es hatte auch nichts geholfen, dass sie ihre freiwillige Rückkehr immer wieder betont hatte. Seit Ava berichtet hatte, was sich zugetragen hatte, war es nur noch schlimmer geworden. Die Polizisten glaubten ihr kein Wort.

Huck und Delaney saßen Ava gegenüber in dem Verhörraum, den sie in den letzten Stunden zu hassen gelernt hatte, und schauten sie ungläubig an.

„Wurde sie eigentlich auf Drogenkonsum getestet?", fragte Huck unverhohlen seine Kollegin.

Die ging nicht auf Huck ein, sondern blickte immer noch zu Ava. Minimal zugewandter, aber die Geschichte mit dem Sanitäter, der sie durch unterirdische Gänge aus dem Krankenhaus geholt und dann in ein Luxusrestaurant ausgeführt hatte, schluckte auch sie nicht.

„Haben Sie seit gestern geschlafen?", fragte sie Ava.

„Habe ich doch gesagt: Nein!", antwortete Ava. „Sonst würde ich laut Kilian sterben."

Huck stöhnte.

„Hören Sie, ich kann mir auch nicht vorstellen, dass das stimmt", setzte Ava lauter an. „Aber bisher habe ich von Ihnen auch noch keine bessere Theorie gehört. Da wir hier ohne Glasscheibe zwischen uns sitzen, gehe ich mal davon aus, dass alle Clubbesucher als ungefährlich eingestuft wurden und dass Sie letztlich nichts in der Hand haben, oder?"

Auch in den Medien gab es keine neuen Hinweise auf die Hintergründe für den „Anschlag". Die Zahl der Toten war auf sechsunddreißig gestiegen. Immer noch wurden Clubbesucher gebeten, sich bei der Polizei zu melden. Von Untersuchungen im Krankenhaus war allerdings nicht mehr die Rede. Das wusste Ava, weil sie während ihrer Wartezeit dem diensthabenden Polizisten so lange auf die Nerven gegangen war, bis er ihr einen Zugang zum öffentlichen W-LAN-Netz des Gebäudes gegeben hatte. Alle Internetseiten waren nach wie vor voll von Berichten über die Nacht im Fabric, über die Opfer und die wuchernden Spekulationen.

„Wir gehen verschiedenen Theorien nach", antwortete Delaney knapp.

„Sie haben nichts", insistierte Ava.

Delaney widersprach nicht. Sie schwieg einen Moment.

„Das führt zu nix", sagte Huck zu seiner Kollegin. „Ich würde ein Drogenscreening bei ihr machen und …"

„Niemand außer Ihnen hat diesen älteren Mann mit Bart gesehen", unterbrach Delaney ihn und schaute dabei stur in Avas Richtung.

„Weil alle, die ihn gesehen haben, tot sind."

Davon war Ava mittlerweile überzeugt.

„Wir haben Fotos von allen Gästen", erklärte Delaney plötzlich. „Vom Einlass."

Natürlich. Die Sicherheitskontrollen am Fabric waren nach einer vorübergehenden Schließung wegen ausuferndem Drogenhandel extrem verschärft worden. Es war aufwändiger, in den Club zu kommen, als ein Flugzeug zu besteigen. Unter anderem wurde von jedem Gast ein Foto gemacht und auch ein Bild seines Ausweises.

„Wir sind ziemlich sicher, dass wir jede Person, die an dem Abend im Fabric war, identifiziert haben", fuhr Delaney fort. „Wir haben alle Verstorbenen gefunden. Alle Begleitungen. Alle Besucher, die sich später gemeldet haben. Aber natürlich kann uns auch jemand durchgerutscht sein. Würden Sie sich die Bilder anschauen?"

Huck rollte mit den Augen. Doch Ava freute sich. Es war das erste Anzeichen, dass sie ernstgenommen wurde.

„Gerne", sagte sie.

Wenig später saß Ava in einem Raum mit diversen Monitoren. Wie an vielen anderen Stellen im Hauptquartier der Metropolitan Police hatte man Glaswände eingebaut – die in diesem Fall von außen verspiegelt waren. Doch Ava konnte hinter sich auf den Flur des Stockwerks schauen, in dem sich die Sonderkommission „Fabric" gebildet hatte. Auf diesem ging es mittlerweile wie in einem Taubenschlag zu. Zahllose Leute wurden zu Befragungen gebracht und auch wieder verabschiedet, Polizisten schleppten Kisten mit Akten herum, Uniformierte rannten plötzlich los, andere lehnten erschöpft und übernächtigt an der Wand. Erst war es schwer, sich in dem Tohuwabohu auf den Monitor zu konzentrieren, auf dem ein junger Beamter Ava zahllose Fotos zeigte. Doch spätestens als Ava Amy entdeckte, war ihre Konzentration ganz bei den Bildern aus dem Fabric. Amy grinste bestens gelaunt in die Kamera, hinter ihr in der Schlange konnte man Chloe und Olivia ausmachen – zusammen mit Ava. Die Fotos der Freundinnen waren als Nächstes zu sehen. Lachend. Glücklich. Lebendig. Ivor dagegen war nicht zu finden. Es gab generell nicht viele Männer in seinem Alter, aber auch bei den wenigen älteren Besuchern war keiner dabei, der Ava auch nur zögern ließ. Nachdem sie vergeblich einige hundert Bilder durchgeschaut hatte, spielte ihr der Beamte die CCTV-Aufnahmen aus dem Club vor. Es gab erstaunlich viele Kameras, die vor allem den Eingangsbereich, die Gänge und die Bars abdeckten. Die Tanzflächen waren nur am Rande zu sehen. Sie waren einfach zu groß und vor allem zu schlecht beleuchtet. So fanden sie dann auch nicht den Moment, in dem der Mann Ava und ihre Freundinnen angefasst hatte. Zweimal hatte Ava das Gefühl, Ivor in einer Gruppe von Menschen an der Bar zu sehen, aber letztlich sah man nur schwarze Haare und einen blauen Anzug von hinten. Das reichte nicht und half nicht. Dafür wurde Ava allmählich müde.

„Kann ich kurz Pause machen?", fragte sie und kramte ihr Döschen aus dem Rucksack.

Während sie eine Tablette herausholte, blickte sie durch die Glastür. Fast hätte sie das Pillendöschen fallen gelassen.

Kilian stand draußen im Flur. Bei Delaney und Huck mit einem uniformierten Beamten neben sich, der ihn soeben auf die Etage begleitet hatte. Kilian trug Jeans und ein kurzärmeliges Shirt, das ihm extrem gut stand. Er redete souverän und ein wenig flirtend in Richtung Delaney. Natürlich war es nicht überraschend, dass man sich nach Avas Angaben auf die Suche nach ihm gemacht hatte, aber als er nun zehn Meter entfernt von ihr dastand, wurde Ava unsicher. Denn trotz allem, was sie mit ihm erlebt hatte, dominierte bei seinem Anblick das Gefühl der Freude. Sie hatte ihn vermisst, eindeutig. Mit seinem Auftauchen verband sie die Hoffnung, dass nun alles geklärt werden konnte. Sie sprang auf und eilte aus dem Zimmer.

„He", rief der Polizist am Monitor, doch Ava ließ sich nicht stoppen.

Delaney und Huck standen mit dem Rücken zu ihr, so dass es in dem Durcheinander zunächst nur Kilian war, der sie kommen sah. Er schaute sie kurz ausdruckslos an und redete einfach weiter.

„Sie wollte aus dem Krankenhaus raus. Ich fand sie sexy, also habe ich ihr geholfen."

Ava blieb wie von einem Blitz getroffen stehen. Hatte er das wirklich gerade gesagt?

„Ja, und dann habe ich sie abends zum Essen eingeladen, schick und alles, um sie zu beeindrucken", erzählte er schneller redend, während er sie ignorierte. „Aber sie hat beim Essen so einen Schwachsinn geredet, von wegen, dass ich und irgendwelche andere Leute sie und ihre Freundinnen verzaubert hätten … Ich war froh, als der Abend vorbei war."

„Spinnst du?", fuhr Ava ihn an.

Die Polizisten wirbelten herum.

„Gehen Sie bitte zurück", befahl Delaney sofort.

„Er lügt."

„Wir reden später mit Ihnen."

Huck hatte schon längst genug von Ava und packte sie am Handgelenk.

„Wo haben Sie ihn gefunden?", fragte Ava und riss sich los.

„Er war in seiner Wohnung in Deptford und ist freiwillig mitgekommen, um eine Aussage zu machen", erklärte Delaney süffisant.

„Er war in Kensington. Mit meinem Handy. Ich hab's auf der Karte gesehen. Haben Sie das Haus am Brompton Square durchsucht? Vielleicht wohnt dort Ivor, der andere Sandmann."

Ava merkte selbst, wie wirr sie sich anhörte. Sie sah an den Blicken, die die Polizisten untereinander austauschten, dass man sie für einen ganz traurigen Fall hielt und jetzt natürlich gar nicht mehr ernstnahm.

„Du hast das Handy im Restaurant vergessen", erklärte Kilian in einem fast schon mitleidigen Tonfall. „Ich habe es an der Hotelrezeption abgegeben. Keine Ahnung, was die damit gemacht haben."

„Das ist gelogen. Das ist alles gelogen. Kilian! Warum machst du das?"

Er schaute sie weiterhin ausdruckslos an. Nichts war mehr zu sehen von dem einfühlsamen Mann, der ihr geholfen hatte. Es war, als ob er eine Maske aufgesetzt hätte. Huck hatte Ava längst wieder gepackt und zog sie mit Gewalt davon. Es gab nichts, was sie dagegen tun konnte. Mit dem Blick zurück zu Kilian gewandt ließ sie sich abführen. Er schaute ihr hinterher und wandte sich dann schulterzuckend an Delaney, um ihr mit all seinem Charme weitere Lügen zu erzählen.

20

52 Stunden 44 Minuten

Eine gute Stunde später wurde Ava mehr oder weniger aus der Polizeistation hinausgeworfen. Huck befahl ihr, die Stadt nicht zu verlassen, und Delaney riet dazu, endlich einmal zu schlafen. Abgesehen davon galt sie bei der Polizei nun als die Verrückte, die das Sandmännchen für den Mörder im Fabric hielt.

Kilian hatte die Station schon früher wieder verlassen und alle Fragen der Polizei zu deren Zufriedenheit beantwortet. Delaney war spürbar von ihm angetan. Kein Wunder bei seinem Aussehen und Charme. Sie hatte sich sogar zu dem Kommentar hinreißen lassen, dass er sich für Jahrgang 1983 verdammt gut gehalten hatte. Ava hatte sich einen Hinweis auf seine mögliche Unsterblichkeit verkniffen. Sie hatte überhaupt nichts mehr zu dem ganzen Thema gesagt – es wollte sowieso niemand hören. Man hatte sie auch keine weiteren Videos aus dem Club anschauen lassen. Dass sie Ivor auf keinem der Fotos vom Eingang entdeckt hatte, schwächte ihre Glaubwürdigkeit nachhaltig. Sie konnte nicht verstehen, wie er die Kontrollen am Eingang hatte umgehen können. Aber sie verstand so vieles nicht. Sie war wütend. Richtig wütend.

Deswegen marschierte sie von New Scotland Yard schnurstracks an der Themse entlang zur Underground-Station

Westminster, um wenig später erneut am Brompton Square aufzutauchen. Sie war sich sicher, dass Kilian das Handy nicht an der Hotellobby im Ritz abgegeben hatte. Schon alleine, weil es mittlerweile ausgeschaltet war und seinen Standort nicht mehr anzeigte. Eine klare Reaktion darauf, dass Ava ihre Überwachung verraten hatte. Das alte Haus in Kensington spielte eine Rolle – es konnte gar nicht anders sein. Kilian wohnte vielleicht nicht dort, aber er hatte die Nacht in dem Haus verbracht. Ava vermutete immer mehr, dass besagter Ivor dort zu finden sein würde. Also positionierte sie sich erneut auf der anderen Straßenseite und musterte die Fenster des Hauses. Tagsüber war in der Straße deutlich mehr los, auch in den Wohnungen tat sich etwas. Sie sah eine ältere Dame aus dem Fenster schauen, erkannte im ersten Stock eine Familie, die zu Mittag aß. Nach einiger Zeit näherte sich eine Frau in Avas Alter dem Eingang. Sie trug Designerklamotten und kramte ihren Schlüssel aus einer Miu-Miu-Handtasche. Ava erkannte ihre Chance.

Schnell eilte sie über die Straße und sprach die junge Frau an, die soeben die Haustür aufschloss.

„Hey, sorry, darf ich dich kurz was fragen? Ist ein bisschen peinlich."

Ava lächelte das süße Lächeln, mit dem sie schon so manche schwierig zu erlangende Drehgenehmigung bekommen hatte.

„Was denn?", fragte die Frau durchaus zugewandt.

„Ich hab' gestern einen Typen kennengelernt, weiß aber nur seinen Vornamen. Und er ist hier vor dem Haus aus dem Taxi gestiegen. Jetzt habe ich dummerweise seine Nummer verloren und …"

Sie verzog vielsagend das Gesicht. Die Frau musste grinsen.

„Wie heißt er?"

„Kilian. Wohnt der hier?"

Die Frau wirkte nicht so, als ob der Namen ihr etwas sagte.

„Ende Zwanzig", beschrieb Ava. „Sieht verdammt gut aus, muskulös. So rotbraune, lockige Haare und grüne Augen."

Das Gesicht der Frau hellte sich auf. Spätestens die grünen Augen ließen sie aufhorchen.

„Vielleicht meinst du den Enkel von Mister Copper."

„Von wem?"

„Vom Besitzer des Hauses. Sein Enkel kommt ab und zu und guckt nach dem Rechten. Liest im Keller Gas und Strom ab oder so. Der passt auf die Beschreibung."

„Aber er wohnt nicht hier?"

Die Frau schüttelte den Kopf.

„Ich hab' ihn länger nicht gesehen. Sorry. Weiß jetzt auch nicht, wie Mister Copper es findet, wenn ich seine Nummer rausgebe."

„Nein, ist schon okay. Ich … ich suche weiter."

Die Frau lächelte noch einmal und sagte: „Ich glaub' an Schicksal. Du findest ihn."

Ava musste müde lächeln. Aber sie dankte der Frau trotzdem, die daraufhin im Haus verschwand. Enkel des Besitzers? Guckt ab und zu im Keller nach dem Rechten? Im Keller? Bevor die Haustür ins Schloss fiel, schob Ava ihren Fuß dazwischen. Keller klang nach Kilian. Er hielt sich gerne in der Unterwelt auf.

Kurz wartete Ava, bis die Schritte der jungen Frau im Treppenhaus nicht mehr zu hören waren, dann huschte sie durch den Hausflur zu einer Treppe, die in den Keller führte. Sie schaltete das Licht ein und ging langsam die Stufen hinab. Unten gelangte sie in einen weiteren Gang aus roh verputztem Stein, von dem diverse Türen abgingen. Manche waren beschriftet. „Mieterkeller" und „Heizungsraum" waren verschlossen, aber eine Tür ließ sich öffnen. Sie führte in einen größeren Raum, in dem Fahrräder und Kinderwagen abgestellt waren. Durch ein vergittertes Fenster fiel Licht von der Straße herein.

Für Londoner Verhältnisse ging man hier gerade zu verschwenderisch mit dem Platz um. Anderswo hätte man mit Sicherheit ein Souterrain-Apartment eingerichtet und teuer vermietet. Ava schaute sich aufmerksam um und entdeckte, dass der Raum an der hinteren Wand in einen schmalen Gang überging. Sie huschte hinüber. Obwohl diese Stelle nicht gut beleuchtet war, sah sie am Ende des Gangs eine uralte Eisentür. Sie erinnerte Ava an die Tür im Keller des Krankenhauses. Sie zog ihr Handy aus der Hose und schaltete die Taschenlampe ein. Im Nähergehen sah sie bereits das rostige Drehrad, mit dem die Tür verschlossen war – wie bei alten Schiffen. Sie leuchtete die Ränder und die Wand ab, fand weitere Rostspuren. Die Tür schien längere Zeit nicht geöffnet worden zu sein, aber auch nicht vollkommen unbenutzt. Sie steckte das Handy weg und versuchte an dem Rad zu drehen, aber es bewegte sich keinen Millimeter. Entweder war es eingerostet oder blockiert. Ava hämmerte gegen das Eisen. Auch wenn die Tür sehr massiv klang, hörte man den Hohlraum dahinter. Sie war sich fast sicher, dass sie in diesem ihr Handy finden würde. Doch es gab keine Möglichkeit hineinzugelangen. Ava fluchte, stiefelte zurück in den Fahrradkeller und setzte sich auf den Boden mit Blick zur Tür. Sie kramte eine weitere Tablette aus ihrem Rucksack und schluckte sie mit Wasser aus ihrer kleinen Flasche herunter.

„Dieses Mal gebe ich nicht so schnell auf“, rief sie wütend in Richtung der Tür. „Ich finde euch!“

Allmählich bekam Ava eine Vorstellung davon, wie manche Leute dazu kamen, durch London zu irren und mit Baumstämmen zu diskutieren. Doch sie wusste, dass sie nicht verrückt war. Sie war müde. Sie war traurig, auch ängstlich. Aber sie war an der richtigen Stelle. Sie würde herausfinden, was Kilian zu verbergen hatte, auch wenn sie Tage in diesem Keller hocken musste.

Glücklicherweise war das nicht notwendig. Kaum hatte sie es sich so bequem gemacht, wie es auf dem Steinboden ging, hörte sie ein Rumpeln. Aus Richtung der Tür. Sie sprang auf ihre Beine. Schon vernahm sie ein metallisches Geräusch, dann drehte sich das Rad an der Tür wie von Geisterhand bewegt. Ava zückte ihr Handy und leuchtete in den Gang. Sie wollte gleichzeitig näher gehen und weglaufen. Also blieb sie einfach stehen. Bald öffnete sich die Tür. Von hinter sich beleuchtet erschien Kilian. Er hob die Hand gegen das blendende Licht von Avas Handy.

„Wenn du dich hier in den Keller hockst, schläfst du ein", sagte er.

„Ach, und das würde dich stören?"

Etwas Besseres fiel ihr nicht ein, denn Kilian war plötzlich wieder zugewandt und freundlich. Als sie den Lichtstrahl aus seinem Gesicht nahm, senkte er die Hand und lächelte sie warm an.

„Sehr sogar."

Ava schluckte. Sie hasste diesen Kerl. Sie hasste ihn, weil er es ihr mit seinem Charme wieder einmal unmöglich machte, wütend auf ihn zu sein.

„Komm rein", sagte Kilian und trat zur Seite, um ihr den Weg zu einer in die Tiefe führenden Treppe zu deuten. „Ich habe auf dich gewartet."

21

53 Stunden 54 Minuten

Ava hatte erst vor kurzem von superreichen Londonern gelesen, die ihre denkmalgeschützten Häuser gleich mehrere Etagen in die Tiefe ausbauen wollten, um dort Pool, Kino oder andere Luxusräume einrichten zu können. Wenn man nach oben nicht bauen durfte, dann halt nach unten. Kilian war keiner dieser Superreichen. Seine unterirdischen Räume beherbergten keinen Pool oder Kino. Sie waren auch nicht neulich erst von Stararchitekten entworfen und von modernsten Maschinen geschaffen worden. Nein, die Räume waren wahrscheinlich noch älter als das Haus, unter dem sie sich befanden. Die Böden und Wände waren aus ungleichen Steinen und Lehm geschaffen wie in einer alten, schottischen Burg. Es roch nach Erde, und die Kälte zog einem auch im Sommer von unten in die Beine. Dabei war der große Raum, in den Kilian und Ava von der Tür aus über die endlose Treppe gelangten, durchaus behaglich eingerichtet. Es gab orientalische Teppiche, eine Vintage-Sitzecke mit gepolstertem Sofa und Stühlen, einen alten Holztisch, auf dem modernste Computer, Monitore und andere Geräte standen, und riesige Bücherregale, in denen kein Buch jünger als fünfzig Jahre zu sein schien. Auf einem der Monitore erhaschte Ava das Bild einer Nachtsichtkamera, das den Fahrradkeller zeigte. Sie hatte die Kamera dort zwar nicht wahrgenommen, wusste aber nun, wie sie entdeckt worden war. Weitere Monitore zeigten Bilder von der Straße vor dem Haus und einen Gartenausgang in einer alten Mauer hinter dem Haus. Neben dem letzten Monitor lag Avas Handy.

„Mach's dir bequem, aber nicht zu bequem", sagte Kilian. „Ich hole dir etwas zu trinken."

Von dem Raum gingen drei weitere Türen ab. Auf eine davon steuerte Kilian unbekümmert zu.

„Meinst du nicht, dass du mir erstmal was erklären musst?", meckerte Ava und griff sich ihr Handy. „In der Hotellobby abgegeben?"

Für mehr als ein Meckern reichte es nicht. Dafür war sie viel zu beeindruckt von seinem unterirdischen Batcave und auch von Kilian selbst. Er blieb in der Holztür stehen, hinter der Ava eine historisch anmutende Kücheneinrichtung ausmachen konnte – gespickt mit modernen Geräten. Ein warmes Licht beleuchtete die Arbeitsfläche, den Gasherd und den riesigen Kühlschrank

„Du hast mir keine andere Wahl gelassen, als zu lügen", sagte er. „Es geht hier nicht nur um mich."

„Nein", entgegnete Ava trotzig. „Es geht um sechsunddreißig Tote, darunter meinen Freundinnen."

„Sie sind tot. Wir können ihnen nicht mehr helfen."

„Und was ist mit mir?"

Kilian verlor für einen Moment seine Souveränität. Er seufzte und ging dann ohne eine Antwort weiter in die Küche. Ava dachte nicht daran, es sich bequem zu machen, sondern steckte ihr Handy weg und folgte ihm. Kilian nahm aus einer Art-Deco-Glasschale Äpfel, Orangen und Mangos, die er zu zerkleinern begann. Ava entdeckte auch eine elektrische Saftpresse.

„Mir wäre eher nach einem Kaffee", sagte sie.

„Ist nicht gut für dich. Lässt die Wirkung nach, wirst du noch müder."

Das hätte er ihr mal früher sagen sollen. Sie erinnerte sich sehr gut an das Tief in der Nacht nach dem Kaffee von Koto.

„Du brauchst Vitamine", verkündete Kilian wie ein besorgter Vater.

Ava musste lachen. Er schaute fragend zu ihr.

„Jetzt bist du wieder mein Retter, oder was? Weißt du, wie bescheuert ich mir bei der Polizei vorgekommen bin?"

„Was soll ich denn sagen?", fuhr er sie plötzlich an. „Ich helfe dir. Im Krankenhaus, im Restaurant. Ich verrate dir Geheimnisse, die ich nie jemandem verrate. Du rennst plötzlich weg, und dann taucht die Polizei bei mir auf. Was habe ich dir getan?"

Ava war zu überrumpelt, um antworten zu können. Schon röhrte die Saftpresse los. Ein Obststück nach dem anderen wurde zu einem Saft gepresst, der in einem Krug landete, wie Ava sie aus Game of Thrones kannte. Sie dachte nach und musste einsehen, dass Kilian recht hatte. Sie hatte ihr Gespräch abgebrochen und ihm danach keine Chance gegeben, sich weiter zu erklären. Die Saftpresse stoppte. Kilian schaute sie kritisch an. Sie war noch nicht soweit, dass sie ihren Fehler zugeben konnte.

„Wieso konnten wir Ivor auf den Videoaufzeichnungen nicht sehen?", fragte sie stattdessen.

Kilian fügte einen Schluck Olivenöl in den Saft, kippte alles in ein Glas und reichte es Ava.

„Er ist nicht doof. Irgendwie wird er herausgefunden haben, wo die Kameras sind und sie gemieden haben."

„Am Eingang kann man die Kameras nicht umgehen."

„Der Club ist auf einem jahrhundertealten Fundament gebaut. Es gibt unterirdische Gänge. Wahrscheinlich hat er die benutzt."

„Darauf hätte man bei euch kommen können."

Ava schüttelte den Kopf über ihre Naivität und trank von den frischen Vitaminen. Es tat auch deshalb gut, weil sie mal wieder viel zu lange nichts gegessen hatte.

„Wirf mich nicht mit ihm in einen Topf", mahnte Kilian.

„Aber du bist doch auch so ein … ein Sandmann."

„Es gibt gewaltige Unterschiede zwischen ihm und mir."

Ava trank noch einmal.

„Soll ich dir etwas zu essen machen?", fragte Kilian, als ob er ihren Hunger gespürt hätte.

„Kaviar?"

Sie klang immer noch bissig.

„Ich dachte eher an ein Filet mit Gorgonzola-Sauce."

Er grinste. Ava wurde es mulmig.

„Woher kennst du mein Lieblingsessen?"

„Instagram."

Tatsächlich hatte sie dieses Essen mehrfach fotografiert, weil sie es so sehr liebte und bei den aktuellen Fleischpreisen viel zu selten irgendwo bekam.

„Du spionierst mir nach?"

„Ist es nicht der Sinn von Instagram, dass man sich die Fotos von euch anschaut."

Es klang wie „von euch jungen Leuten". Natürlich waren die Fotos alles andere als geheim, aber trotzdem fühlte sich Ava unwohl bei dem Gedanken, dass Kilian sich über sie informiert hatte. Er ging zum Ende der langen Arbeitsfläche, wo ein abgedeckter Teller stand. Als er das Papier lüftete, kam ein saftiges Stück Rinderfilet zum Vorschein, das Ava das Wasser im Mund zusammenlaufen ließ.

„Was wird das jetzt hier?", fragte sie. „Ein weiteres letztes Abendmahl?"

„Nein", sagte Kilian, während er aus einem Regal hinter sich Möhren holte, die bei Ava liebster Variante des Essens nicht fehlen durften. „Ich will dir deine restlichen Fragen beantworten. Es schadet nichts, dabei zu essen, oder? Setz dich doch."

Er deutete auf einen Barhocker, der original aus Rick's Café in Casablanca stammen könnte, und machte sich daran, die Möhren zu schälen. Seine Hände huschten flink über das Gemüse. Geübte Hände. Perfekte Hände. Sie waren makellos. Genau wie sein Gesicht. Ava ergab sich und setzte sich auf den Hocker.

„Wer ist Ivor?", eröffnete sie ihre Fragen.

„Einer der brutalsten Sandmänner, die es gibt. Und einer der leichtsinnigsten. Seit Ewigkeiten tun wir alles, um nicht aufzufallen. Was er getan hat, das übersteigt alles, was er bisher verbrochen hat."

Es fiel ihm nicht leicht, dies zu sagen. Ava meinte sogar, ein Schlucken zu vernehmen, während er mit zu viel Energie begann, die Möhren in dünne Scheiben zu schneiden oder vielmehr zu hacken.

„Du kennst ihn schon sehr lange", stellte sie fest. „Und sehr gut."

„Natürlich", hauchte Kilian und blickte sie an. „Er ist mein Vater."

Ava staunte. Das konnte nicht sein. Es passte nicht zu dem, was er bisher über Ivor berichtet hatte.

„Warst du der Junge, der die Kristallhöhle gefunden hat?"

Er nickte.

„Du heißt nicht Kilian."

„Das ist mein aktueller Name. Ich muss alle zehn bis zwanzig Jahre meine Identität wechseln. So sieht kein Vierzigjähriger aus."

Er deutete auf seinen Körper. Nein, er sah wahrlich nicht wie ein Vierzigjähriger aus geschweige denn wie jemand, der noch viel älter war.

„Ich bin Liam", sagte er wie bei einer Vorstellung.

„Freut mich, dich kennenzulernen, Liam", antwortet Ava.

Er lächelte sie an. Dies war der Moment, an dem sie es ihm endgültig glaubte. Dass er schon seit mehr als zweihundert Jahren auf dieser Erde wandelte. Dass er unsterblich war.

„Nur eins verstehe ich nicht: Als ihr den Kristall gefunden habt, warst du ein Junge und Ivor in dem Alter, in dem er heute ist. Oder stimmte das nicht?"

„Doch."

„Wie kann das sein?"

Liams Gesicht wurde sehr hart.

„Wir haben uns auseinandergelebt."

22

September 1815

Keith Jones hatte schon wieder üble Laune. Er stand mit vor der Brust verschränkten Armen an der Haustür, als Ivor und Liam sich mit dem Karren näherten. Für Außenstehende sah es vielleicht so aus, als ob Liam den Karren mit den Sandsäcken schieben würde, aber Ivor wusste, dass der Junge sich nur daran festhielt. Er war völlig entkräftet. Auf dem Weg hatte er sich übergeben und war mehrfach gestürzt. Seinem Sohn ging es so schlecht wie noch nie. Ivor fühlte sich hilflos, was ihn nur noch wütender machte, als er das in diesen Tagen sowieso schon war. Zu allem Überfluss hatten sie nicht einfach in ihre bescheidene Unterkunft am Fuße der Berge bleiben können, sondern mussten die vielen Meilen am Fluss entlang, um Jones mit seinem Sand zu beliefern. Andernfalls waren sie ihren besten Kunden los.

Dieser starrte sie nur an, als Ivor den Karren vor dem Haus stoppte. Liam stolperte bei dem abrupten Halt, konnte sich aber auf den Beinen halten.

„Ich wünsche einen schönen Abend, Mister Jones. Ihr Sand …"

„Komm rein", zischte Jones. „Ohne Sand."

Er drehte sich um und verschwand im Haus. Das hatte er noch nie getan. Ivor schaute irritiert zu Liam, der aber sowieso kaum noch etwas mitbekam. Er nickte dem Jungen zu. Gemeinsam betraten sie das Haus. Weiter als bis zum Eingangsbereich waren sie noch nie gekommen. Jones stand bereits in der Stube und winkte sie zu sich. Ivor ging mit bedachten Schritten zu ihm.

„Was ist denn, Mister Jones? Gibt es ein …"

„Was ist das für eine Sauerei?"

Er zeigte auf den Boden der Stube. Im gesamten Raum verstreut lag der feine Sand, den Ivor beim letzten Mal geliefert hatte. Allerdings war er an einigen Stellen dunkel gefärbt – von Feuchtigkeit. Auch wenn ein großer Kamin neben der Tür den behaglichen Geruch von brennendem Holz verströmte, war es unmöglich, den Gestank nicht wahrzunehmen.

„Das Zeug stinkt wie die Pest."

Ivor sog die Luft ein. Für ihn war es eindeutig: Jemand hatte auf den Boden gepinkelt.

„Mein Weib hat sich fast die Seele aus dem Leib gekotzt", polterte Jones. „Ins Dorf ist sie mit dem Jungen, um neuen Sand zu besorgen. Von einem Sandmann, der einem nicht so eine stinkende Brühe unterjubelt. Ich will mein Geld zurück."

Ivor hatte Mühe, sich zu beherrschen. Es war offensichtlich, dass sich jemand auf den ausgestreuten Sand erleichtert hatte. Der großen Fläche nach zu urteilen eher ein Mensch als eine Katze. Auf Jones' Sohn fiel der naheliegende Verdacht. Dem traute Ivor so etwas zu. In jedem Fall waren die Sandmänner aber nicht dafür verantwortlich. Selbst wenn sie es gewollt hätten, hätten sie den Sand nicht so ausliefern können, dass er noch nach einer Woche feucht war.

„Der Sand war gut, als wir ihn gebracht haben", sagte Ivor so freundlich, wie es gerade noch ging.

„Was?", fuhr Jones ihn an.

Ivor spürte, wie seine Faust sich unweigerlich ballte. Er musste sich zwingen, sie zu lockern. Von der Gunst dieses Mannes hing ihr Überleben ab.

„Der Sand kann nicht eine Woche lang feucht gewesen sein. Aber wenn Sie möchten, überlassen wir Ihnen diese Fuhre ohne …“

„Willst du sagen, dass ich lüge?“

Er griff bereits nach seinem Gürtel. In diesem Moment stöhnte Liam auf und ließ sich erschöpft auf einen nahestehenden Stuhl sinken.

„Steh auf, du Schwein“, schrie Jones, und schon hatte Liam den Gürtel im Gesicht.

Der Junge fiel wie ein nasser Sack vom Stuhl. Doch Jones hatte einen Fehler begangen. Bei seinem Schlag hatte er Ivor den Rücken zugekehrt. Als er sich ihm nun wieder zuwandte, hatte Ivor längst den Haken vom Kamin genommen. Mit all der Wut, die sich seit Tagen in ihm aufgestaut hatte, schlug er Jones das massive Eisen vor den Kopf. Der Haken drang in den Schädel ein, Blut spritzte, Jones sank zu Boden. Zuckend lag er neben Liam, der jetzt hellwach war. Erschrocken sprang er auf die Beine.

„Vater“, rief er entsetzt.

Doch Ivor hörte ihn kaum noch. Er sah den zuckenden und zitternden Körper vor sich, den Kranz um die Augen. Er griff in seine Tasche und zog sein Messer heraus. Er ging vor Jones auf die Knie.

„Was machst du?“, entfuhr es Liam. „Wir müssen weg hier.“

Ivor blickte die unkontrolliert schielenden Augen an. Man hatte in der letzten Woche mehrfach Tote gefunden, denen die Augen ausgerissen worden waren. Carson und seine Männer sahen jedes Mal kerngesund aus, wenn man sie traf. Und es gab mittlerweile noch einen anderen Sandmann, der behauptete, mit dieser „Operation“ Erfolg gehabt zu haben. Ivor griff hart nach dem Kinn von Jones, um den Kopf festzuhalten, dann steckte er das Messer an der Seite neben das rechte Auge. Blut spritzte, der Sand auf dem Boden war nun wirklich hinüber. Ivor riss mehr, als dass er schnitt, aber es war nicht besonders schwer, den Augapfel aus seiner Höhle zu bekommen.

„Vater", wimmerte Liam.

Ivor schaute ihn an und versuchte, ihn mit einem Lächeln zu beruhigen.

„Wir müssen das tun, Liam."

Dann steckte er sich, ohne noch einmal auf seine Hand zu schauen, das Auge in den Mund und biss darauf. Es knackte und eine Flüssigkeit ergoss sich in seinen Mund. Er kaute einfach weiter, auch als Liam mehrere Schritte vor ihm zurückwich, als ob er sich in den Leibhaftigen verwandelt hatte. Dabei wollte er nur ausprobieren, ob die Räuber die Wahrheit sagten. Er wollte es für Liam ausprobieren. Er hatte die breiige Masse noch nicht einmal heruntergeschluckt, als er es bereits spürte. Erst dachte er, es wäre die Aufregung, die Wut, aber dann war Ivor sich ganz sicher: Sein Atem ging leichter, die Schmerzen im Rücken und in den Beinen verschwanden, seine Haut wurde weich. Er strahlte Liam an.

„Es funktioniert!", rief er.

Auch der Kopf dröhnte nicht mehr. Er konnte endlich wieder klar denken. Hastig schnitt er dem sterbenden Jones auch das zweite Auge heraus. Als er sich umwandte, stand Liam bereits an der Tür. Abscheu in seinem Blick.

„Du musst es essen", flehte Ivor. „Dann wird es dir wieder gut gehen. Dann wird wieder alles wie in der Höhle. Du musst es essen."

Er streckte Liam das Auge entgegen.

„Niemals", schrie der Junge panisch. „Du bist ein Monster."

Dann drehte er sich um und hastete durch den Gang aus

dem Haus. Ivor stand auf und eilte ihm nach. Doch der Junge war schon an der Straße angekommen. Ohne noch einmal zurückzuschauen, rannte er davon. So schnell war er seit Tagen nicht gelaufen. Die Angst gab ihm Kraft. Die Angst vor seinem eigenen Vater.

23

54 Stunden 56 Minuten

Während das angebratene Rinderfilet im Backofen garte, folgte Ava Kilian oder vielmehr Liam, wie er ja nun in Wahrheit hieß, in einen weiteren Raum seines Batcaves. Es war ein Schlafzimmer. Das massive Holzbett mit Himmel stammte sicher nicht aus diesem oder dem letzten Jahrhundert. Kurz wurde Ava unsicher, denn wenn ein Mann sie mit einem „Komm mal mit“ in sein Schlafzimmer führte, hatte dies bisher meist erotische Gründe gehabt. Sie stand auf Liam, das ließ sich nicht leugnen, aber in der jetzigen Situation konnte sie beim besten Willen nicht an Sex denken. Doch der Unsterbliche ließ das Bett links liegen und ging zu einem stummen Diener, auf dem ein Hemd hing. Er öffnete eine kleine Schublade und zog etwas heraus, das Ava zunächst nicht erkennen konnte, denn Liam stand mit dem Rücken zu ihr. Er zögerte noch einen Moment, dann drehte er sich um.

In seiner Hand hielt er einen kleinen Kristall. Ava hatte noch nie so etwas gesehen. Es war weniger seine Größe – zwei Zentimeter lang und mit einem Durchmesser von weniger als einem Zentimeter – als die Farbe. Wie ein fest gewordenes Stück Wüste – versetzt mit in der Sonne funkelnden Sandkörnern.

„Darf ich ihn berühren?“, fragte Ava.

Liam nickte. Vorsichtig streckte sie die Hand nach dem Kristall aus. Sie sah, dass sie dabei zitterte. Doch als sie das Glas berührte, wurden ihren Finger ruhig. Ihr ganzer Körper beruhigte sich. Anders konnte sie es nicht beschreiben. Eine wohlige Welle durchfuhr sie. Das bildete sie sich nicht ein.

„Bin ich jetzt unsterblich?“, fragte sie mit einem Grinsen.

Liam lächelte. Er schüttelte den Kopf.

„Die kleinen Kristalle haben nicht diese Kraft. Sie können nicht einmal heilen. Zumindest nicht von alleine.“

Bei dem letzten Satz wurde er sehr ernst. Ava auch. Sie stand direkt vor Liam mit ihrer Hand in seiner, ein Finger auf dem Kristall. Sie wollte ewig so stehen bleiben.

„Mit dem Ding könnt ihr anderen Menschen ihre Lebenskraft stehlen?“, fragte sie.

„Wenn wir den Kristall am Körper haben, dann geht es. Nur dann.“

„Aber ihr müsst ihnen nicht mehr die Augen rausreißen und sie aufessen?“

„Mussten wir nie. Das hat man nur am Anfang gedacht. Die Sandmänner haben – Gott sei Dank – bald gelernt, dass eine einfache Berührung blanker Haut ausreicht. Man fasst jemanden an, konzentriert sich auf seinen Herzschlag und …“

Er verstummte.

„Und was?“, hakte Ava nach. „Was passiert in dem Moment mit euch?“

„Es ist ein unbeschreibliches Gefühl. Wie ein Drogenrausch, nur klarer. Deine Schmerzen verschwinden, du fühlst dich stark und unbesiegbar.“

„Und wenn man es nicht macht?“

Liam blickte auf ihre Hände. Er zog seine zurück, so dass Ava den Kristall nicht weiter berühren konnte. Für einen Moment fühlte sie sich leer, unglücklich, Schweiß stand auf ihrer Stirn. Sie wollte nach dem Kristall greifen, doch Liam steckte ihn zurück in die Schublade.

„Entzugserscheinungen?", fragte sie ungläubig.

„Wenn du mit der Lebensenergie anderer lebst und dann plötzlich aufhörst … Es ist schlimmer als ein Heroinentzug. Es sind brutale Schmerzen, der ganze Körper rebelliert, und du alterst binnen kürzester Zeit. Es ist …"

Er verstummte, schüttelte einfach nur den Kopf. Er wollte nichts mehr dazu sagen.

„Das ist das, was du als Kind erlebt hast? Weswegen dein Vater diesen Kerl getötet hat?"

Liam nickte.

„Eine Vorstufe davon. Die ich überlebt habe. So gerade eben."

„Was ist mit dir passiert, nachdem du weggelaufen bist?"

„Ich bin ohnmächtig auf der Straße zusammengebrochen. Mönche haben mich gefunden. Sie haben mich aufgepäppelt, und ich durfte bei ihnen bleiben. Bei ihnen arbeiten, bei ihnen essen, bei ihnen beten. Das war das Beste, was mir je passiert ist."

Er lächelte. Ava fand es bezeichnend: Nicht etwa die Unsterblichkeit war das Beste, was ihm je passiert war.

„Und dein Vater?"

„Ich wollte ihn nie wiedersehen. Ich bin den Mönchen zu einem Kloster in den östlichen Highlands gefolgt, weit weg von der Höhle. Weit weg von meinem Vater. Dort bin ich erwachsen geworden. Ohne Kristall. Ohne den ganzen Mist."

„Aber er hat dich wiedergefunden. Als du …"

Ava musterte ihn.

„Du warst Ende zwanzig?"

„Ich muss nach dem Fleisch schauen."

Liam würgte das Gespräch ab und verließ das Schlafzimmer. Ava blickte noch einmal zu der Schublade mit dem Kristall. Sie war versucht, ihn herauszuholen. Sie sehnte sich nach ihm. Das gab ihr eine Ahnung, warum diese Sandmänner getötet hatten. Immer weiter töteten. Auch nach zweihundert Jahren.

„Wie lange hält das Hochgefühl an?", fragte Ava, als sie Liam in der Küche wiederfand, wo er den Braten im Ofen betrachtete.

Während er sich daranmachte, ein enormes Stück Gorgonzola kleinzuschneiden, redete er – ohne Ava anzublicken.

„Kommt drauf an, wie alt der Mensch war, dem man die Lebensenergie geraubt hat. Bei einem sehr alten Menschen sind es ein paar Wochen, bei einem Baby können es zwei oder drei Jahre sein."

„Bei einem Baby?"

Ava hörte die Verachtung in ihrer eigenen Stimme. Sie nahmen Babys das Leben? Liam seufzte und schnitt weiter.

„Hast du schon mal vom plötzlichen Kindstod gehört?"

Das hatte Ava. Es war leider ein weit verbreitetes Phänomen, an dem kleinste Kinder starben. Die Schwester einer Schulfreundin hatte ihr Baby auf diese Weise verloren. Es war furchtbar gewesen. Das wenige Monate alte Kind hatte einfach tot in seinem Bettchen gelegen. Es hatte keinen erkennbaren Grund dafür gegeben. Das Kind war gesund gewesen. Genau wie bei den Toten aus dem Fabric.

„Das machen die Sandmänner?"

„Nicht in allen Fällen. Aber … Bei manchen Sandmännern sind Babys besonders beliebt."

„Was seid ihr für kranke Schweine?", fuhr Ava Liam an und machte unweigerlich einen Schritt zurück.

„Wirf mich nicht mit ihnen in einen Topf!", zischte Liam sie an.

Er blickte von seiner Arbeit am Käse auf. Ein bitterböser Blick. Ava wurde unsicher.

„Sorry, aber … Ich meine … Du bist doch auch unsterblich. Wie …"

Sie verstummte. Liam wurde weicher. Er nickte und erklärte:

„Natürlich, aber … Es gibt Sandmänner, die einen Weg gefunden haben, wie niemand direkt für sie sterben muss."

„Nämlich?"

Ava hatte so etwas gehofft, konnte es dennoch nicht so recht glauben.

„Keiner von uns weiß genau, wie das mit der Lebensenergie funktioniert. Aber eins fiel von Anfang auf: Das Alter ist entscheidend, nicht die Gesundheit. Ein todkrankes Kind hat viel Lebensenergie, ein kerngesunder alter Mensch wenig. Es ist wie … Als ob bei der Geburt eine Uhr aufgezogen wird, die für eine festgelegte Zeit von achtzig oder neunzig Jahren das Herz schlagen lässt. Was die Sandmänner klauen, ist diesen Impuls. Deswegen sterben die Opfer, wenn sie das nächste Mal schlafen. Im Schlaf brauchen sie den Impulsgeber, verstehst du?"

„Okay, aber wie kommst du darum herum, jemanden zu ermorden?"

„Ich nehme die Energie nur von Menschen, die sowieso sterben. Die nicht einmal bis zum nächsten Schlaf überleben würden. Auch wenn ihr Herzimpuls noch für viele Jahre reichen sollte."

„Deswegen bist du Sanitäter?"

Liam nickte.

„Ich war auch schon Arzt, Soldat, Feuerwehrmann, alles Mögliche, bei dem man zwangsläufig Menschen begegnet, die sterben werden."

Er blickte Ava traurig an. Sie sah ihm die vielen Sterbenden an, die er in seinem Leben bereits gesehen hatte. Es mussten hunderte gewesen sein.

„Wir können gleich essen", sagte er und ging an ihr vorbei in den großen Raum mit dem Esstisch.

24

55 Stunden 45 Minuten

Anders als beim Abendessen im Ritz konnte Ava das Rinderfilet mit ihrer Lieblingssoße genießen. Wenn man einmal akzeptierte, dass Liam die Wahrheit sagte, und wenn man gleichzeitig verdrängte, dass diese Wahrheit den baldigen Tod für einen selbst bedeutete, dann war es unglaublich spannend, was er zu berichten hatte. Sie saßen sich bei Kerzenlicht gegenüber an dem alten Tisch, und Liam berichtete aus den vergangenen Jahrhunderten. Er hatte schon viele Leben gelebt – sei es in den Highlands, während der Industrialisierung, den Weltkriegen oder auch in der modernen Zeit danach. Tatsächlich hatten viele seiner Leben mit medizinischen Berufen zu tun, die er mehrfach ausgeübt hatte. Er besaß Doktortitel in gleich mehreren Fachgebieten von den bekanntesten Universitäten der Welt. Denn natürlich hatte er nicht immer am selben Ort gelebt. London und diese Batcave waren seine Basis, er hatte seinen Rückzugsort schon am Ende des neunzehnten Jahrhunderts eingerichtet unter einem Haus, das er von einem Opfer seines Vaters geerbt hatte. Liam selbst war besagter Mr. Copper, von dem die junge Frau an der Tür als ihrem Vermieter berichtet hatte. Eine seiner vielen Rollen, seiner vielen Identitäten. Er hatte in den USA genauso gelebt wie in Japan, Neuseeland, Südafrika oder Kanada.

Meist musste er weitab eines vorherigen Lebens viele Jahre ausharren, um niemandem wiederzubegegnen, die ihn als Gleichaltrigen gekannt hatten. Ava erfuhr von der Unmöglichkeit, Freundschaften zu schließen oder gar eine Liebe zu leben – ein Thema, über das Liam sehr schnell hinwegging. Sie erfuhr auch, wie zunehmend schwer es im Internetzeitalter war, sich neue Identitäten zu erschaffen. Aber natürlich hatte Liam über die Jahre eine Menge Know-How, Technik und auch Reichtümer angehäuft, um es immer wieder hinzubekommen. Ava, die Geschichte genauso wie Geschichten liebte, konnte nicht genug von seinen Berichten bekommen – wie auch von dem Essen. Doch Liam verwehrte ihr einen zweiten Nachschlag.

„Zu viel Essen macht dich müde."

Das holte sie auf den Boden der Tatsachen zurück.

„Was hast du jetzt vor mit mir?", fragte sie unsicher. „Wie lange habe ich noch?"

Sie wusste mittlerweile, dass Liam einige Jahre lang versucht hatte, Opfern seines Vaters zu helfen. Dabei hatte er besagte Pillen entwickelt, aber auch noch weit mehr Wissen über den Schlaf und Möglichkeiten, ihn zu umgehen, angesammelt. Doch am Ende hatte trotzdem niemand überlebt.

„Ich möchte mit dir in die Highlands fahren", verkündete er. „Dahin, wo alles angefangen hat. In die Höhle des Beinn an Eoin."

„Warum?"

„Ich möchte, dass du verstehst. Ich möchte, dass ... dass wir ... zusammen sind in der Zeit, die dir bleibt."

Er wirkte unsicher. Ungewöhnlich für ihn. War das eine schräge Art von Romantik? Manch einer hätte es vielleicht rührend gefunden, aber Ava hatte keine Lust, ihre letzten Tage mit einer Höhlenbesichtigung zu verbringen.

„Was ist mit deinem Vater?", kam sie auf ein Thema zurück, das sie in den letzten Stunden verdrängt hatte.

„Was soll mit ihm sein?“

„Muss man ihn nicht zur Rechenschaft ziehen? Verhindern, dass er noch mehr solche Amokläufe begeht?“

Liam seufzte widerwillig. Dabei hatte er selbst kurz zuvor berichtet, wie skrupellos sein Vater seine Fähigkeiten eingesetzt hatte. Er tötete auch, wenn er gar keine Energie benötigte, sondern damit andere Ziele erreichen wollte. Auch wenn Liam genauso wenig wie Ava verstand, was das Morden im Fabric sollte, ging von Ivor eindeutig eine große Gefahr aus. Er musste gestoppt werden.

„Ich weiß nicht, wie“, gab Liam zu.

„Wo wohnt er?“

Liam musste lachen. Er schüttelte den Kopf.

„Wo ist das Problem?“, fragte Ava gereizt. „Wir finden ihn und lassen ihn verhaften.“

„So einfach ist das nicht, Ava. Er ist sehr mächtig, und … Es geht um mehr als um ihn.“

„Nämlich?“

„Um die Sandmänner. Um uns alle. Wenn die Öffentlichkeit erfährt, dass es uns gibt …“

„Was dann? Dann können die bösen Sandmänner nicht mehr morden? Oder hast du Angst um dich? Niemand muss von dir erfahren, Liam.“

„Selbst wenn … Es gibt immer noch Dutzende Sandmänner. Sie sind reich, haben Verbindungen, Wissen. Sie werden das nicht zulassen. Glaub mal nicht, dass die Arbeit der Polizei nicht sehr genau beobachtet wird. Sollte irgendwas gegen die Sandmänner unternommen werden, löst du eine brutale Armee aus … Das …“

Er schüttelte den Kopf.

„Aber hat Ivor nicht gegen … gegen irgendeinen Sandmänner-Kodex verstoßen? Können die nicht froh sein, wenn er aus dem Verkehr gezogen wird? Er ist es doch, der die Aufmerksamkeit auf die Sandmänner lenkt.“

Liam schwieg. Auf dieses Argument hatte er keine Entgegnung.

„Wo wohnt er?“, wiederholte Ava ihre Frage.

„Ganz ehrlich: Ich weiß es nicht. Er ist erst seit einem Jahr wieder in London. Ich habe noch eine alte Handynummer von ihm, und ich wusste, dass er samstags gerne ins Prospect of Whitby geht – seit mehr als hundert Jahren –, aber ich weiß nicht, wo er dieses Mal wohnt. Mh …“

Er zögerte. Ava blickte ihn durchringend an.

„Ein Sandmann, mit dem ich ab und zu Kontakt habe, hat ihn mal getroffen. Er glaubt, Ivor hat eine Villa in Strawberry Hill – direkt an der Themse. Würde zu ihm passen. Aber genau kann ich es …“

„So viele Wassergrundstücke gibt's da nicht“, ging Ava dazwischen und stand auf. „Klappern wir sie halt ab.“

Ein Rich Kid aus ihrem Studium lebte dort bei seinen Eltern, sie war zum Studienbeginn bei einer Party eingeladen gewesen. Er hatte Ava beeindrucken und ins Bett kriegen wollen. Sie hatte Kontakte zu Studenten der höheren Semester knüpfen wollen und war früh gegangen. Auf dem Weg zum Bus hatte sie an der Themse eine wunderschöne Villa neben der anderen gesehen. In ihrer Erinnerung konnte dort unmöglich Platz für mehr als drei Dutzend Häuser direkt am Wasser gewesen sein.

„Ava!“, ermahnte Liam sie.

„Er muss gestoppt werden“, insistierte sie und spürte, wie verdrängte Emotionen in ihr hochstiegen. „Und ich will verdammt noch einmal wissen, warum er das gemacht hat. Wofür Amy gestorben ist. Chloe, Olivia, die ganzen anderen. Wofür ich …“

Sie verstummte. Liam kam zu ihr um den Tisch und nahm sie in die Arme. Es war fast so, wie den Kristall zu berühren. Ruhe erfasste sie. Schließlich löste Liam sich sanft und blickte ihr in die Augen.

„Ich verstehe dich. Ich verstehe dich so gut, glaub mir. Aber wir können ihn nicht stoppen. Denk nicht, ich hätte das nicht versucht. Lass uns damit keine Zeit vergeuden. Zeit ist wertvoll.“

Avas Zeit war wertvoll. Das wollte er sagen. Die Bitterkeit, die aus ihm sprach, war beängstigend. Ava konnte nicht einmal erahnen, was er in den vielen Jahren mit oder durch seinen Vater alles erlebt und erlitten hatte. Ihr war vollkommen klar, dass nicht ausgerechnet sie dieser Verzweiflung etwas entgegensetzen konnte. Dass sie mal eben um die Ecke gelatscht kommen und Liam zu einem neuen Kampf gegen seinen Vater mitreißen konnte.

„Okay“, sagte sie.

Liam lächelte dankbar.

„Was ist denn hinter Törchen Nummer Drei?“, fragte sie, um das schwere Thema zu vertreiben.

Sie deutete auf eine mit einem eisernen Riegel und einem alten Vorhängeschloss gesicherte Tür, die zwischen Küche und Schlafzimmer lag.

„Das wird dir gefallen“, sagte Liam und bekam wieder bessere Laune.

Er zog einen Schlüssel aus der Hose und ging zu dem bisher verschlossenen Raum, um ihn für Ava zu öffnen. Sie schaute ihm zu, wie er das schwere Schloss abzog und auf den Tisch legte. Dann zog er den Riegel auf und öffnete die Tür. Ava durfte als erste den Raum betreten.

Es war kein besonderes großes Zimmer, das Licht war dezent gehalten. Aber sie verstand bald die besondere Sicherung: Es war eine Schatzkammer. An den Wänden hingen Gemälde von Landschaften des neunzehnten Jahrhunderts. In Vitrinen standen Kelche, Vasen, antikes Geschirr. Daneben gab es einen Schrank mit zahllosen Schubladen, wie man sie aus Schmuckgeschäften kennt. Obenauf eine Glasabdeckung über den Ausstellungsstücken: Halsketten, Broschen und Diademe aus Gold mit Edelsteinen in unterschiedlichsten Farben – der filigrane Stil und die Naturmotive deuteten auf eine Fertigung im viktorianischen Zeitalter hin. Aber es fanden sich auch Schmuck, Kunstwerke und gar Möbel im Jugendstil, Art Deco oder aus der Nachkriegszeit. Der Raum war eine Zeitreise durch die Kunstgeschichte der letzten beiden Jahrhunderte.

„Wenn mir mal das Geld ausgeht, bediene ich mich hier. Die meisten Sachen habe ich den Besitzern selbst abgekauft oder geschenkt bekommen. Andy Warhol war in den Sechzigern ein Bekannter von mir. Das habe ich damals von ihm bekommen."

Er deutete auf eine kleinere Leinwand mit einer Variation der berühmten Dose von Campbell's Soup. Das durch eine Verglasung geschützte Bild an der Wand war mit Sicherheit einige hunderttausend Pfund wert.

„Wow", entfuhr es Ava. „Ist ja fast wie bei Highlander. Nur, dass ihr euch nicht gegenseitig die Köpfe abschlagt. Kennst du den Film? Aus den …"

„Hör mir auf mit dem", ging Liam augenrollend dazwischen.

„Wieso?", fragte Ava amüsiert.

„Ich hab' mich Ende der Siebzigerjahre mal so dermaßen betrunken, weil … wegen einer Frau. Egal. Auf jeden Fall habe ich so einem amerikanischen Studenten in 'nem Pub meine Geschichte erzählt. Manchmal muss ich das machen, um nicht verrückt zu werden. Die Leute nehmen es eh nicht ernst. Aber der war … interessiert, sehr nett und alles … Und hinterher habe ich erfahren, dass er Drehbuchstudent in Kalifornien war."

„Das war der Drehbuchautor von ‚Highlander'?", hakte Ava ungläubig nach.

„Ja", rief Liam kopfschüttelnd. „Was der dann aus der Story gemacht hat! Mit den Schwertkämpfen, und … das war alles voll unlogisch. Die Leute werden erschossen und stehen lachend wieder auf. Schwachsinn. Wir können sterben wie jeder andere Mensch, nur eben nicht am Alter. Klar, wir sind widerstandsfähiger, aber wenn man auf uns schießt … Ich hab' den Film gehasst."

Ava musste lachen.

„Hast du ihm das hier gezeigt?"

Sie zeigte auf die Schatzkammer. Liam schüttelte den Kopf.

„Ich hab' den Kerl nie wiedergesehen. Der hat wahrscheinlich nicht geglaubt, dass das eine wahre Geschichte war. Aber es hat ihn inspiriert. Vor allem die Sache mit der Unsterblichkeit und natürlich die Highlands. Das mit dem Schlafen wohl eher nicht. Aber … Highlander."

Er regte sich weiter über den Film auf und bekam gar nicht mit, dass Ava sich in der Zwischenzeit hinter ihm aus der Schatzkammer geschlichen hatte. Schnell warf sie von außen die Tür zu und schob den Riegel vor. Von drinnen wurde an die Tür gehämmert.

„Was soll das, Ava?", rief Liam empört.

„Ich verstehe, dass du dich nicht noch einmal mit deinem Vater anlegen willst. Aber ich muss es einfach tun."

Sie überlegte, ob sie das Schloss befestigen sollte, denn es gab einen Türspalt, durch den man über kurz oder lang von innen an den Riegel gelangen konnte. Aber vielleicht war es gar nicht so schlecht, wenn Liam sich befreien konnte – Ava hatte keine Ahnung, ob sie zurückkommen können würde.

„Du kennst ihn nicht", rief Liam von innen. „Du bist ihm nicht gewachsen! Ava! Ava!"

Liam schlug wütend gegen die Tür. Er rief noch viele Male ihren Namen, doch Ava hörte es schon bald nicht mehr. Denn sie war auf dem Weg die Treppe hoch in den Fahrradkeller, raus aus dem alten Haus in Kensington und dann zur U-Bahn Richtung Strawberry Hill.

25

57 Stunden 43 Minuten

Es war bereits später Nachmittag, als Ava nach mehrfachem Umsteigen ins andere London kam. In das London ohne tosenden Verkehrslärm, ohne Obdachlose und Junkies auf der Straße. Es war auch nicht das nordwestliche London, wo Madonna oder die Beckhams ihre coolen Häuser hatten. Hier gab es keine Paparazzi. Strawberry Hill war einer dieser Stadtteile, in denen das alte Geld regierte. Englisches Understatement. Reiche Ausländer aus Deutschland oder Schweden, denn für beide Länder gab es gehobene Schulen in der Nähe. Villen ja, allzu viel Prunk nein. Dabei konnte man von der Straße aus bereits erahnen, dass sich hinter den Villen große Gärten bis hinunter zur Themse erstreckten, die die Grundstückpreise in astronomische Höhen schießen ließen.

Dennoch konnte man über die Auffahrt meist problemlos an zwei oder drei SUV vorbei zum Hauseingang gelangen und einfach klingeln. Ava beschloss, erst einmal die Straße hoch und runter zu gehen und Villen auszusortieren, in denen große Familien lebten – denn Liam war ziemlich deutlich darin gewesen, dass sein Vater alleine leben würde. Wie die meisten Sandmänner, die keine dauerhafte Bindung zu Sterblichen eingehen konnten oder wollten und sich untereinander auch nicht jahrhundertelang aushielten. Von den Villen, die in Frage kamen, machte Ava mit ihrem Handy Fotos. Sie hatte noch nicht einmal ein Dutzend Häuser geschafft, als plötzlich ein Schatten auf sie fiel. Sie blickte in das genervte Gesicht von Liam.

„Komm, weg hier“, zischte er und zog sie zu einem alten Land Rover, der am Straßenrand stand. Sie hatte ihn nicht kommen hören.

„Ich muss das machen“, blaffte sie zurück und riss sich los.

„Ich helfe dir“, sagte Liam. „Aber du musst von der Straße weg.“

Er schaute sich um, als ob hinter ihnen unsichtbare Gefahren lauerten. Ava zögert noch, aber als Liams Hand erneut ihren Arm umschloss, wehrte sie sich nicht mehr. Er zog sie zum Auto, ließ sie auf den Beifahrersitz steigen und eilte dann auf die andere Seite des Fahrzeugs.

„Er darf uns nicht kommen sehen“, sagte Liam, als er eingestiegen war und den Wagen startete. „Vor dem Haus hat er garantiert Kameras.“

„Okay, und wie finden wir dann sein Haus?“, fragte Ava – nach wie vor unsicher, ob Liam ihr wirklich helfen wollte, schließlich hatte sie ihn eingesperrt.

„Vom Fluss aus.“

Er gab Gas.

„Du hast ein Boot?“

„Ich hab’ eine Menge Kram.“

Das galt auch für das Auto, das Ava bisher noch nicht wahrgenommen hatte – so gerne wie Liam im Underground unterwegs war, kein Wunder.

„Hattest du in deiner Batcave auch eine Garage?“, fragte sie und blickte ihn lauernd an.

Sie wollte nicht, dass er ihr böse war.

„Nein, ich musste einfach nur vor dem Haus ins Auto steigen, nachdem ich einen Säbel aus dem achtzehnten Jahrhundert verbogen hatte, um mich zu befreien.“

„Es tut mir leid. Ich ... ich dachte, du würdest mir nicht helfen."

„Das wollte ich auch nicht."

„Aber?"

„Aber ich kann dich auch nicht alleine in dein Unglück rennen lassen."

Er schaute sie endlich wieder weicher an. Ava lächelte.

„Danke."

Knapp zwei Stunden später flogen sie mit einem sportlichen Motorboot über die Themse. Liam und Ava hatten es in einem privaten Yachthafen bei Fulham einige Meilen flussabwärts geholt. Auch wenn es abgedeckt und angestaubt war, hatte Liam es schnell startklar machen können und navigierte sie nun den Fluss hinauf zurück Richtung Strawberry Hill. Es waren kaum andere Boote unterwegs. Souverän steuerte Liam das seinige unter kleinen Brücken hindurch, an Inseln vorbei und durch die zahlreichen Kurven, die die Themse in dieser Ecke von London nahm. Rechts und links säumte üppiges Grün die Ufer.

„Wow", stellte Ava fest. „Du hast das drauf."

„Ich bin ein paar Jahre zur See gefahren."

Ava musste lachen. Natürlich.

„Mit der spanischen Armada?"

Sie grinste.

„Die wurde zweihundert Jahre vor meiner Geburt versenkt."

„Oh, sorry, ich muss echt mal wieder ein paar Geschichtsbücher anschauen."

„Ich habe übrigens auch für eine Weile Geschichtsbücher geschrieben."

Nun grinste Liam. Ava musterte ihn, wie er in der tief stehenden Sonne stand, den Blick nach vorne gerichtet und die muskulöse Brust bebend. Was dieser Mann schon alles gesehen hatte. Erlebt hatte.

„Ich wünschte, ich wäre auch unsterblich“, entfuhr es Ava aus tiefem Herzen.

„Ich wäre vorsichtig mit solchen Wünschen“, entgegnete Liam.

„Nein, ehrlich. Ich will Filme machen, um viele Leben leben zu können. Aber du – du lebst sie wirklich.“

„Es sind keine normalen Leben. Und sie haben einen Preis. Mehr als einen.“

„Ich weiß.“

Sie blickten sich verbunden an. Kilians Blick war so intensiv, dass Ava ihm kaum standhalten konnte. Schließlich war es aber doch er, der wieder auf den Fluss vor ihnen schauen musste.

„Was ist dein Plan, wenn du meinen Vater gefunden hast?“, fragte Liam.

„Könnt ihr euch gegenseitig die Lebenskraft rauben?“

Ava wusste nicht, woher diese Frage gekommen war. Eigentlich wollte sie, dass Ivor verhaftet und weggesperrt wurde, aber ihn seine eigene Medizin kosten zu lassen, gefiel ihr sogar noch besser. Sollte er doch Angst vor dem Schlaf haben.

„Bisher hat das noch keiner geschafft“, dämpfte Liam diese Hoffnung. „Als Sandmann kann man sich dagegen wehren.“

„Wir sind gleich da.“

Ava deutete auf das namengebende Schloss Strawberry Hill, hinter dem die Straße mit den Villen begann. Damit kürzte sie die Diskussion über mögliche Pläne ab, denn sie hatte keinen. Sie hatte nur ihre Wut auf diesen mörderischen Unsterblichen. Sie stand auf, blickte im Halbdunkeln die Themse hinunter. Der Fluss war hier weit schmaler als mitten in London. Auf der linken Seite wurde er von Bäumen und Sträuchern, Parks und Uferwegen gesäumt. Auf der anderen Seite von besagten Gärten der noblen Villen.

„Wie willst du sein Haus erkennen?“, fragte Ava.

„Ich fahre erst einmal an allen vorbei. Vielleicht spüre ich etwas.“

„Was willst du denn spüren?“

„Ich kann die Nähe eines anderen Kristalls fühlen. Ivor trägt seinen immer bei sich.“

„Ist ja wie bei Star Wars“, entfuhr es Ava. „Vater und Sohn fühlen sich.“

Liam seufzte.

„Du schaust zu viele Filme.“

„Filme sind mein Leben.“

Liam grinste, konzentrierte sich dann aber auf das Ufer mit den Villen. In einigen hatte man bereits das Licht eingeschaltet. Man konnte Familien beim Abendessen sehen oder aber Kinder, die in den Gärten mit einem Hund umhertollten und ihre unbeschwerte Kindheit genossen. Zwei Villen lagen im Dunkeln, es war niemand zu Hause. Ava musterte Liam, der aber nicht auf diese Häuser reagierte. Sie passierten weitere Villen, Familien, ein ergrautes Pärchen, das sich in seinem Garten eine Bank an die Themse gestellte hatte und ihnen zuwinkte, eine Grillparty mit jungen, schick gekleideten Leuten. Ava musste an die Party bei ihrem Kommilitonen denken, der noch einige Häuser weiter flussaufwärts wohnte. Hoffentlich stand er nicht gerade zufällig im Garten. Wobei es ihr auch egal war. Ihr Leben als Studentin kam ihr endlos weit weg vor. Sie hatte nicht einmal mehr die Mails gelesen, die den Tag über eingetrudelt waren. Ihre Crew würde sie nie wiedersehen. Ihren Film würde sie nie machen können. Sie dachte an das alte Pärchen. Sie dachte an das, was sie alles verpassen würde. Es schnürte ihr den Hals zu. Weniger aus Angst. Nein, sterben zu müssen, löste in diesem Moment vor allem unbändige Wut bei ihr aus. Sie hatte noch so viel erleben wollen.

„Erzähl mir mehr von früher“, sagte sie schnell zu Liam. „Mehr von deinen Abenteuern auf …“

„Psst“, ging er dazwischen und hob die Hand.

Er drosselte das Tempo und blickte bereits zur übernächsten Villa. Am Ufer stand ein funkelnagelneues Motorboot an einem Steg, der zu einem gut gesicherten Zaun führte. Durch die Bäume des Nachbargrundstücks konnte man erkennen, dass ein Wohnraum dieser viktorianischen Villa erleuchtet war. Licht fiel auf die Terrasse davor. Saß dort jemand? Liam stoppte sein Boot und legte den Rückwärtsgang ein.

„Das ist er“, zischte er leise.

„Was machst du?“, fragte Ava. „Warum die Eile?“

„Wenn ich ihn spüren kann, kann er auch mich spüren.“

Er gab Gas, bis sie sich einige hundert Meter von dem Haus entfernt hatten.

„Weiß er jetzt, dass du hier bist?“

„Er wird höchstens wissen, dass ein Sandmann in der Nähe ist. Aber wahrscheinlich war es dafür viel zu kurz. Er achtet nicht darauf so wie ich, und …“

Er verstummte. Denn an besagter Villa ging ein Scheinwerfer an. Das Motorboot, das eben noch an dem Steg geruht hatte, war in Bewegung gekommen. Eine kräftige Gestalt stand hinter dem Scheinwerfer des Boots und leuchtete den Fluss hoch. Liam fluchte, doch im nächsten Moment hatte das Licht sie schon erfasst. Ava wurde geblendet.

„Wir müssen weg“, rief sie.

„Zu spät“, sagte Liam.

Er zog sein Handy aus der Tasche, das vibrierte. Liam ging dran. Ava stellte sich direkt neben ihn, um mithören zu können.

„Guten Abend, Liam“, grüßte die sonore Stimme am anderen Ende der Leitung freundlich. „Wer ist die junge Frau neben dir?“

„Eins deiner Opfer“, schleuderte Liam seinem Vater wütend entgegen.

Es kam ein scheppperndes Lachen aus dem Handy.

„Ich dachte, du hättest dein Fürsorgeprogramm eingestellt.“

„Du hast sechsunddreißig Menschen getötet.“

„Ich weiß.“

„Warum sagst du mir nicht endlich, wieso?“

Es sprach eine unvorstellbare Wut aus jedem Wort, das Liam in das Handy rief.

„Wollt ihr zu mir kommen? Ich habe einen Chateau Lafite geöffnet – von 1959, ein Jahrhundertjahrgang. Lasst ihn uns gemeinsam trinken. Mit deiner Freundin.“

„Das werden wir nicht“, sagte Liam und drückte das Gespräch weg.

Er schaute Ava an.

„Die Polizei rufen?“

„Werden sie ihn kriegen?“, fragte sie.

Liam zögerte kurz, schüttelte dann bedrückt den Kopf. Ava hatte es sich fast gedacht.

„Dann lass uns seine Einladung annehmen“, schlug sie vor.

„Nicht dein Ernst.“

„Doch. Was soll er mir antun, das er nicht schon getan hat? Und dann sterbe ich wenigstens nicht unwissend.“

Liam atmete ganz tief durch.

26

60 Stunden 58 Minuten

Ivor hatte einen anderen Einrichtungsgeschmack als sein Sohn. Bei Liam war alles schlicht, cool und hochwertig gewesen. Ivor war knallbunt und laut. Sein Haus war es und er auch. Das geräumige Wohnzimmer wurde von einem riesigen roten Samtsofa dominiert, das mindestens vier Meter lang war. Die dazu passenden Sessel wirkten wie Throne. Darüber hing ein überdimensionales Gemälde, das eine mittelalterliche Schlachtszene zeigte – mit teils drastischen Details. Ava hatte keine Zweifel, dass es ein Original war und sehr kostspielig – ebenso wie die zwei Löwenstatuen aus Bronze, der Kronleuchter und die zahllosen alten Schwerter, die an der Wand drapiert waren. Ivor hatte keine Schatzkammer, er präsentierte seinen Besitz für jeden sichtbar. Genau wie den kitschigen Springbrunnen mit spuckenden Renaissance-Engeln, den man durch das bodentiefe Fenster im Garten stehen sehen konnte – ihn aus Italien oder woher auch immer liefern zu lassen, musste Tausende verschlungen haben. Auf dem Marmortisch in der Mitte stand eine geöffnete Weinflasche, die aus dem modernen, mannshohen Weinkühlschrank stammen musste, in dem zahlreiche weitere Flaschen lagen – alle mit angestaubten Etiketten und Jahreszahlen weit vor Avas Geburt. Neben der Flasche auf dem Tisch stand ein mit blutrotem Wein gefülltes Glas. Ivor kam mit zwei weiteren Kristallgläsern aus der Küche zu Ava und Liam, die noch unentschlossen im Raum standen. Er trug einen silbernen Anzug, der gut zu seinem Bart passte. Wie auch im Club hatte sein massiger Körper eine enorme Präsenz – es war erstaunlich, dass er den Kameras damit hatte ausweichen können.

„Setzt euch, setzt euch“, rief Ivor und lachte dabei laut. „Ich beiße nicht. Trinkst du gerne Wein?“

Die letzte Frage war an Ava gerichtet, die sich nun neben Liam auf das Sofa niederließ und darin versank. Liam blieb auf der vorderen Kante sitzen wie ein zum Sprung bereiter Tiger. Er musterte jede Bewegung seines Vaters sehr genau. Bisher hatte Ava ihn noch nicht so angespannt erlebt. Sie war es natürlich auch, schließlich saß sie vor ihrem eigenen Mörder. Aber letztlich war die Situation so absurd und der ältere Mann auch irgendwie so entwaffnend herzlich, dass sie einfach mal mitmachte.

„Wenn er gut ist“, antwortete sie auf seine Frage.

Ivor lachte wieder. Er zwinkerte ihr zu.

„Gutes Mädchen“, sagte er zu Liam, als ob dieser die Schwiegertochter in spe mit nach Hause gebracht hätte. „Ein exzellenter Wein. 1959 – eins der besten Jahre überhaupt. Und ich war ausnahmsweise mal zur richtigen Zeit am richtigen Ort. Hatte mich mit Georges angefreundet, dem Kellermeister von Baron Elie – der Rothschild, der das Schloss der Familie in Pauillac wieder aufgebaut hat, wisst ihr? Neunundfünfzig war ein verdammt heißer Sommer, quälend heiß für einen Highlander, aber verdammt gut für den Wein. Hab’ mir damals fünf Kisten gesichert. Das ist die letzte Flasche.“

Während er redete, schenkte er den Wein in die neuen Gläser. Dabei zitterte seine Hand ein wenig, was Liam genau beobachtete, als sein Vater ihm schließlich ein Glas reichte. Auch Ava bekam eins, bevor Ivor sich setzte.

„Riech mal", forderte Ivor Ava auf und tat es selbst an seinem Glas, das er sich vom Tisch nahm. „Wahnsinn, oder?"

Ava roch an ihrem Glas und war tatsächlich angetan von dem intensiven fruchtigen Geruch. Bei einem Wein, der fast sechzig Jahre alt war, hätte sie das nicht gedacht. Ivor setzte sich in einen der roten Sessel und wirkte umgehend wie ein König.

„Ein guter, alter Wein", philosophierte er. „Wird immer besser mit jedem Jahr, das er auf dieser Erde verbringt."

„Bis er seinen Zenit überschreitet."

Es war das Erste, was Liam sagte, seit der Vater sie am Steg vor seinem Garten in Empfang genommen hatte. Es klang wie eine Drohung. Ivor schaute seinen Sohn grinsend an. Er trank einen tiefen Schluck aus seinem Glas. Dann sagte er: „Und du, Liam? Rettest wieder arme Seelen? … Das hatte er sich eigentlich abgewöhnt."

Letzteres sagte er zu Ava, die gerade einen Schluck trinken wollte, nun aber stoppte. Offensichtlich ging es um sie. Sie war die arme Seele.

„Aber ihr passt gut zusammen. Sie ist dein Typ, mh?"

Jetzt sprach er wieder mit Liam. Da dieser nicht von seinem Wein trank, ließ Ava es lieber auch sein.

„Erinnert mich an deine Kleine in New York damals. Wie hieß sie noch? Als du mit den Künstlern um die Häuser gezogen bis. Warhol und so. Bist du Künstlerin?"

Wieder wechselte seine Ansprache zu Ava, die überhaupt nicht mitkam.

„Ich studiere Film", sagte sie trotzdem.

Ivor nickte – das passte wohl in seinen Augen.

„Liam wird dir ein paar schöne Tage schenken. Läuft schon was bei euch? Das sollte es … Wäre eine Schande sonst."

Ava schüttelte fassungslos den Kopf. Was war das nur für ein blasiertes Arschloch? Sie wandte sich an Liam: „Eltern hören also auch nach zweihundert Jahren nicht auf, peinlich zu sein, ja?“

„Allerdings.“

Ivor musste laut lachen.

„Du gefällst mir“, sagte er. „Du bist anders als die anderen. Die waren immer so verzweifelt, so von Angst besessen.“

„Die anderen?“, fragte Ava.

„Eine Zeit lang ist Liam mir wie ein Hündchen hinterhergelaufen“, erklärte Ivor mit einem unpassenden Grinsen. „Er hat die Leute aufgegriffen, an denen ich mich gestärkt hatte.“

„Stärken – so nennt er es, wenn er Menschen umbringt.“ Liam guckte Ava nicht an, während er das sagte. Er ließ Ivor keine Sekunde aus den Augen.

„Ja“, sagte Ivor und schaute seinen Sohn provozierend an. „Das machst du natürlich nicht. Wobei ich nie so richtig verstanden habe, woher du die Sicherheit hast, dass deine Opfer nicht vielleicht doch weitergelebt hätten.“

Liam zuckte mit den Augen. Es war keine unberechtigte Frage. Ava hatte sie sich auch schon gestellt.

„Es geht hier nicht um mich“, schoss Liam heraus. „Du hast sechsunddreißig Menschen getötet. Das ist selbst für dich … Warum? Warum musste das sein?“

Ivor sank ein Stück weit in sich zusammen, blickte Liam fast unterwürfig an. Es war erstaunlich, wie schnell und oft das emotionale Schauspiel in seinem Gesicht wechseln konnte.

„Das war ein Unfall“, hauchte er. „Es tut mir leid.“

Das Letzte sagte er in Avas Richtung.

„Was?“, rief Liam ungläubig.

„Ich weiß nicht, was passiert ist. Ich wollte nur … tanzen. Ich habe diese Leute nicht mit Absicht berührt. Also, nicht anders, als man Menschen in so einem Gedränge nun einmal berührt. Ich wollte mich nicht an ihnen stärken. Das müsst ihr mir glauben. Ich bin so verzweifelt darüber wie alle anderen auch."

„Ich glaube dir kein Wort", raunte Liam.

Auch Ava fiel es schwer, das zu glauben. Der Tod ihrer Freundinnen sollte ein Versehen gewesen sein? Ihr eigenes Ableben eine Laune der Sandmannkräfte?

„Liam, ich weiß, dass ich schlimme Sachen gemacht habe. Aber das … Warum sollte ich das tun?"

Er wirkte aufrichtig verzweifelt, blickte seinen Sohn mit einem entwaffnend offenen Blick an. Liam sagte nichts, sondern starrte seinen Vater einfach nur in die Augen. Nein, nicht in die Augen, er tastete mit seinem Blick dessen Gesicht ab. Plötzlich stand er auf und streckte die Hand nach seinem Vater aus. Der wich perplex zurück. Aber Liam gelang es, ihm mit den Fingern durch das Gesicht zu wischen. Erst dachte Ava, es wäre eine äußerst misslungene Ohrfeige gewesen, aber eine solche war nicht Liams Ziel. Er setzte sich wieder und hielt seine Hand hoch: Kaum zu erkennen sah man rötliches Puder an seinen Fingern und entsprechende Abdrücke im Gesicht von Ivor.

„Was soll das?", zischte er Liam aggressiv an.

Der eben noch unterwürfige Mann war wieder verschwunden.

„Seit wann benutzt du Rouge?"

„Was geht dich das an?", kam es zurück.

Ava verstand nicht, was Liam erkannt hatte. Sie verfolgte den Disput atemlos.

„Du hattest immer eine gesunde Hautfarbe", erklärte er. „Außerdem zitterst du sonst nicht. Und du humpelst auch nicht. Kein Sandmann zeigt diese Schwächen, nachdem er sich an drei Dutzend Menschen ‚gestärkt' hat. Du müsstest vor Kraft explodieren."

Ivors Gesicht wirkte plötzlich verschlossen, fast desinteressiert. Tatsächlich hatte er auf dem Weg vom Fluss ins Haus gehumpelt. Ava hatte sich nichts dabei gedacht.

„Eine Nebenwirkung“, spekulierte Ivor. „Irgendwas scheint mit meiner Kraftaufnahme nicht zu stimmen.“

„Du bist krank“, stellte Liam unbeirrt fest. „Ernsthaft krank.“

„Nein“, antwortete Ivor sofort.

„Was ist es? Krebs? Der alte MacMillan ist an Krebs gestorben. In den Fünfzigerjahren.“

Ivor schüttelte selbstbewusst den Kopf.

„Ich sag' doch …“

„Die Leute im Club sollten dich heilen“, unterbrach ihn Liam. „Je mehr, desto besser. Hat es funktioniert?“

Ivor war verstummt. Er betrachtete sein Weinglas, schwenkte es ein wenig, so dass Schlieren entstanden, die er fasziniert verfolgte. Es war, als ob er überhaupt nicht mehr mitbekäme, dass noch andere Menschen im Raum waren.

„Warst du beim Arzt?“, fragte Liam.

Ava schaute ihn erstaunt an. Es war nicht die Frage selbst, die doch einigermaßen nahelag, wenn jemand Krebs hatte. Es war der Tonfall, denn aus ihm klang Sorge. Zum ersten Mal spürte Ava eine Verbindung von Liam zu seinem Vater. Auch der hatte das mitbekommen. Er schaute auf.

„Ich bin selbst Arzt“, antwortete er fast trotzig.

Offensichtlich hatte auch er die Jahrhunderte für die ein oder andere Ausbildung genutzt.

„Warst du bei einem Onkologen?“, präzisierte Liam.

Ivor zögerte noch einen Moment. Dann nickte er kaum sichtbar. Ava spürte eine Mischung aus Wut und Erleichterung. Ivor hatte nun also den Grund für das Morden zugegeben. Sie wusste, warum sie sterben musste. Als aus dem Ruder gelaufene Krebstherapie.

„Chemo war dir zu langweilig, oder wie?“, fragte sie Ivor

bissig. „Oder irgendwas, bei dem keine anderen Menschen draufgehen?“

Es traf ihn nicht. Er wirkte eher belästigt.

„Es ist ein sehr aggressiver Krebs“, sagte er zu Liam. „Natürlich. Sonst würden wir ihn gar nicht kriegen.“

„Nicht ‚wir‘“, korrigierte Liam. „Du.“

Ivor winkte ab. Er lehnte sich zurück in seinem Sessel. Erschöpft. Schließlich blickte er Ava an.

„Du siehst, wir teilen ein Schicksal. Ich habe höchstens noch ein paar Wochen.“

„Also hat der ganze Scheiß noch nicht einmal geholfen?“, fragte Liam alarmiert.

„Nein. So ein Tumor an der Bauchspeicheldrüse ist ein harter Hund.“

Er zuckte mit den Schultern. Wieder blickte er zu Ava.

„Kann ich irgendetwas für dich tun? Mein ganzes Geld ist sowieso nutzlos. Ich nehme an, Liam hat nicht einmal Interesse am Erbe.“

Er lachte.

„Was sagst du?“, fragte der angeblich kranke Mann Ava erstaunlich zugewandt. „Hast du einen Traum? Alles ist möglich. Wirklich alles.“

Jetzt fing der auch damit an. Liam lachte voller Bitterkeit.

„Lass dich nicht von ihm blenden. Er will dir nicht helfen.“

„Liam! Was soll das? Ich habe alles verloren. Ich werde sterben. Wovor soll ich Angst haben?“

„Das frage ich dich. Wieso trägst du deine Waffe immer noch unter dem Anzug.“

Er deutete auf den linken Arm, wo Ava nun auch eine leichte Ausbeulung erkannte.

„Alte Gewohnheit“, erklärte Ivor schulterzuckend.

„Nein“, widersprach Liam. „Ich kenne dich. Du willst verhindern, dass wir dich stoppen. Deswegen redest du mit uns. Deswegen bist du so nett. Aber wenn du uns auf eine

Reise in die Südsee geschickt hast, dann wirst du weiter morden."

Ivor rollte mit den Augen.

„Doch", war sich Liam sicher. „Die Aktion im Fabric hat geholfen, aber nicht ausreichend. Du brauchst noch mehr Leute. Was ist dein Plan? Ein Volksfest? Ein Fußballspiel? Hunderte? Tausende?"

Ivor lachte einfach nur und schüttelte den Kopf, als ob Liam wirres Zeug reden würde. Ava wusste sofort, dass Liam richtiglag. Allmählich konnte auch sie Ivor lesen. Er war unkonzentriert. Wenn er vollkommen gesund gewesen wäre, hätte er Außenstehende die kleinen prüfenden Blicke sicher nicht sehen lassen. Doch Ava hatte die ganze Zeit das Gefühl, dass er bei jedem seiner schauspielerischen Finten versuchte herauszufinden, was bei Ava funktionierte. Der Charme, die Arroganz, die Unschuld, die Mitleidstour, das waren alles Register, die er zog. Um zu gucken, worauf das kleine Mädchen reagierte. Um seine wahren Motive ganz tief darunter zu begraben. Aber das konnte Ava auch.

„Wir müssen ihn stoppen", stieß sie voller Wut hervor.

„Mädchen", setzte er an. „Hier gibt es nichts zu …"

Plötzlich schrie Ava wie von der Tarantel gestochen auf und hechtete über den Marmortisch, wobei ihr Weinglas durch die Gegend flog und zersplitterte. Sie warf sich direkt auf Ivor in seinem Thron und trommelte wütend mit den Fäusten auf ihn ein.

„Du hast meine Freundinnen umgebracht", schrie sie dabei. „Du hast mich getötet."

Ivor hatte trotz seiner Schwäche keine Mühe, sie wegzudrücken und den schwersten Schlägen auszuweichen. Es war ein kläglicher Versuch, ihm wehzutun. Aus hilfloser Verzweiflung. Selbst Liam stand perplex daneben, nachdem er auf die Beine gesprungen war.

„Hör auf!“, rief Ivor fast väterlich. „Das bringt doch nichts.“

Das war Avas Trumpf: Die Menschen unterschätzten sie. Besonders chauvinistische, ältere Männer nahmen sie viel zu oft nicht ernst. Sie brach auf Ivor zusammen und weinte. Auch wenn ihr Kopf auf seiner nach herbem Parfum duftende Brust lag, konnte sie spüren, wie Ivor verunsichert in Liams Richtung schaute.

„Nimm sie weg“, bat er. „Die ist ja total durchgeknallt.“

Sie spürte Liams Hand an ihrem Arm. Doch sie stand schon von alleine auf.

„Im Gegenteil“, sagte sie ganz klar.

Mit diesen Worten richtete sie die Pistole auf Ivor, die sie ihm bei ihrem Zusammenbruch aus dem Halfter an seiner Schulter gezogen hatte. Sie ging einen Schritt zurück, um aus seiner Reichweite zu gelangen. Er staunte sie an, dann wurden seine Gesichtszüge härter.

„Leg das Ding weg. Du weißt überhaupt nicht, wie man damit umgeht.“

Schon wieder unterschätzte er sie. Für ihren Kurzfilm über die Soldatin hatte Ava zusammen mit der Schauspielerin Waffentraining genommen und sich sehr intensiv mit Pistolen unterschiedlichster Art beschäftigt. Sie liebte Recherchen. Sie liebte es, andere Leben zu leben. Also entsicherte sie souverän die Glock und zielte auf Ivors Oberschenkel. Sie wusste, dass ein Treffer dort schmerzhaft, aber nicht tödlich war.

„Wo ist sein Kristall?“, fragte sie Liam.

Liam, der ihre ganze Aktion beeindruckt verfolgt hatte, nickte grimmig. Er war bei ihr.

„Früher hatte er ihn an den Oberarm gebunden.“

„Macht das nicht, Leute. Ihr werdet …“

„Aber mit den neuen medizinischen Möglichkeiten haben einige Sandmänner eine andere Methode entwickelt", unterbrach Liam seinen Vater. „Damit man den Kristall nicht sehen kann. Halt ihn in Schach."

Ava nickte, während Liam ins Nebenzimmer eilte. Sie ging einen weiteren Schritt zurück und ließ dabei Ivor nicht aus den Augen.

„Wohin soll das führen?", fragte er provozierend. „Mh?"

„Bist du wirklich so begriffsstutzig? Ohne Kristall kannst du niemanden mehr umbringen. Dann stirbst du wirklich an dem Krebs. Wie jeder normale Mensch."

Das zu sagen, bereitete Ava eine Genugtuung, die sie nicht für möglich gehalten hätte. Ivor machte auf cool. Er schüttelte den Kopf.

„Du glaubst, Liam wird auf dich aufpassen, ja? Dich am Leben halten? Für dich da sein? Du bist nicht die Erste. Komischerweise hat er sich immer nur für die jungen, hübschen Frauen interessiert, an denen ich mich gestärkt habe. Komischerweise hat er sie alle gevögelt, obwohl Sex erwiesenermaßen müde macht."

Er lachte dreckig.

„Das ist seine Art, Frauen ins Bett zu kriegen, Mädchen. Die perfekte Tour. Sie himmeln ihn an, lassen alles mit sich machen, weil es ja das letzte Mal ist, und er muss keine Angst vor einer Beziehung haben. Was könnte einem Mann mit Bindungsängsten Besseres passieren? Du vögelst sie, und am nächsten Tag ist sie tot. Perfekt!"

Ava versuchte, nicht zuzuhören. Sie wusste, dass Ivor alles sagen würde, um besser dazustehen. Trotzdem fragte sie sich, ob er nicht vielleicht auch recht hatte.

„Und hast du wirklich geglaubt, er ist dir zufällig über den Weg gelaufen? Bist du so naiv?"

„Was soll das heißen?", fragte sie

Sie erinnerte sich, wie sie Liam im Innenhof des Barts hatte stehen sehen. Seinen durchdringenden, wissenden Blick.

„Na ja", begann Ivor mit vielsagender Betonung. „Er hat da so seine …"

Er brachte den Satz nicht zu Ende, sondern sprang mittendrin auf – mit nach Ava ausgestreckten Armen. Es war alles nur ein Ablenkungsmanöver gewesen. Aber er hatte sie schon wieder unterschätzt. Ava schoss. Mit einem Schrei brach er vor ihr auf dem Boden zusammen. Sie hatte ihn in den Oberschenkel getroffen, was ihn abgesehen von den Schmerzen auch noch immobil machte. Wieder wich sie zurück. Ihr Puls raste.

„Noch so ein Versuch, und ich ziele auf den Kopf", schrie sie.

Ivor hielt sich jammernd die Wunde. Liam kam aufgescheucht zurück ins Zimmer gehechtet. Er beruhigte sich erst, als er sah, dass Ava okay war.

„Was ist los?", rief er.

„Er hat schlecht über dich geredet", erklärte Ava cool.

Erst jetzt sah sie den langen Strick in Liams Hand. Wütend stapfte er damit zu Ivor, den Ava nur noch entschlossener mit der Pistole ins Visier nahm. Doch der Mann versuchte sich nicht gegen Liam zu wehren. Er lachte.

„Jetzt mal ehrlich: Respekt. Diesmal hast du dir wirklich ein tolles Mädchen gegriffen. Die hat's drauf. Ein Jammer, dass sie sterben wird. Hey!"

Das Lachen wurde wieder zu einem Klagen, denn Liam hatte ihm die Hände von der Wunde gezogen. Er band sie mit dem Strick zusammen.

„Ich verblute", fuhr Ivor ihn an.

„Seit wann bist du so eine Memme?", fragte er seinen Vater. „Ich kümmere mich gleich um die Wunde."

Wenig später lag Ivor mitten im Wohnzimmer auf dem Boden. Liam hatte seine nach hinten gestreckten Arme um eins der Beine des schweren Marmortischs gefesselt, so dass er unmöglich loskommen konnte. Er hatte auch einen Verbandskasten geholt und die Wunde am Bein professionell mit einem Druckverband versorgt. Der teure orientalische Teppich war blutgetränkt, aber Ivor ging es gut. Er war trotz allem ein starker Mann. Ava stand mit der Waffe über ihm, auch wenn die Gefahr eines Angriffs nicht mehr groß war.

„Schieß ihm ins andere Bein, sollte er sich wehren", bat Liam sie fast freundlich, während er Ivors Designerschuhe am Fuß des gesunden Beins abzog.

„Liam", zischte Ivor in diesem Moment. „Mach das nicht!"

Er schaute seinen Sohn durchdringend an. Es war Angst in seinem Blick. Zum ersten Mal hatte Ava das Gefühl, den echten Ivor zu sehen. Doch Liam ließ sich davon nicht beirren. Schon war auch der Socken runter. Ava sah sofort, dass mit der Fußsohle etwas nicht stimmte. Sie war an der Innenseite des Ballens geschwollen und leicht entzündet. Der Grund, warum Ivor gehumpelt hatte.

„Liam, ich habe das alles nur für dich gemacht", mahnte ihn sein Vater eindringlich.

„Fang bloß nicht wieder damit an", biss Liam zurück und zog ein Taschenmesser aus seiner Hose.

„Doch, so war es. Das weißt du. Ich wollte dich retten. Mehr nicht. Ich weiß, dass du es nicht hören willst, aber auch Bonnie und Mylo waren …"

„Sprich nie wieder ihre Namen aus!"

Das hatte Liam geradezu geschrien. Spucke hing an seinen Lippen. Er blickte Ivor mit einer Wut an, die Ava kaum für möglich gehalten hatte. Wer waren diese Leute? Bonnie und Mylo? Ivor verstummte bei dem Ausbruch, schaute Liam aber nicht minder eindringlich an. Der klappte sein Messer auf und packte sich den Fuß. Ivor zog ihn zurück. Ava lud effektvoll die Pistole durch. Aber es war gar nicht nötig. Liam packte sich den Fuß und quetschte ihn mit aller Kraft unter seinem Arm ein.

„Liam! Hör auf! Es tut mir doch leid, was ich getan habe. Alles! Ich … Ahh."

Liam schnitt mit dem Messer in die geschwollene Stelle unter dem Fuß. Ivor zerrte an seinem Bein, aber Liam war stärker.

„Halt still!", zischte er. „Du machst es nur noch schlimmer."

Blut spritzte aus der Wunde am Fuß. Ava hatte Ivor zwar den Kristall wegnehmen wollen, aber dass es eine solch blutige Angelegenheit werden würde, war ihr nicht klar gewesen. Wer konnte auch ahnen, dass manche Sandmänner sich ihren Kristall unter die Haut pflanzen ließen? Natürlich ergab es Sinn, denn dort konnte er weder entdeckt noch verloren werden. Und wahrscheinlich hatten gesunde Sandmänner so gutes Heilfleisch, dass der Fuß es ihnen nicht übelnahm, aber die gewaltsame Entfernung war mit beträchtlichen Schmerzen und einer großen Sauerei verbunden. Liam kümmerte es nicht. Man sah den erfahrenen Mediziner, der trotz des Widerstandes präzise schnitt und schon bald ein Schicht Haut abgelöst hatte.

„Liam!", schrie sein Vater, wie man ein renitentes Kind anschreit. „Du bringst mich um."

Im selben Moment hebelte der Sohn mit dem Messer etwas aus dem Fuß heraus. Ivor schrie noch einmal auf. Liam hielt den blutverschmierten Kristall in der Hand. Die Sandfarbe blitzte durch. Dieser Kristall war noch kleiner als Liams. Er legte ihn zur Seite, griff sich das Verbandszeug und versorgte auch die neue Wunde.

„Dann könnt ihr mich gleich erschießen", blaffte Ivor seinen Sohn atemlos an.

„Wäre vielleicht besser", murmelte Liam und wickelte unbeirrt weiter den Verband um den Fuß.

Ivor war verstummt. Er blickte voller Hass zu Ava, die langsam die Pistole sinken ließ. Hatte Liam das ernst gemeint? Sie wurde unsicher. In Notwehr hätte sie Ivor getötet, da war sie sich sicher. Doch einen verletzten, gefesselten Mann zu erschießen, das konnte sie nicht. Auch in diesem Fall war sie sich sicher.

Liam stand schließlich auf. Er hatte seinen Vater verbunden. In seiner Hand entdeckte Ava den Kristall. Er wischte ihn mit einem Stück Mullbinde sauber. Dann reichte er ihn Ava.

„Das ist jetzt deiner."

Ava nahm ihn und spürte sofort wieder das, was sie auch in Liams Batcave gespürt hatte: diese Kraft. Das Adrenalin hatte sie in den letzten Minuten sowieso keine Müdigkeit oder Schmerzen spüren lassen, aber mit dem Kristall in der Hand war sie plötzlich viel ruhiger. Bei sich.

„Und jetzt?", fragte sie Liam unsicher.

Liam blickte auf die Pistole in ihrer anderen Hand, dann auf seinen Vater. Ava schluckte.

„Jetzt gehen wir."

Er nahm ihre Hand, in dem der Kristall ruhte, und zog sie zum Ausgang in den Garten.

„Liam", schrie Ivor. „Du kannst mich hier nicht so liegen lassen. Liam!"

Er konnte seinen Vater vielleicht nicht ermorden, doch ihn dort liegen lassen, das konnte er definitiv.

27

62 Stunden 12 Minuten

Als sie in der warmen Luft der Sommernacht mit Liams Motorboot die Themse hinunterrasten, fühlte Ava ein unbeschreibliches Hochgefühl. Es hatte nicht nur mit dem Kristall zu tun, den sie fest in ihrer Hand hielt. Nein, sie war euphorisch, weil sie es geschafft hatten. Sie hatten dieses Monster besiegt, das ihren Freunden und ihr das Leben geraubt hatte. Sie hatten ihn gestoppt.

„Du bist der Hammer", rief Liam gegen das Dröhnen des Motors an. „Als ob du auch schon einige Kriege und Schlachten hinter dich gebracht hättest."

Ava musste lachen. Schlachten kannte sie allenfalls aus Filmen.

„Du warst auch nicht schlecht", antwortete sie kokett. „Wir sind ein gutes Team."

„Sind wir."

Sie sah Liam im Licht einer fernen Schiffslampe. Sein markantes Gesicht, seine glitzernden Augen. Das Haar wehte im Wind. Er blickte sie anders an als bisher an diesem endlosen Tag. Auch wenn sie ein Kopf kleiner war als Liam, befanden sie sich auf Augenhöhe. Sie stellte sich auf ihre Zehenspitzen, beugte sich nach vorne und küsste ihn. Einfach so, weil sie es wollte. Das Boot machte einen kleinen Schlenker, weil Liam überrascht war und das Steuer verriss. Ava stolperte, doch Liam hielt sie mit festem Griff und zog sie an sich. Mit der anderen Hand drosselte er das Tempo des Boots.

„Sorry“, hauchte sie.

„Quatsch“, antwortete er und küsste sie gleich noch einmal. Ihre Lippen trafen sich mit einer Energie, die Ava noch nie erlebt hatte. Sehnsuchtsvoll fand ihre Zunge den Weg zu seiner. Sie verschmolzen miteinander, und Ava presste ihren ganzen Körper an den Unsterblichen. Verlangen wallte auf. Sie hätte sich und ihm am liebsten sofort die Kleider vom Leib gerissen. Doch nach einem langen und intensiven Kuss, löste Liam sich schweren Herzens von ihr.

„Kannst du nicht mal irgendwo anhalten?“, fragte sie mit bebender Brust und eindeutigem Unterton.

Er grinste, aber schüttelte bedauernd den Kopf und fuhr schneller weiter.

„Das geht nicht. Wenn wir jetzt … Das macht dich zu müde.“

Sie musste an Ivors Behauptung denken, dass Liam den Opfern des Vaters nur half, um sie ins Bett zu bekommen. Ihr wäre das in diesem Moment mehr als recht gewesen.

„Ist doch egal“, stieß sie hervor.

„Wir haben noch etwas vor.“

Sie schaute ihn irritiert an. Liam atmete tief durch. Er musste sich auch erst einmal von dem Kuss erholen, die Begierde verdrängen.

„Was haben wir vor? Sag nicht wieder eine Traumreise anlässlich meines Todestages! In deine alte Heimat oder auf die Malediven. Ich will das nicht. Ich will einfach nur mit dir zusammen sein, und …“

„Es gibt vielleicht eine Möglichkeit, dich zu retten.“

Ava verstummte. Ihr wurde es ganz komisch. Hatte er das wirklich gesagt?

„Was?“

„Es gibt ein Gerücht, dass vor langer, langer Zeit … dass ein Opfer in der Höhle von Beinn an Eoin, da, woher die Kristalle stammen, also … dass das Opfer dort seine Lebensenergie zurückbekommen hat."

„Und das erzählst du mir erst jetzt?"

Ava stapfte einen Schritt zurück und schaute Liam empört an.

„Ich wollte dir keine falschen Hoffnungen machen. Es ist nur … Ich kenne niemanden, der damals dabei war. Es ist über mehrere Ecken überliefert und wirklich lange her … Gut möglich, dass es nicht stimmt."

Selbst im Dunkeln sah Ava, wie unsicher Liam war. Sie wurde es ebenfalls.

„Aber es ist einen Versuch wert?", fragte sie leise.

„Das ist es", sagte er entschlossen und steuerte an den nächsten Anlegesteg.

Erst jetzt sah Ava, dass sie wieder in Fulham angelangt waren, wo sie am frühen Abend das Boot bestiegen hatten. Liam stoppte den Motor und sprang vom Boot, um es zu befestigen. Er nahm die Pistole, die Ava Ivor entwendet hatte, und warf sie in den Fluss. Dann half er Ava auf den Steg. Ihre Beine waren wir Pudding. Vom Kuss? Oder von der Neuigkeit?

„Wie weit ist es dorthin?", fragte sie und fühlte sich plötzlich gar nicht mehr stark.

„Zwei Stunden mit dem Flugzeug bis Inverness. Dann noch einmal so lange bis zu der Höhle."

„Du willst fliegen? Sag nicht, du hast irgendwo ein Batmobil?"

Liam grinste. Er ging vor zum Parkplatz, wo der Land Rover stand.

„Ich werde ein Flugzeug chartern."

„Und es selbst fliegen?", fragte Ava, obwohl sie die Antwort schon ahnte.

„Ich habe im ersten Weltkrieg Versorgungsflugzeuge geflogen."

„Natürlich hast du das."

Sie grinsten sich flirtend an, bis Ava wieder bewusst wurde, warum dieser unglaubliche Mann sich in die Lüfte aufmachen wollte.

„Hast du das für alle seine Opfer gemacht?", fragte sie.

„Was?"

„Diese Retter-Nummer … Hinter ihm aufräumen, und … Du fühlst dich für seinen Mist verantwortlich, ja?"

Sie spürte, dass sie aggressiver klang, als sie es wollte.

„Ich mache das nicht seinetwegen."

„Sondern um das Unglück auszugleichen, das ihr Sandmänner über die Welt gebracht habt? Als Zoll für deine Unsterblichkeit? Warum?"

Je länger sie redete, desto zynischer klang sie. Liam blickte sie rätselnd an.

„Was ist mit dir?", fragte er.

„Nichts", gab sie gereizt zurück. „Ich frag mich nur, warum du so für mich kämpfst. Dich in Unkosten stürzt, deinen Vater fast umbringst, und … und … und …"

Sie wusste auch nicht, worauf sie hinauswollte. Es fühlte sich einfach übertrieben an, was Liam für sie tat. Mittlerweile waren sie an seinem Wagen angekommen.

„Komisch, dass du die Frage nach dem Kuss noch stellen musst", sagte er. „Lag die Antwort da nicht schon drin?"

„Du liebst mich?", fragte sie.

Der Spott war unüberhörbar. Ihr Herz raste, aber ihr Selbstschutz war noch schneller. Das konnte nicht sein. Sie bekam nichts geschenkt. Schon gar nicht die Zuneigung eines solchen Menschen. Bisher war ihr das reichlich egal gewesen, da sie den sicheren Tod vor Augen gehabt hatte. Aber die Hoffnung machte etwas mit ihr. Es war nicht das, was man normalerweise mit Hoffnung verband. Sie machte ihr Angst.

„Du bist echt komisch“, sagte Liam und klang dabei nicht einmal böse. „Steig ein. Wir dürfen keine Zeit verlieren.“

Sie gehorchte und sagte auf der ganzen Fahrt bis zum Flughafen Luton kein Wort mehr.

28

62 Stunden – 13 Minuten

Es hatte eine ganze Weile gedauert, bis Ivor mit den verletzten Beinen gänzlich unter den Marmortisch hatte krabbeln können. Dort hatte er festgestellt, dass eben jene Beine zu sehr schmerzten, als dass er mit ihnen das schwere Teil nach oben drücken konnte. Also dreht er sich auf die Seite und schob seinen Oberkörper gegen die Marmorplatte. Das Tischbein, hinter dem seine Hände gefesselt waren, hob sich höchstens Millimeter vom Boden. Dafür flammte der Schmerz im Oberschenkel wieder auf, sobald er auch nur die Muskeln anspannte. Er verfluchte den Tag, an dem er sich für massiven italienischen Marmor entschieden hatte. Er kannte den Steinbruch in Carrara aus seiner Zeit in Italien und war beim Möblieren der Londoner Villa sentimental geworden. Dabei hätte es ein edler Glastisch auch getan. Er wurde viel zu leicht sentimental. Er war immer noch schwach, trotz seiner üppigen Lebenserfahrung. Seine größte Schwäche hatte ihn in diese verdammte Situation auf dem Boden des Wohnzimmers gebracht.

Was hätte er machen sollen? Nach Jahren tauchte Liam von alleine direkt vor seiner Haustür auf, beziehungsweise in Sichtweite seines Anlegestegs. Natürlich hatte er den Jungen zu sich einladen müssen. Auch wenn Ivor spätestens seit der Begegnung im Prospect of Whitby genau gewusst hatte, dass Liam ihn wegen seiner Therapie Vorwürfe machen würde. Wobei Vorwürfe kein Problem gewesen wären und nun wahrlich nichts Neues. Dass es nicht bei Vorwürfen geblieben war, lag an diesem Weibsstück. Liam hatte nie die Hand gegen seinen Vater erhoben. In all den Jahren nicht, egal, welche Verfehlungen sein Sohn ihm vorgeworfen hatte. Es hatte immer eine Grenze gegeben, eine Basis an Respekt. Er war Liams Vater. Der Junge würde ohne ihn seit Ewigkeiten nicht mehr leben. Aber dieses Mädchen!

Ivor lag wieder auf dem Rücken unter dem Tisch. Er spürte die Wut. Bei dem Gedanken, dass das Mädchen jetzt seinen Kristall hatte. Den Kristall, den er für seine Therapie brauchte. Das Glitzern in ihren Augen, als Liam ihm das Teil wie einem erlegten Tier aus dem Fuß gerissen hatte. Sie wollte ihn sterben lassen, leiden lassen. Das hatte er nicht verdient. Das würde er sich nicht gefallen lassen. Nicht von solch einer Göre. Mit der Wut drückte er den Schmerz weg. Der Schmerz vom weiteren Aufreißen der Wunden in Fuß und Oberschenkel, als er die Beine von unten erneut gegen den Tisch stemmte. Sein ganzer Körper brannte, seit Ewigkeiten hatte er keinen solchen körperlichen Qualen empfunden. Er schrie ihn hinaus, den Schmerz, und drückte die Knie mit aller Kraft nach oben. Ihm wurde schwarz vor Augen, doch genau in diesem Moment hob sich der Tisch vom Boden. Ein kleines Stück nur. Ivor riss die gefesselten Hände mit Gewalt zu sich. Beide Unterarme ratschen an den Kanten des Tischbeins entlang. Es tat höllisch weh, doch als ihn die Kraft in den Beinen verließ und das schwere Trumm zurück auf den Boden knallte, waren seine Arme frei. Er hatte es geschafft.

Ivor gönnte sich keine lange Pause. Sobald er wieder

einigermaßen geradeaus gucken konnte, rappelte er sich auf. Da er an beiden Beinen Wunden hatte, humpelte er nicht einmal mehr. Es gab keine Entlastung, jeder Schritt schmerzte. Nachdem er sich an Wand und Möbeln abstützend in die Küche vorgearbeitet hatte, schnappte er sich ein Brotmesser, klemmte es zwischen den Beinen ein und ratschte das Seil so lange, bis es die Hände freigab. Auch aus den tiefen Furchen in den Unterarmen blutete er. Mehr als ein paar Lagen Küchenpapier gönnte er sich nicht zur Wundversorgung. Er wusste, dass der Sandkristall all dies heilen würde. Das und auch die tödliche Schwäche, die seinen Körper befallen hatte. Er brauchte einfach nur seinen Kristall zurück.

Als Ivor im Schlafzimmer ankam, nahm er die Schmerzen kaum noch wahr. Sie hatten nicht nachgelassen. Aber er wusste, wie man den Schmerz wegdrückte. Er wusste es aus den schlimmen Jahren in den Highlands. Bevor sie den Kristall gefunden hatten. Auch wenn seither viele Jahre vergangen waren, hatte er die Qualen nicht vergessen. Mit ihnen zu leben, hatte er damals gelernt. Er konnte es immer noch.

Ivor zog sich hastig frische Sachen über. Eine weite Hose, die den Verband am Oberschenkel nicht einengte. Eine Sandale an den unverletzten Fuß. Dann humpelte er weiter in den kleinen Raum, der vom Schlafzimmer abging. Die Vorbesitzer der Villa hatten ihn als Panikraum einbauen lassen. Ivor wusste nicht, ob sie ihn als solchen je genutzt hatten. Er selbst hatte keine Angst vor Attacken. Für ihn war es einfach ein praktischer Raum, in dem man Dinge verbergen konnte, die Besucher nicht sehen sollten. Liam hatte das Haus schnell verlassen, aber er hätte sich ja auch noch umschauen können. Ohne diesen Raum wäre ihm all das in die Hände gefallen, was Ivor seit Jahrzehnten vor ihm verbarg.

An der Wand des höchsten zehn Quadratmeter großen Raums hingen Fotos von Liam. Eine Auswahl der schönsten Bilder – alle mit Teleobjektiv geschossen, entweder von Ivor selbst oder von einem der zahllosen privaten Ermittler, die das Leben seines Sohnes immer wieder begleitet hatten. Tausende Fotos schlummerten in den Ordnern unter dem Schreibtisch oder auf der Festplatte des Computers, an den Ivor sich setzte. Er öffnete die Aufnahmen der Überwachungskameras. Ohne Mühe fand er die Bilder der Flucht – Liam hielt das Mädchen an der Hand. Er zog sie durch den Garten zurück zu seinem Boot. Danach rasten sie die Themse hoch. Mit einem Blick auf die Uhr stellte Ivor fest, dass sie wahrscheinlich längst an der Anlegestelle in Fulham angelangt waren, wo Liam sein Boot parkte. Also öffnete er die Livebilder von Liams Haus am Brompton Square. Ivors Kameras dort hatten die Haustür und den Hinterausgang zum Park im Blick. Drinnen hatte er keine Kameras eingebaut. Weniger damit der Junge auch etwas Privatsphäre hatte, sondern vor allem, weil es Ivor zu riskant gewesen war, in Liams Refugium einzudringen. Hätte er irgendwie mitbekommen, wie engmaschig die Überwachung durch seinen Vater war, wäre er sicher wieder abgetaucht wie damals im neunzehnten Jahrhundert.

Vor dem Haus in Kensington fuhr ein Bentley vorbei, sonst geschah nichts. Auch an der Mauer auf der Rückseite des Hauses passierten allenfalls sporadisch Spaziergänger die Kamera. Ivor hatte viel zu viel Adrenalin im Körper, um es vor dem Monitor auszuhalten, bis Liam und das Mädchen möglicherweise dort auftauchten. Er stand auf und öffnete den Schrank mit den Waffen. Eine Pistole musste für die Kleine reichen. Noch einmal würde sie ihn nicht überraschen.

29

63 Stunden 48 Minuten

Es war längst Nacht, als Ava und Liam zu dem privaten Teil des Flughafens Luton vor den Toren Londons gelangten. Der kleine, moderne Hangar gegenüber den öffentlichen Bereichen mit den Touristenfliegern brummte vor lauter gut gekleideten Menschen. Zumeist Männer in Anzügen, manchmal von Frauen begleitet, die man anhand der Körperbetonung der Kleidung in die Kategorien Managerin, Assistentin und Gespielin einsortieren konnte. Das Klacken von Pumps war ebenso präsent wie das obligatorische Surren der Rollkoffer. Hier kehrten die Schönen und Reichen der Hauptstadt von einem Wochenendausflug mit dem Privatjet zurück. Oder aber es waren Manager aus anderen Ländern, die zu Businessmeetings nach London anreisten. Während der Ankunftsbereich geradezu überlaufen war, herrschte vor den Kontrollen zum Abflug gähnende Leere. Wenn man von den von Hunden begleiteten Sicherheitskräften mit Maschinengewehren einmal absah.

Ava musterte die Kontrollen mit deutlichem Unbehagen, während Liam am Handy hing. Wie auch schon die meiste Zeit während der Autofahrt. Soviel sie mitbekam, war es nicht gerade einfach, binnen kurzer Zeit ein Flugzeug zu bekommen. Liam rief mittlerweile enorme Summen in den Hörer, die er bereit war, für einen Privatjet zu zahlen, mit dem er nach Inverness fliegen wollte. Ava hätte davon monatelang leben können. Trotzdem war Liam unzufrieden mit dem, was er erreicht hatte.

„Wir können in Inverness nur nach Sonnenaufgang landen", erklärte er, nachdem das letzte Gespräch weggedrückt hatte. „Also nicht vor fünf. Und selbst das ist noch nicht sicher. Es gibt kaum Spielraum. Überall ist die Sicherheit verstärkt worden. Normalerweise stehen die nicht hier."

Er zeigte auf die Männer mit den Maschinengewehren.

„Warum dann heute?", fragte Ava, ohne nachzudenken.

Fast schon amüsiert schaute Liam sie an.

„Noch nicht mitbekommen? Es gab einen ‚Anschlag' in einem Club in London. Niemand weiß, wer dahintersteckt."

Ava musste bitter lachen. Natürlich.

„Mein Gehirn arbeitet langsamer als sonst", stellte sie fest.

„Nimm noch eine Tablette", schlug Liam vor.

Tatsächlich hatte Ava während der Autofahrt mehr und mehr die bleierne Müdigkeit gespürt, die zuvor von Adrenalin und Endorphin in Schach gehalten worden war. Jetzt half nicht einmal mehr der Kristall, den sie nach wie vor fest umklammert in der Hand hielt. Sie holte eine Tablette aus ihrem Rucksack und schluckte sie mit Wasser.

„Ich will's ja nicht noch komplizierter machen", sagte sie danach. „Aber die Polizei hat mir untersagt, London zu verlassen. Ich glaube nicht, dass wir da so einfach durchkommen."

Sie deutete zu den Sicherheitskontrollen.

„Wir müssen", antwortete Liam sofort.

Er schaute immer wieder auf sein Handy, erwartete einen Rückruf.

„Die haben mich schon mal stundenlang festgehalten", erklärte Ava. „Wenn ich bis morgen früh in irgendeinem Warteraum sitzen muss, überstehe ich das nicht."

Sie hatte plötzlich enorme Mühe, die Augen offen zu behalten. Hoffentlich wirkte die Tablette bald. Liam musterte sie besorgt.

„Können wir nicht mit dem Auto fahren?", fragte sie und gähnte.

Er schüttelte entschlossen den Kopf.

„Das ist Selbstmord. Zehn, zwölf Stunden monotone Autofahrt, die meiste Zeit im Dunkeln … Das packst du nicht."

Er nahm sein Handy hoch und murmelte: „Vielleicht gibt es einen anderen Weg auf das Rollfeld. Ich kenne einen Manager von …"

Er stockte, als er eine Meldung auf seinem Handy sah. Ava konnte zusehen, wie sein wunderschönes Gesicht blass wurde. Schnell drückte er auf das Display, fluchte dann. Ava warf einen Blick auf das Gerät. Was sie sah, ließ ihr das Blut in den Adern gefrieren: Es war das Bild einer der Überwachungskameras aus Liams unterirdischer Behausung. Der große Raum mit dem Esstisch. Dort flogen Computer und die Reste von dem leckeren Rinderfilet durch die Gegend. Geschmissen von Ivor. Wie eine Naturgewalt pflügte er durch den Raum. Am verletzten Fuß trug er keinen Schuh, sondern nur Liams Verband. Dafür hatte er sich eine weite Hose angezogen, die den anderen Verband am Bein bedeckte. Stehen und gehen konnte er dennoch.

„Ich hätte ihn endlich töten sollen", zischte Liam.

„Wie ist er da reingekommen?", fragte Ava aufgebracht.

„Ich weiß es nicht. Aber er war schon immer ideenreich."

Noch einen Moment betrachtete Liam das Bild seines wütenden Vaters, dann steckte er das Handy entschlossen in die Tasche.

„Wir müssen mit dem Auto fahren", sagte er und nahm Ava an der Hand.

„Ich dachte, das ist Selbstmord", widersprach sie überrumpelt.

„Unsere Namen in einem Flugregister auftauchen zu lassen, ist es noch viel mehr. Mein Vater ist ein Meister im Aufspüren. Besonders, wenn's um mich geht. Er wird uns jagen. Unsere einzige Chance ist, dass wir so weit weg von London kommen, wie es nur geht. Unter dem Radar …"

Während er sie hektisch aus dem Gebäude zog, sprach er immer schneller. Dabei schaute er sich um, als ob er jederzeit mit dem Auftauchen von Ivor rechnete – auch wenn der sich noch in dem Keller in Kensington befand. Am nächsten Mülleimer entledigte Liam sich ohne zu zögern seines Handys. Ava verstand: Sein Vater kannte seine Nummer, also würde er über kurz oder lang auch das Handy orten können.

„Soll ich meins auch …?", fragte sie.

Liam schüttelte den Kopf.

„Er weiß nicht, wer du bist. Das ist unser Vorteil. Und er weiß nicht, wohin wir wollen."

Als sie zum Land Rover kamen und Ava auf die Beifahrerseite zusteuerte, stoppte Liam sie. Er zog sie zur Fahrertür und reichte ihr den Schlüssel.

„Du fährst", legte er fest.

„Wieso?"

„Als Beifahrer kann ich dich besser wachhalten. Und wir merken es schneller, wenn du einschläfst."

„Weil wir dann im Graben landen", vollendete Ava den Gedanken. „Na, super."

Sie griff sich dennoch den Schlüssel und stieg in den Wagen. Als Liam neben ihr Platz genommen hatte, atmete sie tief durch und startete den Land Rover. Sie fuhr stockend los, Liam schaltete schnell das Licht ein. Der Wagen soff ab.

„Ich kann Auto fahren", sagte sie schnell. „Ich … ich muss mich nur konzentrieren."

„Du schaffst das", sagte Liam und lächelte sie wieder so wissend an, dass ihr warm ums Herz wurde.

Sie nickte. Immerhin hatte der Schreck wegen Ivors Verfolgung sie wachgerüttelt. Oder vielleicht wirkte auch die Tablette. Dennoch wurde ihr mulmig, als sie daran dachte, dass sie nun mehr als zehn Stunden unterwegs sein würden. Solche Reisen überstand sie ja selbst ausgeschlafen kaum.

„Okay", sagte sie, während sie ruhig anfuhr und langsam die Kontrolle über den Wagen bekam. „Gut zweihundert Jahre Lebensgeschichte – die müssten sich doch gut dafür eignen, ein paar Stunden Autofahrt zu überbrücken."

Liam lachte.

„Vieles davon wäre einschläfernd langweilig. Ich habe mal acht Jahre auf Barbados in einer Poststelle gearbeitet. Danach war meine Sehnsucht nach Sonnenstränden gestillt. Es war so öde."

„Dann erzähle die spannenden Sachen."

„Willst du was Bestimmtes hören?", fragte er.

Sie blickte zu seinem freundlichen Gesicht. Es gab tatsächlich etwas, das sie nicht losließ. Die Namen Bonnie und Mylo hatten bei Liam so eine heftige Reaktion ausgelöst, dass Ava sich kaum traute, nach ihnen zu fragen. Aber sie hatte das Gefühl, dass diese Erinnerung sie garantiert wachhalten würde.

„Wer waren Bonnie und Mylo?", fragte sie.

Wie erwartet verhärteten sich Liams Gesichtszüge. Er seufzte und schaute aus seinem Fenster.

„Sandmänner?", hakte sie nach. „Opfer deines Vaters?"

Er schaute sie wieder an, mit festem Blick. Er hatte sich entschlossen zu reden.

„Meine Frau und mein Sohn", sagte er.

30

August 1829

„Mylo! Mylo, bleib stehen!“

Der zarte Ruf der jungen Frau kämpfte sich gegen den Wind über den Strand. Der kleine Kerl hörte seine Mutter trotzdem und blieb wie angewurzelt stehen. Liam musste grinsen. Er konnte seinen Sohn hundert Mal rufen, wenn er mal wieder auf eine Erkundung davonlief – der Rabauke würde es nicht hören. Aber wenn Bonnie ihn rief, war der Junge wie verzaubert. Wer konnte es ihm verübeln? Auch Liam war verzaubert von der Schönheit mit den lockigen blonden Haaren, die schnellen Schrittes durch den Sand stapfte und den vierjährigen Rotschopf an sich zog. Er war auf die Wellen zugelaufen, die heute heftiger und bedrohlicher waren als gewöhnlich. Die Fischer sprachen davon, dass es zum Ende des Sommers noch schlimme Unwetter geben würde. Im Moment sah Liam jedoch nur blauen Himmel und der Wind blies nicht viel fester als sonst gegen die Dünen von Findhorn.

Als Bonnie mit dem Kind auf dem Arm zu Liam zurückkehrte, sah er den Mann zum ersten Mal. Er stand oben auf der Düne und blickte zu ihnen herüber. Eine kräftige Statur mit der Hand am Barett, um den Blick gegen die Sonne abzuschirmen. Es war keiner der Dorfbewohner. Liam lebte nun schon seit sechs Jahre an der Nordseeküste östlich von Inverness. Findhorn war keine große Siedlung, aber doch einer der wichtigsten Häfen im Norden, vor allem für die Fischerei. Da er im lokalen Inn arbeitete, kannte er so gut wie jeden von den Einheimischen und den regelmäßig fischenden Männern aus der Umgebung. Dieser Mann mit edlem Kilt und Hemd aus feinem Stoff gehörte nicht dazu.

„Papa, da sind Zauberfische."

Liam wurde von seinem Sohn abgelenkt, der unbestimmt auf das Meer hinaus deutete. Seine Augen strahlten vor Begeisterung. Deswegen war er zum Wasser gerannt. Er hatte auf der Nordsee etwas entdeckt.

„Das sind Delphine", erklärte Liam Mylo.

Tatsächlich sah man in der Ferne zwei in der Sonne glitzernden Prachtexemplare im Meer tollen.

„Die schönsten Tiere, die ich je gesehen habe", fügte Liam an.

„Ich auch", rief der Junge.

„Ich auch", wiederholte Bonnie und ließ sich übermütig neben Liam in den Sand fallen.

Er küsste seine Bonnie. Sie strahlte ihn an. Das waren für Liam die Momente des Glücks, von denen er früher nie zu träumen gewagt hätte. Dieses Leben am Meer, das ihm geschenkt worden war. Ihr kleines Steinhaus war nur wenige hundert Meter vom Strand entfernt, so dass sie jede Gelegenheit nutzten, um ans Wasser zu gehen. Sie liebten die Ausflüge alle drei. Mylo, weil es so viel Aufregendes zu entdecken gab. Liam und Bonnie, weil sie sich an dem Strand zum ersten Mal begegnet waren. Damals hatte Liam auf einer Wanderung an der Küste entlang diese wunderschöne Frau gesehen, die den Fischern geholfen hatte, ihre Boote ans Ufer zu ziehen – von allen akzeptiert, obwohl sie damals nicht einmal zwanzig Jahre alt gewesen sein konnte. Sie war beim Ziehen ins Wasser gefallen, aber sofort wieder aufgestanden und hatte weitergemacht. In dem Moment hatte Liam gewusst, dass er diesen Ort nie wieder verlassen würde. Später hatte sie ihm gestanden, dass sie gestürzt war, weil sie ihn gesehen und von seiner Erscheinung so verwirrt gewesen war. Es war Liebe auf den ersten Blick gewesen, die bis zu diesem Tag nicht nur standhielt, sondern mit jedem Jahr wuchs, seit sie ihren gemeinsamen Sohn großzogen.

„Da!“, rief Mylo und zeigte erneut zum Meer hinaus.

Doch diesmal war es kein Delphin, sondern eins der Fischerboote, das von hohen Wellen getrieben in Richtung Strand fuhr. Liams Gesicht verdüsterte sich. Er kannte das Boot. Es gehörte Colin, dem jungen Mann, dem Bonnie damals beim Ziehen des Bootes geholfen hatte. Dem Mann, dem sie versprochen gewesen war. Zumindest war Colin dieser Meinung gewesen – auch wenn Bonnies Vater tausend Mal etwas anderes behauptet hatte. Als Besitzer des Crown & Anchor Inn hatte der alte MacMurrie natürlich einen engen Kontakt zum Clanchef der Murrays, dessen jüngster Sohn Colin war. Aber dass die Kinder einmal ein Paar werden würden, waren höchstens Gedankenspiele an trinkfreudigen Abenden gewesen, die sich in Colins Vorstellung verselbständigt hatten. Bonnie hatte den kleinen, drahtigen Typ mit den stoppelkurzen Haaren nie ausstehen können. Er hatte ihr schon als Kind Angst gemacht.

„Geht nach Hause“, befahl Liam seiner Frau.

Sie war seinem Blick gefolgt und raffte sich nun zügig auf. Mylo protestierte, aber seine Mutter machte ihm den Heimweg mit der Aussicht auf eine große Portion Blaubeeren schmackhaft. Bonnie blickte Liam noch einmal ermahnend an. Er nickte besänftigend. Dann eilte sie mit Mylo die Dünen hinauf. Liam dagegen begab sich auf den Weg zu der Stelle, an der das Fischerboot auf den Strand traf. Colin machte sich nie die Mühe, um die kleine Landzunge herum in die Bucht zu fahren und – wie alle anderen Fischer – am Bootssteg anzulegen. Er ließ sein Boot immer direkt am Strand liegen und seine Männer die Fänge ins Dorf schleppen. Noch sah er Liam nicht kommen. Noch konnte Liam umkehren. Doch er dachte nicht einmal daran. Nachdem es rund um die Geburt von Mylo und in den Jahren danach ruhiger gewesen war, stellte Colin Bonnie in der letzten Zeit wieder mehr nach. Auf sehr unangenehme Weise. Am Tag zuvor hatte er ihr auf der Straße aufgelauert und ihr unter den Rock gefasst – begleitet vom Lachen seiner Kumpanen. Das konnte Liam nicht dulden. Er warf einen Blick zurück zu Bonnie, die mit Mylo an der Hand oben auf den Dünen ankam. Sie musste an dem kräftigen Mann vorbei, den Liam schon fast vergessen hatte. Für einen kurzen Moment hatte er Angst, dass der Fremde seiner Frau und dem Kind etwas antun würde, aber der Mann trat einen Schritt zurück und ließ sie passieren. Dabei nahm er seinen Blick nicht von dem kleinen Jungen. Er betrachtete das Kind, als ob es eine Erscheinung wäre.

„Der Mönch!", hörte Liam die unangenehm hohe Stimme von Colin. „Was verschafft mir die Ehre?"

Da Bonnie und Mylo auf der anderen Seite der Dünen verschwunden waren, aber der Fremde noch dort oben stehen blieb, richtete Liam sein Augenmerk wieder auf den jungen Fischer, der im niedrigen Wasser aus dem Fischerboot sprang. Colin nannte ihn bei jeder Gelegenheit Mönch, weil Liam damals mit zwei Klosterbrüdern auf der Wanderschaft gewesen war. Sie hatten ihm als Jugendlicher das Leben gerettet. Doch er war nie einer von ihnen geworden, der Glauben hatte ihn nicht durchdrungen – nach dem, was er in jungen Jahren in der Höhle von Beinn an Eoin erlebt hatte. Colin hatte dessen ungeachtet immer wieder das Gerücht verbreitet, dass auch

Liam ein Glaubensbruder gewesen wäre, der sich somit an Bonnie versündigt hätte. Es war einer der vielen Versuche, die Liebe der beiden zu zerstören. Wie lange konnte ein Mensch seine Eifersucht so verzweifelt vor sich hertragen?

„Willst du uns helfen?“, fragte Colin und lachte dreckig.

Er stapfte durch das knöcheltiefe Wasser auf Liam zu, der ihm unbeirrt entgegenging. Zwei von Colins Freunden waren hinter ihm damit beschäftigt, die Ruder ins Boot zu holen. Colin wunderte sich, dass Liam nicht antwortete. Er blieb stehen.

„Wieso ist Bonnie so schnell weggelaufen? Hat sie sich nicht gefreut, mich zu …“

Weiter kam Colin nicht. Liam hatte ihn erreicht, packte ihn ansatzlos an seinem Kragen und stieß ihn mit voller Wucht und dem Gesicht zuerst ins Meer.

„Ey“, schrie er auf.

Doch Liam warf sich auf ihn und drückte seinen Kopf ins Wasser bis hinunter in den Schlick, so dass der deutlich schwächere Mann wild zu zappeln begann. Liam wollte ihn nicht ertränken. Er wollte ihn nur warnen. Also zog er den Kopf bald wieder hoch. Noch bevor seine Kumpanen aus dem Boot springen konnten.

„Wenn du Bonnie noch einmal anfasst, bleibt der Kopf das nächste Mal im Wasser“, zischte Liam. „Für immer.“

Dann stieß er Colin von sich, so dass er im Wasser liegen blieb, wo er keuchend nach Luft rang – seine Freunde neben ihm.

„Ich bring dich um“, stieß der Kerl zwischen zweimal Luftholen hervor. „Ich bringe euch alle um.“

Liam ignorierte die Drohung, die er nicht zum ersten Mal hörte. Bisher war sie eher zu später Stunde in reichlich betrunkenem Zustand gefallen, trotzdem hatte Colin es nie gewagt, auch nur die Hand gegen Liam zu erheben. Die Mönche hatten ihn gut genährt und sein Körper hatte sich sehr muskulös entwickelt. Er war zudem einen Kopf größer als Colin. Doch das Fischermesser, das er manchmal abends in den Tisch im Inn rammte, machte Liam Sorgen. Lange würde es nicht mehr gut gehen – bei all diesem Hass. Während er unter wüsten Beschimpfungen zurück zu den Dünen stapfte, dachte Liam nicht zum ersten Mal darüber nach, Findhorn zu verlassen. Colin würde es niemals tun. Als Sohn des Clanchefs würde ihn auch niemand zur Ordnung rufen. Wenn sie endlich ihren Frieden finden wollten, dann mussten sie selbst dafür sorgen. Doch Liam wusste, dass Bonnie es nicht ertragen würde. Sie konnte ihre Eltern nicht zurücklassen, und Liam hatte in dem Inn eine gute und einträgliche Arbeit. Er war der Schwiegersohn, der das Lokal eines gar nicht so fernen Tages übernehmen sollte.

„Ich bringe euch alle um", schallte Colins Stimme über den gesamten Strand.

Liams Blick fiel auf die Dünen. Der Fremde stand noch immer dort. Er hatte alles mit angesehen. Jetzt drehte er sich um und verschwand aus dem Blickfeld von Liam. Er hatte das Gefühl, dass er diesen Mann nicht zum letzten Mal gesehen hatte.

Schon am Abend war es so weit. Liam schenkte in der Gaststube des Inn Getränke aus und bediente die Gäste. Er hatte bei den Mönchen das Bedienen und auch die Arbeit in der Küche gelernt, weswegen MacMurrie ihn mit offenen Armen nicht nur als Schwiegersohn, sondern auch als Mitarbeiter im Inn aufgenommen hatte. Der Alte konnte nach Jahren des Schuftens kaum noch einen Bierkrug halten, so sehr schmerzte sein Rücken. Deswegen saß er an solchen Abenden lieber bei den Gästen und war nur der Form halber der Wirt. Die eigentliche Arbeit übernahm Liam. Er übernahm sie gerne. Er liebte es, Gäste zu empfangen, mit ihnen zu plaudern, sie zufrieden in die Nacht zu entlassen. Normalerweise freute er sich auch über Fremde, die oft genug interessante Geschichten aus anderen Gegenden mitbrachten oder sogar aus fernen Ländern. Doch als der Fremde von der Düne das Inn betrat und sich einen Platz neben der Tür suchte, beschlich Liam ein mulmiges Gefühl. Der Mann trug sein Barett tief heruntergezogen, weswegen man sein Gesicht nicht ausmachen konnte. Aber die Gestalt kam Liam merkwürdig vertraut vor. Er war sicher ein paar Jahre älter als Liam, aber deswegen nicht weniger muskulös. Seine Kleidung deutete auf Reichtum hin. Auch die anderen Gäste musterten den Fremden, während Liam sich durch die Gaststube auf ihn zu bewegte.

„Was kann ich Ihnen bringen?", fragte er den Mann, der zum Fenster hinausblickte.

Der Fremde drehte sich zu Liam, und dem blieb das Herz stehen. Dort saß sein Vater. Doch das konnte nicht sein, denn dort saß sein Vater, der in den fünfzehn Jahren, die er ihn nicht gesehen hatte, kein bisschen gealtert war. Er wirkte eher noch jünger, als Liam ihn in Erinnerung hatte. Um die Vierzig, aber keinesfalls sechzig, wie sein alter Herr jetzt sein musste.

„Liam", hauchte Ivor ergriffen. „Du bist es wirklich."

Liam wich einen Schritt zurück, als ob er einen Geist gesehen hätte.

„Hab keine Angst, setz dich. Ich habe dich so lange gesucht."

Die Erinnerungen kamen in Liam hoch. Er sah den Mann, der einem anderen die Augen herausgerissen und gegessen hatte. Er sah einen brutalen Mörder.

„Verschwinde", zischte Liam leise durch die Zähne, so dass die anderen Gäste und vor allem sein Schwiegervater nicht mitbekommen konnten, was sich an dem Tisch abspielte.

„Setz dich doch zu mir“, bat ihn Ivor mit belegter Stimme.

Liam schüttelte den Kopf.

„Geh!“, insistierte er und blickte sich zu den anderen um.

Ein paar Leute aus dem Ort schauten zu ihm herüber. Er spürte Schweiß auf seiner Stirn. Sein Vater folgte seinem Blick.

„Ich gehe, wenn du nach deiner Arbeit zum Bootssteg kommst und mich anhörst“, sagte er.

Liam zögerte. Dann nickte er. Hauptsache, das Monster verließ die heile Welt des Crown & Anchor. Also stand Ivor auf, nickte Liam freundlich zu.

„Verzeiht mir“, sagte er laut. „Ich muss noch einmal weg.“

Mit einem Lüften seines Hutes verschwand sein Vater aus dem Inn. Aber nicht aus Liams Gedanken.

„Wie kannst du so jung aussehen?“, war das Erste, was Liam fragte, als er Ivor kurz nach Mitternacht am Bootssteg von Findhorn gefunden hatte.

Sein Vater wollte ihn umarmen, doch er entzog sich. Er war nicht gerne gekommen. Er hatte sich nach der Arbeit zu seiner Familie verabschiedet, aber war diesen Umweg gegangen. Nicht, weil er die Abmachung einhalten wollte. Sondern, weil er keinen klaren Gedanken fassen konnte seit der Begegnung mit dem Vater. Viele Jahre hatte er verdrängt, was damals in Lairg geschehen war. Er hatte es nie jemandem erzählt. Den Mönchen nicht, auch Bonnie nicht. Sie dachte, dass sein Vater verschollen wäre. Abgestürzt in einer Höhle beim Abbau des Sandes. Was in gewisser Weise stimmte, denn seit sie in der Höhle am Beiin an Eoin den Kristall gefunden hatten, war Ivor nicht mehr derselbe gewesen. Keiner der Sandmänner. Der Kristall hatte etwas mit ihnen gemacht. Etwas, das nicht natürlich war. Liam sah es nun mit eigenen Augen.

„Das ist der Kristall“, erklärte Ivor mit einem feinen Lächeln. „Er lässt uns nicht altern.“

„Uns?“

„Uns Sandmänner. Alle, die damals in der Kristallhöhle waren. Alle, die ein Stück bekommen habe. Ich habe immer noch deins.“

Er öffnete seine Hand und zeigte Liam das kleine Stück sandfarbenen Kristall. Es schimmerte unwirklich im Licht der einzigen Lampe am Bootssteg.

„Wir sind unsterblich“, sagte Ivor mit einem Strahlen.

„Erzähl keinen Unsinn.“

„Doch. Erinnerst du dich an die alte Ailis?“

Natürlich erinnerte Liam sich an sie. Manchmal hatte die alte, dürre Frau ihm Angst gemacht – wenn sie sich dürr wie ein Skelett in die Tiefen der Höhle gegraben hatte. Auch wenn sie stets eine gerechte Frau gewesen war, hatte Liam sich nie mit ihr anfreunden können.

„Sie lebt immer noch. Sie ist fast neunzig Jahre alt, aber sieht so jung und frisch aus wie nie zuvor.“

Liam schüttelte den Kopf.

„Niemals würde sie einer armen Seele die Augen rausreißen und sie verspeisen“, entlarvte er diese Lüge.

Ivor wurde ernster. Er schüttelte den Kopf.

„Das muss sie nicht. Das müssen wir alle nicht. Es tut mir so leid, dass du das damals mit ansehen musstest. Ich war verzweifelt, Liam. Ich habe das nur für dich getan. Weil es dir so schlecht ging. Ich bin so froh, dass du …“

„Du bist gesund und alterst nicht – ohne solche bestialischen Morde?“, unterbrach ihn Liam.

„Ja, das war nur eine Schauergeschichte von Carson und seinen Männern. Also … Sie haben das wirklich gemacht, aber es war nicht notwendig. Der Kristall gibt uns die Kraft.“

Er lächelte Liam milde an, schaute an ihm hoch und runter. Der wusste nicht, was er sagen sollte.

„Wahrscheinlich hätte ich dich nicht erkannt“, stellte Ivor fest. „Wenn ich deinen Sohn nicht gesehen hätte …“

„Was ist mit ihm?“, fragte Liam alarmiert.

„Nichts“, sagte Ivor schnell. „Aber er ist dein Ebenbild. Du sahst genauso aus, als du klein warst. Ich wusste sofort, dass du der Vater bist. Mein Herz ist vor Freude fast zersprungen. Ich ziehe schon so viele Jahre durch das Land und suche dich. Erst dachte ich, du müsstest gestorben sein, so krank wie du damals warst. Aber vor ein paar Jahren habe ich Mönche kennengelernt, die von einem Jungen berichteten, den Brüder von ihnen aufgenommen hatten. Das warst du, nicht wahr? Darf ich dich an mein Herz drücken?“

Er breitete die Arme aus. Liam reagierte nicht auf die Frage, sondern blieb auf Abstand. Er sah noch immer das blutige Auge im Mund seines Vaters verschwinden.

„Was willst du?“

Liam fühlte sich überfordert. Er konnte und wollte all diese Geschichten nicht glauben. Er konnte nicht plötzlich wieder in seinem Leben Platz machen für seinen Vater. Für das Monster.

„Was ich will? Meinen Sohn.“

Er lächelte. Eine Träne glitzerte auf seiner Wange.

Liam schüttelte den Kopf.

„Ich bin ein anderer Mensch.“

„Ich auch“, sagte Ivor schnell.

„Ich brauche dich nicht.“

„Liam, ich kann dich unsterblich machen. Ich kann dir Reichtümer … Das steht dir zu. Dir mehr als allen. Du hast den Kristall gefunden.“

Er reichte ihm das kleine Stück. Liam betrachtete es. Er nahm es nicht. Er hatte schon einmal erlebt, dass der Kristall ihnen allen wie die Erlösung vorgekommen war und dann das Übelste im Menschen zum Vorschein gebracht hatte. Monatelange hatte Liam gelitten für die Kraft, die der Kristall ihm gespendet hatte. Das wollte er nicht wieder erleben.

„Ich bin glücklich hier“, stellte er fest.

Ivor seufzte. Er schien Verständnis zu haben. Liam erarbeitete sich ein Lächeln.

„Es freut mich, dass es dir gut geht“, sagte er zu seinem Vater. „Und du kannst nun deinen Frieden machen, weil es auch mir gut geht. Ich habe eine Familie, ich habe Arbeit, ich bin gesund. Also … Geh wieder!“

Ivor nickte nachdenklich. Doch dann sagte er: „Eine Frage nur: Wenn du so glücklich bist, warum ertränkst du dann fast einen Clansmann im Meer und lässt dich von ihm bedrohen? Dich und deine Familie?“

Liam senkte seinen Blick. Er fühlte sich wieder wie damals. Als Kind hatte er nie verstanden, woher sein Vater immer alles wusste. Seine Gedanken, seine Probleme, seine Sorgen. Er hatte ihn dafür bewundert und gefürchtet zugleich.

„Das ist nicht dein Problem.“

„Wenn jemand dich töten will, dann ist es mein Problem. Das war es schon immer.“

Die Worte ließ Ivor besonders bedeutungsvoll klingen. Als ob er noch einmal klarmachen wollte, was Liam nie verstanden hatte. Der winkte ab.

„Ich komme zurecht. Auch ohne dich. Ich muss jetzt gehen. Mein Weib wartet. Leb wohl, Vater.“

Mit diesen Worten drehte er sich um und verließ den Bootssteg, ohne noch einmal zurückzuschauen.

In dieser Nacht schlief Liam so gut wie gar nicht. Die Begegnung mit seinem Vater ließ ihn nicht los. Sie spülte längst vergessen geglaubte Zeiten hoch. Erinnerungen an damals. Schöne Erinnerungen, aber auch furchtbare Erinnerungen. Nicht nur an den verhängnisvollen Tag im Haus von Keith Jones, sondern auch an die Jahre davor. Jahre der Entbehrungen, der Armut, der Krankheit. Jahre, in denen sein Vater stets für ihn da gewesen war. Liam wurde dies schlagartig bewusst. In den vielen Stunden der Verzweiflung und der Alpträume bei den Mönchen hatte er immer nur das Ende gesehen. Wie sein Vater zum Monster geworden war. Doch Liam hatte mittlerweile selbst einen Sohn. Er wusste, wie sehr man sich um diesen kleinen Menschen sorgen konnte. Wie man nachts an seinem Bett stand und nach seinem Atem lauschte. Wie einem das Herz stehenblieb, wenn er übermütig auf eine Klippe zurannte. Wie man vor Sorge fast umkam, wenn er krank war. Liam erinnerte sich, dass er als Kind viel krank gewesen war. Doch sein Vater hatte es immer geschafft, ihn aufzupäppeln. Er hatte ihn am Leben gehalten.

Als Liam am Morgen nach wenig Schlaf und wirren Träumen neben seiner wunderschönen Frau erwachte, verbarg er vor ihr, dass er in der Nacht geweint hatte. Er berichtete nichts von der Begegnung mit dem Vater. Und er war erleichtert, als dieser im Laufe des Tages nicht wieder auftauchte. Auch am nächsten Tag gab es keine Spur von Ivor. Die nächtliche Begegnung mit dem jung gebliebenen Mann kam Liam schon fast wie ein Tagtraum vor. Eine Erscheinung, die vielleicht seinem eigenen Dasein als Vater geschuldet war. Er grübelte viel in diesen Tagen. Er sah die fragenden Blicke von Bonnie. Er hörte die mahnenden Worte von MacMurrie, wenn er einem Gast nicht zugehört hatte. Aber Liam kam einfach nicht los von den Erzählungen des Vaters. Unsterblich? Auf ewig gesund? Was war dort in dieser Höhle wirklich passiert? Welche fremde Macht hatte sich ihrer angenommen?

Doch die wirren Gedanken ließen nach. Es vergingen weitere Tage, bis Liam schließlich sein ganz normales Leben weiterleben wollte. Sein endliches Leben. Bis zu dem Abend, als er Bonnies Schrei hörte. Und die Erkenntnis kam, dass sie kein normales Leben lebten. Denn es gab ja noch Colin.

Als Liam auf den großen Platz vor dem Inn gerannt kam, fand er Bonnie in den Armen des grobschlächtigen Mannes wieder. Aber nicht in einer liebevoller oder auch nur freundschaftlichen Umarmung. Nein, er hatte seine Arme von hinten um Liams Weib gelegt, eine Hand an ihrer Brust, die andere mit dem Messer an ihrer Kehle. Er zischte ihr etwas ins Ohr, als er Liam kommen sah.

„Bleib weg, oder ich schneide ihr die Kehle durch", rief er dann in Liams Richtung.

Der Whisky sprach aus seiner Stimme. Im Inn hatte er ihn nicht bekommen, aber das machte ihn nicht weniger betrunken. Und auch nicht weniger gefährlich.

„Sie wollte es", rief er. „Sie hat diesen Blick, mit dem sie mich scharfmacht. Aber dann schreit sie, diese Hure! Wenn ich sie anfasse, schreit sie."

Liam war stehen geblieben. Auch MacMurry kam aus dem Lokal gestürmt, einige Gäste dazu. Colin wich zurück, stand mit dem Rücken an der Wand eines Hauses. Bonnies Vater rief ihn zur Vernunft, mahnte ihn, das Messer wegzulegen.

„Damit ihr mich bestraft, ja? Aber sie wollte es. Sie hat mich scharfgemacht. Sie ist es, die bestraft werden muss."

Liams Kiefer malmten aufeinander. Allein die Hand auf Bonnies Brust ließ ihn rot sehen. Sein Schwiegervater musste ihn festhalten, sonst wäre er unkontrolliert nach vorne gestürmt. Dabei wusste er, dass Colin in diesem Zustand alles zuzutrauen war. Im Licht, das aus dem Inn fiel, sah er ein kleinen Rinnsal Blut an Bonnies Hals.

„Lass sie gehen und nimm mich", schrie Liam. „Ich bin es, den du willst."

Colin lachte.

„Red' keinen Mist. Ich will sie. Ich wollte immer sie. Als du noch ein Mönch warst schon. Sie war für mich bestimmt."

Während er die Worte hervorstieß und Bonnie noch fester umklammerte, entdeckte Liam einen Schatten hinter Colin. An der Ecke der Häuserwand erschien lautlos eine Gestalt. Es war Ivor. Er blickte Liam direkt in die Augen, macht eine auffordernde Geste. Liam sollte weiterreden. Er konnte diese plötzliche Erscheinung kaum glauben, aber in diesem Moment wollte er alles tun, um seine Bonnie zu retten.

„Wenn sie das war, dann kämpfe um sie. Kämpfe mit mir. Der Gewinner bekommt sie."

MacMurry sah Ivor nun auch, wie er sich lautlos an der Häuserwand entlangdrückte. Gott sei Dank ließ er sich die Entdeckung genauso wenig anmerken wie die Männer aus dem Ort, die hinter ihnen standen. Alle hielten den Atem an. Colin ging auf Liam ein: „Du wirst sie nicht bekommen. Niemand wird sie bekommen."

„Willst du sie wirklich töten?", rief Liam. „Sie ist eine Mutter. Sie hat ein Kind, das sie braucht. Willst du Mylo die Mutter nehmen? Kein Kind sollte ohne Mutter aufwachsen. Ich weiß, wovon ich rede …"

„Was interessiert mich …"

In dem Moment packte Ivor von hinten Colins Hand mit dem Messer und riss sie dem überraschten Mann auf den Rücken. Auch Bonnie schrie auf, denn sie hatte Ivor nicht kommen sehen. Im nächsten Moment lag der Betrunkene auf dem Boden, das Knie von Ivor im Rücken, das Messer auf dem Boden neben ihm. Er jaulte und zappelte, doch Ivor hielt ihn mühelos. Er hatte erstaunliche Kräfte. Liam rannte zu Bonnie, die ihm in die Arme fiel. Er küsste sie und schaute auf ihren Hals. Es war nur ein Kratzer. Der alte MacMurry kam hinzu und nahm sie zitternd in die Arme. Liam wandte sich an seinen Vater.

„Danke", sagte er. „Auch wenn ich nicht weiß, wo du plötzlich wieder herkommst."

„Ich war nie weg", sagte Ivor und lächelte sein Vaterlächeln.

„Du kennst diesen Mann?", fragte Bonnie erstaunt, die sich einigermaßen gefangen hatte und nun zu ihnen kam.

Auch ihr Vater stellte sich dazu. Alle ignorierten den fluchenden und jammernden Colin auf dem Boden. Die Blicke ruhten auf dem unbekannten Fremden. Liam zögerte noch einen Moment. Dann sagte er: „Er ist mein Vater."

31

67 Stunden 35 Minuten

„Ich habe ihn selbst in meine Familie geholt", sagte Liam auf dem Beifahrersitz – mit hörbarem Kloß im Hals. „Ich habe ihn wieder in mein Leben gelassen. In unser Leben."

Es war eine Anklage. Er klagte sich selbst an wie für ein Verbrechen. Ava blickte kurz zu ihm, konnte im Dunkeln aber nicht viel erkennen. Sie sah sowieso immer schlechter. Und wenn, dann waren es Lichtblitze oder merkwürdige Flecken überall am dunklen Himmel. Gott sei Dank waren die Straßen so gut wie leer, so dass sie nicht nur mit hohem Tempo, sondern auch ohne Gefahr über die M6 brettern konnte. Doch lange würde es nicht mehr gut gehen. Besonders schwer war es, wenn Liam schwieg, wie in diesem Moment.

„Was ist aus Colin geworden?", fragte sie, um ihn zum Weiterreden anzuhalten.

Liam lachte voller Bitterkeit.

„Er wurde eingesperrt. Mein Schwiegervater hat ihn höchstpersönlich in den kleinen Kerker gebracht, den man für renitente Seeleute am Bootssteg errichtet hatte. Er hat dafür plädiert, dass der Kerl an die Garnison in Inverness überstellt wird. Dass ihm der Prozess gemacht wird. Doch am nächsten Morgen kam Colins Vater nach Findhorn. Schon auf dem Weg zum Kerker redete er den Angriff klein.

Betrunken sei der Sohn gewesen. Nichts war passiert. Es würde nie wieder vorkommen. Wir waren sauer. Aber ich wusste, dass wir gegen einen Clanchef nicht ankommen würden. Dass dieses Arschloch freikommen und bei der nächsten Gelegenheit wieder angreifen würde. Egal, was sein Vater versprach. MacMurry musste mich festhalten, nachdem er die Zelle aufgeschlossen hatte. Der Clanchef wollte Colin wecken. Ich hätte beiden am liebsten meine Faust ins Gesicht geschleudert. Aber es war nicht nötig."

Liam verstummte erneut.

„Wieso?", fragte Ava und musste zum gefühlten hundertsten Mal gähnen.

Sie hatte vor zehn Minuten erst wieder eine Tablette genommen. Die dritte in kurzer Zeit. Aber es wurde einfach nicht besser.

„Colin war tot", erklärte Liam. „Er war im Schlaf gestorben. Ein kerngesunder, junger Mann. Eingeschlafen und nicht wieder aufgewacht."

Ava bekam eine Gänsehaut.

„Dein Vater?"

Liam nickte.

„Heute weiß ich das. Während er ihn zu Boden gedrückt hat, hatte er mehr als genügend Zeit, Colin die Lebensenergie zu rauben. Colin hat sogar gejammert, dass ihm plötzlich schlecht wäre. Aber alle dachten, dass es der Alkohol war. Auch seinen Tod schoben alle darauf. Auch ich. Wobei es mich nicht wirklich interessiert hat, woran er verreckt war. Ich war einfach nur erleichtert. Sein Tod hat mich gefreut. Es war ein guter Tag. Einer der letzten."

„Was ist dann passiert?"

Ava musste schon wieder gähnen. Liam musterte sie besorgt. Er warf einen Blick auf den Straßenrand, entdeckte ein Schild.

„Da kommt ein Rastplatz. Wir müssen halten. Du musst dich ausruhen, bewegen, wieder wach werden."

„Sollen wir nicht durchfahren?", fragte sie und schaute zu ihm. „Ich will ankommen."

Im nächsten Moment griff er ans Steuer und zog es zur Seite. Sie hatte eine Kurve übersehen.

„Sorry", hauchte sie.

„Du siehst kaum noch etwas?", fragte er.

„Ich sehe eine Menge. Aber ich glaube, es ist nicht das, was wirklich da draußen ist."

„Fahr auf den Rastplatz", insistierte Liam.

Ava gehorchte, auch wenn sie das Gefühl hatte, dass er nicht nur ihretwegen stoppte. Er wollte nicht mehr weiterreden. Zumindest nicht über die Wiederbegegnung mit seinem Vater im Jahre 1829.

Die frische Luft und die Bewegung taten gut, ja. Aber wirklich wacher wurde Ava dadurch auch nicht. Ein Blick auf ihre Uhr verriet, dass es schon fast drei war. Die schlimmste Zeit der Nacht.

„Wann wirken endlich diese verdammten Tabletten?", murmelte Ava, während sie Kniebeugen machte, weil Liam das empfohlen hatte.

Sie kam sich albern vor, aber im Moment war ihr alles egal. Sie wollte nur noch schlafen. Dabei machte ihr gleichzeitig nichts mehr Angst. Liam beobachtete sie stumm, dann warf er einen Blick in die Ferne.

„Was denkst du?", fragte sie besorgt.

„Die Tabletten wirken nicht mehr", stellte er fest, ohne sie anzuschauen. „Du bist drüber."

„Drüber? Heißt das … Sterbe ich jetzt?"

Panik kroch in ihr hoch. Liam kam sofort zu ihr und nahm ihre Hände. Er schüttelte den Kopf.

„Das lasse ich nicht zu."

„Aber was können wir denn machen?"

„Dein Körper muss kurz abschalten. Er braucht nur fünf Minuten, dann wirst du wieder deutlich fitter sein.“

„Fünf Minuten was?“, fragte Ava gähnend.

Sie kniff die Augen zusammen, weil sie mittlerweile kaum noch sah.

„Fünf Minuten Schlaf.“

„Ähm, ’tschuldigung, aber … wer erzählt mir seit Tagen, dass ich sterbe, wenn ich einschlafe? Geht’s dir noch gut?“

War er jetzt auch übermüdet? Schließlich war er auch schon den ganzen Tag und die halbe Nacht wach.

„Du stirbst nicht sofort. Das Herz stoppt erst im Tiefschlaf und meist auch erst nach ein paar Minuten. Die Minuten können reichen, damit dein Körper sich erholt.“

„Das ist schön für meinen Körper. Aber dann bin ich leider tot.“

„Ich werde dich wiederbeleben.“

„Nicht dein Ernst?“

Sie wusste sofort, dass es sein Ernst war. Er hatte diesen entschlossenen Blick.

„Unter Überwachung deines Herzschlags mit einem Monitor“, erklärte Liam ganz ruhig. „Ich kenne mich damit aus.“

„Okay, das glaube ich dir sogar, aber … Ist das nicht gefährlich?“

„Nicht gefährlicher, als in London eine Straße zu überqueren.“

Ava stöhnte. Ihr war nun auch noch schummrig.

„Vertraust du mir nicht?“, fragte Liam, weil sie nicht mehr antwortete.

„Doch, klar“, antwortete sie sofort. „Du bist der einzige Mensch, dem ich überhaupt vertraue. Aber … Mal eben kurz sterben, und …“

Sie blickte ihn gequält an, musste wieder gähnen. Er lächelte beruhigend. Was hatte sie für eine Wahl?

„Hast du so einen Monitor dabei?“, fragte sie vorsichtig.
„Nein, aber ich weiß jemanden ganz in der Nähe, der uns helfen kann.“
Ava seufzte.
„Okay“, sagte sie schließlich. „Dann lass uns sterben fahren.“

32

68 Stunden 25 Minuten

Nur mit Hilfe von lauter Musik und indem Liam ihr ständig an der Schulter rüttelte, schaffte Ava es in das Zentrum von Manchester. Ihr Beifahrer dirigierte sie durch die leeren Straßen der Großstadt, als ob er hier zu Hause wäre. Ziel war der Stadtteil Ancoats, östlich der Innenstadt.

„Du hast hier gelebt?", fragte sie.

„Zweimal. Einmal im neunzehnten Jahrhundert und einmal in den Dreißiger Jahren. Von hier aus bin ich als Sanitäter in den zweiten Weltkrieg gezogen."

Er seufzte. Erinnerungen, die er nicht gerne teilte. Stattdessen dirigierte er sie durch die Stadt. Sie fuhren bald durch eine Gegend mit alten Fabriken, von denen nicht wenige zu Bürogebäuden, Galerien, Clubs oder sonstigen coolen Läden geworden waren.

„Dein Freund?", hakte Ava nach. „Kennst du ihn von damals?"

Er hatte bisher nur von einem „alten Freund" gesprochen, den sie aufsuchen würden – weswegen sie annahm, dass es ein Sandmann sein musste. Einen Sterblichen konnte Liam nicht viel länger als zehn Jahre kennen, und das wäre in seiner Terminologie wohl kaum „alt". Er nickte.

„Noch aus der Kristallhöhle. Ich habe dir schon von ihm erzählt. Logan."

„Dieser Killer von Carsons Männern?“, fragte Ava entsetzt.

Sie konnte sich noch sehr gut erinnern, wie Liam ihn als besonders blutrünstig und bedrohlich geschildert hatte.

„Er hat sich geändert“, erklärte Liam.

„Ich hoffe es“, rief Ava etwas zu laut.

„In zweihundert Jahren kann man viel nachdenken“, erläuterte Liam. „Man kann auch zu dem Schluss kommen, dass man ein besserer Mensch werden muss.“

„Das ist er?“

„Er hat mich vor fünfzehn Jahren aufgesucht. Er wollte nichts mehr mit Carson und den anderen zu tun haben. Das sind immer noch …“

Er winkte ab, wollte nicht darüber reden.

„Ich habe ihm Manchester empfohlen. Hier gibt es viele alte Textilfabriken. Verfallene Gebäude, sehr cool, viel Platz. Mit ein wenig Geld kann man etwas daraus machen. Er hatte Geld.“

In dem Moment deutete er durch die Windschutzscheibe. Sie fuhren auf ein imposantes Gebäude aus rotem Backstein zu. Sieben Stockwerke hoch mit einem Turm auf der Ecke. Im Licht der Straßenlampen erkannte Ava, dass es aufwendig saniert worden war – mit Balkonen, modernen Fenstern und einem großen, begrünten Spielplatz davor.

„Das ist sein Haus?“, fragte Ava ungläubig.

„Er bewohnt nur die oberste Etage. Der Rest ist vermietet. Zu sehr sozialen Preisen. Logan ist zum Wohltäter geworden.“

Er musste selbst darüber den Kopf schütteln. Ava parkte den Wagen am Straßenrand.

„Er hilft uns?“, fragte sie unsicher. „Auch nachts um halb vier?“

„Ich habe ihn damals gerettet.“

„Aber … ich meine, kann er uns denn helfen?“

„Er ist Notarzt. Er hat Zugang zu Manchesters größtem Krankenhaus."

Auch Logan war ein guter Sandmann geworden. Einer, der nicht mehr mordete, um leben zu können. Liam stieg aus dem Land Rover. Ava folgte ihm. Vor dem Haus blieb er noch einmal stehen und schaute an dem Turm hoch. Ungewöhnlich lange.

„Was ist?", fragte Ava.

„Ich habe hier gearbeitet. In dem Turm. Als es noch eine der ersten Textilmühlen war, mit einer Dampfmaschine, wild wie ein Drache."

Er lachte bei der Erinnerung, deutete dann die Straße hinunter.

„Die Gegend hier, Manchester, das war die Geburtsstadt der Industrialisierung. Ich wollte damals nur Geld verdienen, was Sinnvolles mit meinen Muskeln machen. Plötzlich war ich dabei, als sich die ganze Welt verändert hat. Weißt du, das war … wie das Aufkommen des Internets, nur viel schmutziger."

Er grinste Ava an, wurde aber sofort wieder ernster, als er ihre blinzelnden Augen sah, die sie kaum noch offenhalten konnte. Er nahm sie an der Hand.

„Komm! Es wird Zeit."

Wenig später standen sie vor einer Eisentür im obersten Stock. Liam hatte irgendwie die Haustür aufbekommen, und sie waren dann mit einem Außenaufzug im Hof nach oben gefahren. Auch der Hof war schön hergerichtet. Ein weiterer Sandkasten, eine Ecke mit einem Grill. Sie sah viele Kinderwagen und Fahrräder. Das passte nicht zu dem Logan aus den Schilderungen von Liam. Aber vielleicht veränderten zweihundert Jahre und unzählige Morde einen Menschen tatsächlich. Dennoch blieb sie sehr angespannt, als Liam an der einzigen Wohnungstür auf dem obersten

Flur klingelte. An der Decke leuchtete der rote Punkt einer Überwachungskamera. Liam schaute direkt hinein. Erst passierte nichts, doch er klingelte trotzdem nicht noch einmal. Er war sich sicher, dass Logan sie gehört hatte. Als man schließlich das Öffnen mehrerer Schlösser vernahm, schlug Avas Herz schneller. Sie war kurz davor, den dritten Sandmann kennenzulernen. Sie hoffte inständig, dass er eher zu der Kategorie Liam gehörte als zu der Kategorie Ivor.

Die Tür öffnete sich. Vor ihnen stand ein gut gebauter Mann Ende Dreißig in einem offenen Morgenmantel über Shirts und Shorts, so dass man seine Tätowierungen an Armen und Beinen gut sehen konnte. Er hatte kurze, rote Haare, hellblaue Augen und ein markantes Kinn. Ein wenig erinnerte er Ava an Damian Lewis. Trotz der späten Stunde wirkte Logan hellwach. Er nickte Liam zu, breitete die Arme aus und drückte ihn wortlos an die Brust. Dabei blickte er zu Ava. Wissend. Natürlich, denn er sah, dass sie keinen Kranz um die Augen hatte. Also stellte er auch keine Fragen.

„Aye“, sagte er stattdessen leise. „Kommt rein!“

Sie betraten einen Raum, in dem man Fußballspiele hätte abhalten können. Es musste eine halbe Fabriketage sein. Fenster rechts und links. Trotz dezenter Beleuchtung sah Ava einen Wohnbereich mit großem Fernseher auf der einen Seite, eine ausufernde Küchenzeile und einen Esstisch für mindestens zehn Leute auf der anderen.

„Wir würden dich nicht so spät stören, wenn's nicht ein Notfall wäre“, entschuldigte sich Liam.

„Kein Problem“, antwortete Logan mit flüsternder Stimme. „Seid nur leise.“

Er blickte ans andere Ende des Raums, wo ein Flur mit diversen Türen abging.

„Du hast Besuch?“, fragte Liam leise.

Logan zögerte mit einer Antwort. Er schaute noch einmal zu dem Flur, dann an die Wand neben ihnen, wo Ava einen Laufstall entdeckte. Auch Liam sah ihn, schaute sich im Raum um, in dem man noch mehr Insignien eines kleinen Kindes fand: Stofftiere, Spucktücher, eine Nuckelflasche auf dem Tisch.

„Du hast ein Kind?", fragte Liam ungläubig.

„Zwillinge. Und das beste Weib der Welt."

Er lachte unsicher.

„Bist du wahnsinnig?", zischte Liam ihn an.

Er war aufgebracht angesichts dieser Neuigkeit, bei der normale Menschen sich für ihren Freund gefreut hätten. Logan machte eine hilflose Geste nach dem Motto: Was sollte ich tun?

„Weiß sie …?", fragte Liam.

Logan seufzte.

„Dass ich vor ihm sterben werde?"

Die Stimme kam aus dem Flur, wo eine große Frau Mitte Dreißig mit langen blonden Haaren erschienen war. Sie trug einen an der Hüfte zusammengebundenen Morgenmantel, der kaum die beachtlichen Brüste verdecken konnte. Eine kurvige, aber nicht dicke Frau, der man problemlos zutraute, den bärenhaften Logan zu bändigen. Am Hals war auch sie tätowiert.

„Mary", rief Logan und in seinem Gesicht ging die Sonne auf. „Haben wir dich geweckt?"

„Die Würmchen waren unruhig", antwortete sie. „Willst du mir nicht deine Freunde vorstellen?"

Logan legte mit Besitzerstolz den Arm um sie, als sie zu ihnen kam. Ava konnte den Blick kaum von ihren Brüsten nehmen. Sie war sich sicher, dass sie durchs Stillen angewachsen waren.

„Aye", sagte Logan. „Wie die junge Dame, die deine Ballons bewundert, heißt, weiß ich nicht …"

„Oh, sorry, mh, Ava."
Ava spürte, wie sie rot wurde. Mary lachte sympathisch und schüttelte Ava die Hand. Logan hielt sich nicht weiter mit ihr auf.
„Und der Prachtkerl hier ist Liam."
Schon hatte auch Mary Avas Anwesenheit vergessen. Sie schaute Liam wissend an. Respekt, aber auch Dankbarkeit in ihrem Blick.
„Ich habe schon viel von dir gehört", sagte sie und streckte ihre Hand aus, die Liam nahm.
„Ich von dir noch nichts."
Kritischer Seitenblick zu Logan. Der lachte nur.
„Wollt ihr was essen?", fragte Mary.
Ohne die Antwort abzuwarten, ging sie vor in Richtung Küche, wo sie den Kühlschrank mit der Doppeltür öffnete, um ein paar Leckereien herauszuholen und auf dem Tisch aufzubauen.
„Setzt euch", polterte Logan. „Und schau mich nicht so an! Hätte ich zu dieser Hammer-Frau ‚Nein' sagen sollen?"
Das war für Liam bestimmt, der gemeinsam mit Ava zum Esstisch folgte. Mary grinste Logan kess an. Er klopfte ihr auf den Hintern. Es war nicht zu übersehen, wie sehr die beiden aufeinander standen.
„Du musst es wissen", entgegnete Liam voller Sorge.
Sie setzten sich an den Tisch. Ava entdeckte ein Foto auf einem Sideboard. Es zeigte die glückliche kleine Familie. Zwei bezaubernde Babys auf dem Arm der stolzen Eltern. Logan blickte seine Frau dabei mit einem Strahlen in den Augen an. Er war nicht nur verrückt nach ihr, sondern auch voller Liebe für Mary. Es freute Ava, aber machte sie angesichts des Unvermeidlichen auch traurig. Unsterblichkeit hatte wahrlich einen Preis.
„Und wen schleppst du mitten in der Nacht hier an?", fragte Logan.

Keine unberechtigte Gegenfrage. Was war Ava für Liam? Was würde sie sein, wenn man sie tatsächlich retten konnte? Auch eine Ehefrau, die lange vor ihrem Mann sterben würde? So fassungslos wie Liam auf Logans Familiengründung reagierte, war das unwahrscheinlich. Er hatte nicht weiter berichtet, was aus seiner eigenen Familie im neunzehnten Jahrhundert geworden war, aber Ava konnte sich beim besten Willen nicht vorstellen, dass es mit dieser gut ausgegangen war. Dass die Ereignisse von damals ihn motiviert hatten, noch einmal eine Familie zu gründen oder auch nur eine längere Beziehung einzugehen.

„Ava ist seit drei Tagen wach“, erklärte Liam. „Sie weiß, was das bedeutet. Und sie kann nicht mehr …“

„Oh, Schätzchen“, kam es sofort von Mary, die alles stehen und liegen ließ und Ava von ihrem Stuhl zerrte, um sie in den Arm zu nehmen. Auch wenn sie beinahe von den riesigen Brüsten zerquetscht wurde, tat es Ava gut.

„Der Club in London?“, fragte Logan derweil Liam.

Liam nickte. Natürlich machte das ungewöhnliche Ereignis auch in der Welt der Sandmänner die Runde. Ganz besonders dort.

„Warst du das?“, fragte Logan kritisch.

„Nein, mein Vater.“

Eine Augenbraue von Logan schoss in die Höhe. Er seufzte.

„Er ist krank, Krebs. Er will sich damit heilen.“

„Dieser Idiot“, fluchte Logan. „Er weiß nicht von mir?“

Das schob er schnell hinterher – zum ersten Mal zeigte der massige Mann Unsicherheit.

„Niemand weiß, wo du bist“, beruhigte Liam seinen Freund schnell.

Der nickte zufrieden. Mary ließ Ava wieder am Tisch sitzen, lächelte sie traurig an. Logan schenkte ihr ein Glas mit Orangensaft ein und stellte es vor sie.

„Tut mir leid, Mädchen."

Es war das erste Mal, dass er sie direkt ansprach. Fast verschämt.

„Du kannst ja nichts dafür", entgegnete Ava und nahm den Saft.

Sie hatte tatsächlich Durst.

„Ich will, dass sie kurz einschläft", erklärte Liam derweil. „Und sie dann wiederbeleben. Kommst du nachts bei euch ins Krankenhaus?"

Logan schien nicht halb so überrascht, wie Ava es bei diesem Vorschlag gewesen war. Er ging trotzdem nicht auf die Frage ein. Mary hatte mittlerweile einen leckeren Mix von Antipasti auf dem Tisch aufgebaut. Mit einer Geste forderte sie Ava auf zu essen, was sie nur zu gerne tat. Sie griff sich ein paar Oliven. Aber sie beschränkte sich auf kleine Mengen Essen. Das hielt sie wach, hatte Liam erklärt. Mary sagte nichts mehr, schaute mindestens genauso gespannt zu Logan, wie Liam und Ava es taten.

„Und dann?", fragte er Liam. „Wo wollt ihr hin?"

Es klang nach: Hat doch eh keinen Sinn, sie wiederzubeleben.

„Nach Lairg."

„In die Höhle?"

Liam nickte. Wieder schoss Logans Augenbraue nach oben. Sogar noch weiter als bei der Erwähnung von Ivor.

„Aber mir Vorwürfe machen, weil …"

„Das ist was anderes", ging Liam scharf dazwischen.

Wollte er Logan zum Schweigen bringen? Irgendetwas stand plötzlich im Raum, das Ava nicht verstand. Aber vielleicht war sie auch einfach nur zu müde.

„Kann sie dort ihre Lebenskraft zurückbekommen?", hakte Mary bei Logan nach. „Logan?"

Sie nahm Avas Hand. Logan blickte zu Ava, dann zu Liam. Sie konnte Liams Gesicht nicht sehen, weil er es zu seinem Freund gewandt hatte. Signalisierte er ihm irgendetwas? Logan brauchte einen Moment. Dann sagte er: „Aye, es kann sein. Eine alte Geschichte. Vielleicht auch nur ein Märchen. Keiner weiß es."

„Wir werden es versuchen", verkündete Liam schnell. „Aber es ist noch ein weiter Weg, und bis dahin schafft sie es nicht. Also: Kannst du uns ins Krankenhaus bringen?"

Logan zögerte noch einmal.

„Nicht nötig", sagte er dann. „Hab' alles hier."

Diesmal schoss Avas Augenbraue in die Höhe.

33

69 Stunden 12 Minuten

Als Liam ihr die Elektroden an ihrem Oberkörper anlegte, wurde Ava ganz komisch. Sie saß auf dem Bett im Gästezimmer, das neben Schlafplatz und Schrank auch eine Vitrine mit Pistolen aus allen Epochen beherbergte – die Sandmänner setzten unterschiedliche Schwerpunkte bei ihren Sammlungen von Artefakten. Mary hatte Ava mit Wasser und besten Wünschen versorgt, bevor ihre Zwillinge gemurrt und „an die Milchbar" gewollt hatten. Offensichtlich meldeten die Babys sich immer zeitgleich, weswegen Logan nach zweihundert Jahren endlich zu wissen glaubte, warum Frauen direkt über zwei dieser wunderbaren „Dinger" verfügten. Unter weiteren zotigen Sprüchen hatte er einen portablen EKG-Monitor und für alle Fälle auch einen Defibrillator in das Zimmer gebracht. Ava wusste nicht, ob jeder Notarzt so etwas zu Hause herumstehen hatte, oder ob es eher Logans Identität als Sandmann geschuldet war, aber die Ausrüstung war hochmodern und laut Liam „perfekt" für das, was sie vorhatten.

Logan hatte noch geholfen, alles aufzubauen und das Bett abzuräumen, damit keine Decken bei der Wiederbelebung stören würden. Als Ava sich ihres Sweatshirts entledigt hatte, war er gegangen. Gott sei Dank ohne auch noch Sprüche über ihre Brüste rauszuhauen. Nur in

BH und Jeans saß sie vor Liam, der vorsichtig die kühlen Gumminoppen an den richtigen Stellen anbrachte. Eigentlich hatte es überhaupt nichts Erotisches, Ava sehnte sich dennoch danach, dass Liam sie küssen würde. Nicht nur auf den Mund. Auch diese spontane Erregung war sicher der Müdigkeit geschuldet, die mittlerweile alles an ihr verrücktspielen ließ. Sie fühlte sich wie betrunken.

„Du passt auf mich auf?", fragte sie lallend.

„Das werde ich", versprach er und schaltete den Monitor ein.

Sie konnte ihren Herzschlag sehen. Er ging sehr langsam, trotz ihrer Erregung. Liam drehte an ein paar Reglern, nickte dann zufrieden. Er konnte alles überwachen, was er überwachen wollte. Er nahm ihre Hand.

„Jetzt leg dich hin."

„Ich werde vor lauter Angst nicht schlafen", sagte sie.

„Doch", entgegnete er mit einem Lächeln. „Du schläfst ja fast jetzt schon."

Das stimmte. Sie blickte nur noch durch Schlitze.

„Küss mich", hauchte sie.

Wenn es schiefgehen sollte, dann wenigsten mit dem Gefühl seiner Lippen auf ihren. Er beugte sich nach vorne und küsste sie. Es prickelte wunderschön am ganzen Körper. Sie wollte, dass es nie endete. Kaum noch bekam sie mit, dass Liam sie küssend zurück auf das Bett drückte. Die Augen hatte sie sowieso schon geschlossen. Sie spürte noch, wie ihr Kopf die Matratze berührte, dann wurde es schwarz.

Ein bestialischer Schmerz durchschoss Avas Lunge. Sie riss die Augen auf und schnappte nach Luft. Liam kniete vor ihr auf dem Bett und hämmerte auf ihren Brustkorb ein. Er blickte schnell zu dem blinkenden Monitor, dann gebannt zu ihr.

„Lass mich doch erstmal einschlafen", pflaumte sie ihn erbost an.

Er lachte. Laut und voller Erleichterung. Dann nahm er sie in den Arm.

„Was ist daran so lustig?“, motzte sie. „Ich dachte, ich soll schlafen.“

Er löste sich von ihr und schaute sie kopfschüttelnd an.

„Du hast geschlafen. Sieben Minuten.“

„Ernsthaft?“

Er nickte und leuchtete ihr mit einer kleinen Lampe erst in das eine, dann in das andere Auge. Wozu auch immer dies diente, er war mit dem Ergebnis zufrieden.

„Wie fühlst du dich?“

Ava atmete tief durch. Sie spürte ihren Herzschlag so heftig wie noch nie zuvor. Sie spürte aber auch, dass sie klar denken konnte. Ja, sie war deutlich wacher als zuvor.

„Es hat geklappt?“, fragte sie ungläubig.

„Es hat geklappt.“

„Oh, mein Gott.“

Sie fiel Liam direkt noch einmal in die Arme. Er drückte sie fest an sich, sie zog den Kopf zurück, hielt den seinigen mit ihren Händen fest und knutschte ihn überschwänglich. Nach den schweren letzten Stunden hatte sie gar nicht mehr gewusst, wie lebendig man sich fühlen konnte. Sie zog Liam zu sich aufs Bett, rollte übermütig auf ihn drauf. Er lachte glücklich. Sie küsste ihn wieder. Sie wollte ihn. Jetzt. Hier. Für immer. Hastig küsste sie seinen Hals. Er stöhnte. Doch als sie mit ihrer Hand zwischen seine Beine fuhr, stoppte er sie sanft.

„Wir haben es noch nicht geschafft“, erklärte er hastig.

„Können wir nicht einfach so weitermachen?“, fragte sie außer Atem und deutete auf die Geräte. „Selbst wenn das mit der Höhle nicht klappt? Wenn ich zu müde werde, erweckst du mich wieder zum Leben.“

Er schmunzelte.

„Dafür ist es dann doch zu riskant. Wir sollten das nur im Notfall machen.“

„Ich dachte, es ist nicht riskanter, als eine Straße zu überqueren."

„Eine sechsspurige Autobahn, wenn man es genau nimmt."

Sie ließ ab von ihm, saß auf seinen Hüften, was sich verdammt gut anfühlte.

„Ich hätte sterben können."

„Du kannst jeden Moment sterben", stellte er ernster fest. „Deswegen müssen wir weiter. So wahnsinnig leid mir das auch tut."

Er blickte dabei auf ihre Brüste, die ihm unter dem BH entgegenragten.

„Wenn das alles vorbei ist, möchte ich wilden, unendlichen Sex mit dir haben", verkündete Ava.

„Das wirst du", versprach er mit einem verheißungsvollen Unterton.

Sie stieg von ihm und atmete ganz tief durch. Ihre Blicke trafen sich. Sie mussten beide grinsen.

„Ich habe noch nie einen Typen wie dich kennengelernt", erklärte Ava seufzend. „Und ich meine nicht deine Unsterblichkeit."

Sie war dabei, sich zu verlieben. Ein Gefühl, das sie noch nie erlebt hatte, aber dennoch sofort erkannte.

„Ich habe noch nie eine Frau wie dich kennengelernt", entgegnete Liam. „Und in zweihundert Jahren lernte man eine Menge Frauen kennen."

„Touché!"

Sie grinsten sich wieder an. Ava wollte ihn noch einmal küssen, doch es klopfte an der Tür.

„Geklappt?", hörten sie Logans Stimme.

„Ja", rief Liam.

Schon ging die Tür auf. Ava beeilte sich, ihr Top wieder anzuziehen. Vorher war Logan rücksichtsvoller gewesen.

„Super", freute er sich. „Dann macht euch auf den Weg! Nutzt die Zeit, solange sie fit ist. Mh?"

Er wirkte fast euphorisch. Das passte nicht zu ihm. Auch Liam war irritiert.

„Okay, ja. Können wir die Geräte mitnehmen?"

„Klar, nehmt alles. Warte. Hier."

In Windeseile half er Liam, Monitor und Defibrillator zusammenzupacken und in den dazugehörigen Taschen zu verstauen.

„Alles okay?", fragte Liam ihn.

„Aye, alles bestens … Mary lässt grüßen – die Schreihälse nuckeln noch. Sie sieht euch ein anderes Mal, ja? Kommt, ich bringe euch zur Tür."

Er ging schon mit den Geräten vor durch den Flur. Ava und Liam blickten sich verwundert an. Sie folgten ihm schließlich und fanden ihn ungeduldig an der Wohnungstür wartend.

„Ich müsste noch einmal auf die Toilette", sagte Liam und wartete lauernd auf Logans Reaktion.

Dem war der innerliche Seufzer anzusehen. Er wollte das nicht.

„Geh unterwegs", schlug er mit unbeholfenem Lächeln vor.

Das war die falsche Antwort. Liam baute sich vor ihm auf.

„Was ist los, Logan? Warum müssen wir so schnell hier weg? Sprich mit mir!"

Logan fluchte, schloss die Augen.

„Logan!"

Er antwortete nicht. In die absolute Stille hinein hörte man das ferne Rattern eines Hubschraubers. Es kam schnell näher, Liam wandte den Kopf zum Fenster. Ava ebenfalls. Sie entdeckte einen Lichtpunkt am Himmel, der sich aus Richtung Süden näherte.

„Mein Vater", stieß Liam hervor.

Ava konnte es kaum fassen, aber Logan nickte mit sichtbarem Bedauern.

„Sorry. Ich weiß nicht, wie er mich finden konnte. Er hat

angerufen, als ihr im Zimmer wart, und hat nach euch gefragt …“

Liam hörte sich das nicht länger an, sondern griff sich die Geräte von Logan – ihn dabei mit Ignoranz strafend.

„Komm!“, rief er Ava zu.

„Er weiß, dass ich Frau und Kinder habe“, rief Logan verzweifelt, während das Geräusch des Hubschraubers lauter wurde.

Liam, der mit Ava bereits im Hausflur stand, drehte sich noch einmal zu Logan um.

„Auch ein Grund, warum man seine Finger von einer Familie lassen sollte.“

„Ich war einsam“, schrie Logan heraus.

Liam antwortete nicht mehr, sondern zog Ava ins Treppenhaus, wo sie die Stufen förmlich hinabflogen. Ja, Ava war wieder vollkommen wach. Aber leider nicht auf die Art und Weise, wie sie sich das vorgestellt hatte.

34

69 Stunden 51 Minuten

Ohrenbetäubender Lärm hallte ihnen entgegen, als Ava und Liam das ehemalige Fabrikgebäude verließen. Der Hubschrauber schwebte direkt vor dem Haus und nutzte die große Freifläche mit Sandkasten und Wiese, um zu landen. Die Büsche wurden zur Seite gebogen, ein rotes Bobbycar zerquetscht. Überall wirbelten Sand und Blätter in der Luft umher. Der Scheinwerfer blendete das Paar, während es Richtung Straße lief. In vielen Wohnungen ging das Licht an. Doch die Straßen waren noch leer. Das war ihr einzige Chance zu entkommen. Diesmal lief Liam zur Fahrerseite des Land Rover. Ava war es recht. Wahrscheinlich hatte der Unsterbliche auch mal ein Leben als Rennfahrer gelebt. Nicht weniger würden sie nun brauchen.

Als sie die Beifahrertür zuzog, sah sie, dass der Hubschrauber sicher auf dem Boden stand. Es war kein besonders großes Gefährt, wirkte aber sehr modern und windschnittig. Ein kostspieliger Luxus.

„Wie konnte er so schnell hier sein?“, stieß sie hervor.

„Keine Ahnung“, gab Liam frustriert zu, während er den Motor startete.

Er gab Gas. Ava wurde in den Sitz gepresst. Sie sah noch, wie Ivor geduckt unter den langsamer werdenden Rotoren hervorgelaufen kam – die imposante, aber doch humpelnde

Gestalt. Er zeigte mit dem Finger auf sie. Es krachte. Nein, das war kein Finger. Es war eine Waffe. Noch ein Schuss fiel. Ein Einschlag. Der Land Rover schlingerte kurz, doch Liam konnte die Kontrolle über den Wagen behalten. Die Kugel hatte sie an der hinteren Tür getroffen, aber nichts Entscheidendes zerstört. Auf Avas Seite.

„Duck dich“, zischte Liam, während sie sich rasend von dem Haus entfernten.

Doch Ivor schoss nicht mehr. Er war auf die Straße gelaufen. Ava sah bei einem Blick zurück, wie er den Lieferwagen einer Bäckerei mit vorgehaltener Waffe zum Anhalten zwang. Dieser Kerl ließ sich durch nichts stoppen. Liam bog um eine Kurve, Ava musste sich festhalten. Als Letztes sah sie, wie der Lieferwagen mit qualmenden Reifen losbretterte.

„Er folgt uns“, meldete sie. „Der ist wahnsinnig.“

„Er ist vor allem gefährlich. Er darf uns nicht kriegen.“

„Aber hält er das durch? Er ist doch verletzt.“

„Er hält eine Menge Schmerzen aus. Er ist eine Maschine. All die Jahre, die ich damit verbracht habe, das Heilen zu lernen, hat er genutzt, um das Töten zu lernen.“

Er nahm eine weitere Kurve scharf und blickte gehetzt in den Rückspiegel. Kurz darauf fluchte er. Ava sah es. Eine lange Straße mit Fabrikhallen rechts und links lag hinter ihnen. Der weiße Transporter tauchte am Ende davon auf.

„Du kennst dich hier aus?“, fragte Ava.

Sie hatte eine Idee. Liam nickte, während er sich auf die nächtlichen und Gott sei Dank leeren Straßen vor ihnen konzentrierte.

„Wo ist die nächste Polizeistation?“

„Nicht weit. Am Rathaus, Lloyd Street.“

„Fahr hin.“

Sie zog ihr Handy aus der Hosentasche.

„Aber wenn die dich in die Finger kriegen, dann …“

„Dürfen sie halt nicht", unterbrach ihn Ava und bedeutete ihm zu schweigen.

Sie hatte den Notruf gewählt, blickte jetzt wieder hinter sich. Liam konnte seinen Vater zwar auf Distanz halten, aber abschütteln ließ er sich nicht. Der Transporter raste halsbrecherisch durch die engen Straßen. Am Handy meldete sich eine Polizistin.

„Ja, hallo", rief Ava. „Hier fährt einer durch Manchester und schießt um sich. Ein Araber mit Bart. In einem weißen Transporter. "

„Wo genau?", kam es sofort alarmiert zurück.

„Oxford Street", las Ava von einem Schild ab. „Er fährt in Richtung Zentrum. Der ist durchgeknallt. Sie müssen ihn stoppen."

„Das werden wir. Wer sind sie?"

„Ich … kr … g … ll."

Dann drückte sie das Gespräch weg und rief sofort Google Maps auf. Liam warf einen Blick zu ihr.

„Clever."

„Jetzt müssen nur noch wir aus der Schussbahn. Wie weit noch?"

„Vier Blocks, dann rechts."

„Ich sehe es."

So schnell es ging, suchte sie die Karte auf ihrem Handy ab. Sie fand etwas, das ihnen helfen konnte.

„Okay, bieg in die Mount Straße ein, aber dann hinter dem Starbucks sofort wieder links. Da stehen bleiben, Licht aus."

„Machst du ab und zu Banküberfälle?", fragte Liam ungläubig.

„Nein, aber ich inszeniere Filme mit Actionszenen."

Mit einer dreiminütigen Verfolgungsjagd durch Middlesbrough hatte sie es sich zwar bei der örtlichen Polizei verschissen, aber dann auch erfolgreich an der London Film School beworben. Ava blickte noch einmal zurück. Der weiße Lieferwagen war weit genug entfernt. Von irgendwo her hörten sie Sirenen. Liam drosselte das Tempo auf das erlaubte Maß. Dann bog er in die genannte Straße. Ein paar hundert Meter weiter sahen sie bereits mehrere Polizeiwagen mit Blaulicht mitten auf die Straße fahren. Liam setzte den Blinker und fuhr in besagte kleine Nebenstraße, wo er den Land Rover in der nächsten freien Lücke an einer Mauer parkte, als ob er hier wohnen würde. Er schaltete das Licht aus. Hinter der Mauer näherte sich Blaulicht. Ava hielt den Atem an. Verhaftet werden wollte sie wirklich nicht – wahrscheinlich würde man sie nach London zurückbringen. Doch bevor der Streifenwagen zu ihnen gelangen konnte, schoss auch schon der Lieferwagen mit quietschenden Reifen um die Kurve. Er wurde fast von der Straße geschleudert, aber auch Ivor konnte Auto fahren. Er hielt den Wagen in der Spur und zog damit sämtliche Scheinwerfer der Polizei auf sich. Sofort machte er eine Vollbremsung. Nur hundert Meter von Ava und Liam entfernt kam er zum Stehen. Sie konnten ihn in der Fahrerkabine wütend auf das Lenkrad einschlagen sehen. Er legte den Rückwärtsgang ein, doch in diesem Moment schossen auch hinter ihm zwei Polizeiautos um die Ecke, die den Weg zurück blockierten. Von vorne kam ein gepanzertes Fahrzeug näher, in dessen Schutz martialisch ausgestattete Sondereinheiten mit Maschinengewehren in der Hand liefen. Die Ersten zielten bereits auf Ivor. Er riss die Hände hoch und schrie „Nicht schießen! Ich bin unbewaffnet!"

„Weiterfahren", flüsterte Ava Liam zu, der noch zu seinem Vater blickte.

Liam startete vorsichtig den Wagen, was aber im Dröhnen der Sirenen unterging. Ohne Licht ließ er den Land Rover aus dem Blickfeld der Polizisten rollen. Ava schaute noch einmal zu dem Transporter, in dem Ivor mit grimmiger Miene und erhobenen Armen saß – angestrahlt von der sich nähernden Sondereinheit. Plötzlich blickte Ivor zur Seite, direkt zu Liam und Ava – obwohl er sie in der Dunkelheit unmöglich sehen konnte.

„Er spürt mich", hauchte Liam.

Doch sie waren schon am Ende der Nebenstraße angelangt. Liam bog rechts ab. Sobald sich ein Gebäude zwischen ihnen und dem Großaufgebot befand, schaltete er die Scheinwerfer ein und gab Gas. Ava ließ das Fenster herunter und warf ihr Handy nach draußen, so dass es auf dem Asphalt in zahllose Stücke zersprang. Auch sie wollte von der Polizei nicht geortet werden können. Liam atmete ganz tief durch.

„Sowas inszenierst du?", fragte er sie grinsend.

„Aber selten gelingt es so gut."

Er lachte. Dann bog er auf die nächste Hauptstraße, an der ein Schild den Weg zur Autobahn wies. In der Ferne konnte Ava bereits die Dämmerung sehen. Die Sonne würde bald aufgehen und es ihr erleichtern, wach zu bleiben.

„Selbst wenn er freikommt", sagte Liam plötzlich. „Ohne seinen Kristall wird er nicht mehr lange leben. Du musst keine Angst mehr vor ihm haben."

Sie lächelte und legte ihre Hand auf Liams Oberschenkel.

„Du hast keine Angst vor ihm?", fragte sie.

„Noch nie. Ich wusste immer, dass er mir nichts antun würde. Er ist mein Vater."

Er zuckte mit den Schultern und wirkte dabei ausgesprochen hilflos.

„Aber ich habe seit fast zweihundert Jahren permanent Angst davor, was er anderen antun könnte."

„Er hat deine Familie ermordet, nicht wahr?"

Ava suchte Liams Blick, der ihn stur auf die Straße vor sich gerichtet hatte. Nach allem, was sie mit Ivor erlebt hatte, war sie sicher, dass das die bittere Wahrheit in dieser höchst ungewöhnlichen Familie war. Der Vater hat die Familie seines Sohns getötet. Liam atmete tief durch.

„Nein", sagte er, und damit überraschte er Ava ein weiteres Mal.

35

August 1829

Es hatte bereits seit vierundzwanzig Stunden geregnet, als das furchtbare Gewitter losbrach. Pechschwarze Wolken standen über der Nordsee und wurden von stürmischen Böen mit aller Macht über das Land geschoben, das schon lange kein Wasser mehr aufnehmen konnte. Liam hatte so etwas nicht für möglich gehalten. Auch die alten Fischer konnten sich nicht erinnern, dass es in den Highlands jemals so viel geregnet hatte. Bäche waren zu Flüssen geworden. Nairn, Lossie und Spey waren längst über die Ufer getreten, wie sie aus den umliegenden Orten erfahren hatten. Brücken waren eingestürzt. Auch der Fluss, der Findhorn seinen Namen gegeben hatte, war ein reißender Strom geworden, der an der Mündung geradezu in die Bucht schoss.

Als an diesem Augusttag die satten Gewitterwolken ihre Schleusen öffneten, war es, als ob hunderte von zusätzlichen Eimern Wasser auf einen bereits am Boden liegenden Gegner gekippt würden. Nach einer Stunde wurde der Marktplatz überschwemmt, egal wie viele Säcke die fleißigen Einwohner an der Bucht stapelten. Aber sie hatten im Gegensatz zu den Orten landeinwärts noch Glück. Findhorn lag erhöht, das Wasser konnte seinen Weg ins Meer finden. Letztlich standen nur die Böden ihrer Häuser unter

Wasser. Wenn die Häuser über mehrere Stockwerke verfügte – wie das Crown und Anchor – dann konnte man dort problemlos trocken ausharren. Der alte MacMurry hatte in der oberen Etage und unter dem Dach für die betroffenen Familien Platz geschaffen. Bonnies Mutter dachte sich Spiele für Mylo und die anderen Rabauken aus, damit Blitz und Donner sie nicht schreckten.

Gleichzeitig stapelten die Erwachsenen aus dem Ort im strömenden Regen Sandsäcke vor dem Inn, um es gegen Schlimmeres zu wappnen – so dass man weitere Gestrandete in der Gaststube unterbringen konnte. Liam und Ivor hatten das Befüllen der Säcke an den Dünen geleitet und arbeiteten auch am Haus Hand in Hand. Ivor mit seiner beeindruckenden Kraft. Liam getrieben von dem Wunsch, die Einwohner des Dorfes zu schützen, in dem er so liebevoll aufgenommen worden war. Nach dem Tod von Colin kam ihm Findhorn wie das Paradies vor. Niemand stellte Bonnie oder ihm mehr nach. Alle schätzten ihn noch mehr als zuvor. Was nicht zuletzt an seinem Vater lag. Nachdem dieser Bonnie gerettet hatte, war er von allen ins Herz geschlossen worden. MacMurry war ihm unendlich dankbar gewesen und Bonnie zu Tränen gerührt, dass der verschollene Schwiegervater aufgetaucht war – noch dazu in einem solch wichtigen Augenblick. Liam erwähnte mit keinem Wort, dass er seinen Vater fortgejagt hatte, nachdem er als Kind schon einmal vor ihm geflohen war. Natürlich wunderte man sich, dass er gar nicht so viel älter als Liam wirkte, aber er wurde bald als „junger Vater" akzeptiert, und niemand kam auf die Idee, dass Magie im Spiel sein könnte. Wie denn auch?

MacMurry hatte Ivor ein verfallenes Haus am Meer geschenkt, was Liams Vater dankbar in wenigen Tagen hergerichtet hatte. Er war beseelt, strahlte vor Glück und ließ Liam die meiste Zeit in Ruhe, so dass dieser schon bald seinen Frieden mit der Anwesenheit des einstigen Monsters machte. Denn natürlich war auch er ihm dankbar. Für die Rettung seiner Frau. Aber mehr und mehr auch für alles, was der Vater in seiner Kindheit für den Sohn getan hatte.

„Fast wie früher", sagte Ivor, als sein Sohn ihm einen weiteren Sack mit Sand anreichte.

Er zwinkerte dabei. Liam musste trotz der Bindfäden, die es auf ihn regnete, lächeln. Ja, es war zwar nicht der feine Sand aus den tiefen Höhlenschichten, den sie hier stapelten, aber sie hatten gemeinsam schon so manchen Sandsack bewegt.

„Wovon hast du gelebt in all den Jahren?", fragte Liam spontan – auch wenn er sonst tunlichst Fragen nach dem unheimlichen Leben seines Vaters vermieden hatte. „Wie bist du zu Geld gekommen?"

„Harte Arbeit", antwortete Ivor und griff sich den nächsten Sack.

Er vermied es, Liam anzuschauen, der die Frage schon bereute. Sie warf die Unsicherheit wieder auf, die er doch so gut verdrängt hatte. Durch die Andeutungen des Vaters war ihm längst klar geworden, dass er viel Zeit mit den anderen Sandmännern verbracht hatte – auch mit Carson und seinen Leuten. Wie die ihr Geld verdienten, wusste Liam nur zu gut. Und wenn sie nun genauso erstarkt waren wie sein Vater, genauso schwer verwundbar waren und nicht alterten, dann nahmen sie sich garantiert alles, was sie wollten. War sein Vater mit ihnen auf Raubzügen gewesen? Er wollte es gerade fragen, als sie die Hilfeschreie hörten. Erst durch den Regen gedämpft aus der Ferne, doch kaum, dass sie auf den tiefer liegenden Markplatz gewatet waren, auch schon aus der Nähe. Ein völlig durchnässter und erschöpfter Mann kämpfte sich hastig durch das Wasser. Als er die Leute am Inn sah, eilte er auf sie zu.

„Wir ertrinken. Ihr müsst uns helfen!“

Liam kannte den Mann, ein Schmied aus Forres.

„Was ist los?“, fragte Bonnie, die das letzte Wasser mit einem Besen aus der Gaststube geschoben hatte, aber nun nach draußen geeilt kam.

„In Forres sitzen die Menschen auf den Dächern. Das Wasser steigt. Meine Familie. Sie ertrinken. Ihr müsst was tun.“

Der Mann konnte kaum einen klaren Satz aussprechen. Liam brach es das Herz.

„Zu den Pferden“, schrie er.

„Nein“, widersprach der Mann aus Forres. „Ich musste mein Pferd laufen lassen, weil das Wasser zu hoch stand. Mittlerweile kommt man nur noch schwimmend zu unseren Häusern.“

„Zu den Booten“, rief Bonnie und schritt voran Richtung Meer.

Liam wollte sie stoppen, sie in Findhorn bei den Kindern lassen, aber er wusste, dass sie dies nicht akzeptieren würde. Sie war so ungestüm wie ihr Sohn. Auch wenn ihn das sorgte: Er war stolz auf sie.

Erst hatte Liam gedacht, dass es kaum möglich sein würde, gegen die heftige Strömung ins Landesinnere zu rudern, doch dann war es erstaunlich einfach für die fünf Fischerboote, die Bonnie und die Männer aus dem Ort organisiert hatten. Denn es war alles überschwemmt. Der ganze Küstenstrich glich einem See, die Ufer der ursprünglichen Bucht waren nicht mehr auszumachen. Es gab keinen Fluss Findhorn mehr. Der Strömung war durch die Breite die Wucht genommen, man kam gut voran. Sie ruderten an Baumkronen und an unzähligem Treibholz vorbei. Sogar tote Menschen und Tiere trieben aufgeweicht im Wasser.

Auch wenn das schlimmste Gewitter sich bereits entladen hatte, regnete es unaufhörlich weiter. Die Findhorner kämpften sich mit ihren Rudern immer weiter Richtung Forres vor. Bonnie, Liam, Ivor und der Schmied saßen gemeinsam in einem Boot. Was Bonnie und dem ausgelaugten Mann an Kraft fehlte, machte Liams Vater spielend wett. Sie befanden sich bald ein ganzes Stück vor den anderen Booten. So waren sie auch die ersten, die die Häuser von Forres entdeckten. Oder vielmehr das, was davon übrig war. Der Schmied hatte nicht übertrieben. Von den kleineren Häusern sah man nur noch die Dächer, Wege waren nicht mehr auszumachen, der Kirchturm war bis zur Hälfte versunken. Tatsächlich saßen die Bewohner des Ortes auf den Häusern und winkten ihnen aus der Ferne. Der Schmid entdeckte seine Familie, die auf dem eigenen Haus ausharrte. Eine Frau und drei Kinder, die Füße bereits im Wasser. Er fand irgendwo noch Kraft in seinem ausgemergelten Körper und stieß das Ruder heftig in die endlosen Wassermassen. Auch Liam und Ivor legten zu, so dass sie bald das Haus erreichten und der Mann seine Familie überglücklich in die Arme schließen konnte.

Auch die anderen Fischerboote erreichten den Ort und retteten die Menschen von einem Dach nach dem anderen. Es wurde voll in den Booten, aber irgendwie schafften sie es, alle Gestrandeten unterzubringen. Es kam eine freudige Stimmung auf, obwohl die Umstände so widrig waren, obwohl man Hab und Gut verloren hatte und das Schicksal manches Freundes oder Familienmitglieds ungewiss war. Aber diese Menschen hier waren gerettet worden. Von Artgenossen, die keine Sekunde gezögert hatten, ihnen ohne eigenen Nutzen zur Hilfe zu kommen. Für einen Moment glaubte Liam ganz fest an das Gute im Menschen.

Doch dann geschah es. Sie hatten sich bereits auf den Weg zurück nach Findhorn gemacht, wo man alle ins Trockene bringen und mit Essen versorgen wollte. Ihr Boot war mittlerweile das vollste, so dass man sich kaum darin bewegen konnte. Irgendjemand drehte sich schnell um, weil er geglaubt hatte, noch eine Person im Wasser zu sehen, aber es war nur ein Baumstamm. Die Unruhe im Boot führte dazu, dass eins der Kinder des Schmieds über Bord ging. Bonnie – die nah bei ihm stand – zögerte keinen Moment und sprang ins Wasser. Sie konnte sich das Kind greifen und es hoch zu Liam heben. Er wusste, dass sie eine gute Schwimmerin war, weswegen er das Kind entgegennahm. Die Gefahr erkannte er erst, als sein Vater „Vorsicht" schrie.

Es war nämlich nicht so, dass es gar keine Strömungen gab. In Forres, weiter an der neuen „Mündung" des Findhorns konnte sie mitunter sogar reißend sein – verstärkt durch die Wege zwischen den Häusern. Dafür aber kaum sichtbar im dichten Regen und unter der Wasseroberfläche. Ivor hatte es beim Rudern gespürt, doch seine Warnung kam zu spät. Kaum, dass Bonnie Liam das Kind gereicht hatte, wurde sie fortgerissen. Liam gab das Kind an den verdutzten Vater weiter. Als er wieder nach Bonnie schaute, war sie schon zehn Meter entfernt, selbst erstaunt darüber, was mit ihr geschah. Ihr Gesichtsausdruck war fast amüsiert. Im nächsten Moment gab es einen Knall, den Liam in seinem langen Leben nie vergessen würde. Sie war mit dem Kopf vor einen aus dem Wasser ragenden Baumstamm gestoßen. Ruckartig ging sie unter, nur ihre unbeweglichen Arme waren noch zu sehen. Das Kleid und die Schuhe zogen sie in die Tiefe. Liam sprang ins Wasser und kämpfte sich unterstützt von der Strömung zu Bonnie vor. Doch auch wenn er sich schnell vom Boot entfernte, konnte er den Abstand zu den Händen seiner geliebten Frau nicht verkürzen. Die Strömung war zu stark. Bald verlor er sie ganz aus den Augen. Er schrie nach ihr, schob sich durchs Wasser, so schnell er konnte. Aber er wusste nicht mehr, wo sie war. Durch die Bewölkung und den Regen sah man kaum weiter als zehn Meter. Die Strömung konnte Bonnie in alle Richtungen getrieben haben. Liam begann zu tauchen, doch im schmutzigen Wasser sah man noch viel weniger. Er schoss hoch, tauchte wieder ein, wieder hoch, er schrie, er ruderte mit den Armen, er kämpfte mit dem Element, bis er selbst kaum noch Luft bekam und von einem Strudel nach unten gezogen wurde. Erst kämpfte er dagegen an, doch dann gab er auf. Vielleicht war es Bonnie, die an ihm zog. Die ihn mitnehmen wollte, wohin auch immer sie gegangen war. In diesem Moment packte ihn eine kräftige Hand an der Schulter und zog ihn zurück. Es war sein Vater. Er schwamm in der Brühe mit einer großen Holzplanke neben sich, auf die er Liams Arm legte, damit er sich über Wasser halten konnte. Mit waidwundem Blick schaute er seinen Sohn an.

„Sie ist weg", sagte er. „Du kannst sie nicht mehr retten."

„Ich muss", rief Liam verzweifelt und wollte erneut untertauchen.

Doch Ivor hielt ihn. Er hielt ihn weinend in seinen starken Armen. Er hielt ihn am Leben, während Bonnie ihres in den Fluten verloren hatte.

Nach diesem Tag war nichts mehr wie vorher. Auch wenn der Regen schließlich nachließ und das Wasser zurückging, wurde Bonnies Leiche nie gefunden. In Findhorn fanden die Menschen aus Forres für einige Wochen Unterschlupf. Ihre Dankbarkeit war so groß wie ihre Pein, dass die strahlende Galionsfigur ihrer Retter zu Tode gekommen war. MacMurray und seiner Frau brach es das Herz wie auch den anderen Bewohnern des Dorfes. Man kämpfte sich von Tag zu Tag und suchte Ablenkung in den Aufräumarbeiten. Doch der Schrecken war noch nicht vorbei. Nach der Flut kamen die Krankheiten. Überall an der Küste gab es vermehrte Fälle von furchtbarem Fieber, Brechdurchfällen und schließlich dem Tod sowieso schon entkräfteter Menschen. Typhus in den meisten Fällen. Die wenigen überlebenden Ärzte kamen kaum nach und mussten hilflos mit ansehen, wie sich die Zahl der Einwohner weiter ausdünnte. Ganz besonders hart traf es die Schwächsten. Die Alten und die Kinder.

Als Mylo die zweite Nacht in Folge an hohem Fieber litt, kannte Liams Verzweiflung keine Grenzen. War es nicht schlimm genug, dass die Flut ihm sein Weib genommen hatte? Er hatte kaum trauern und seine Wut über die Ungerechtigkeit der Welt loswerden können, da hatten ihn schon die Sorgen um den Jungen überfallen. Hilflos saß er an dem Bett des Kleinen in seinem von Ivor nach dem Sturm wieder hergerichteten Haus. MacMurry hatte gewollt, dass sie zu ihnen ins Inn kamen, aber dort lagen nur noch mehr Kranke, und Liam wollte nicht von dem Ort weichen, in dem seine kleine Familie so glücklich gewesen war. Ihr Haus sollte dem Jungen die Kraft geben, die er nun unbedingt benötigte. Doch es ging Mylo schlechter und schlechter. Am Anfang hatte er noch nach seiner Mutter verlangt, was Liam gleich doppelt getroffen hatte. Er konnte dem Kind unmöglich erklären, dass seine Mama nie mehr zurückkehren würde. Seit einigen Stunden fragte der Kleine nicht mehr nach ihr. Er redete überhaupt nicht. Er war zu schwach. Mit seinen müden Augen blickte er an die Decke oder schlummerte immer wieder ein. Liam saß bei ihm, während sein Vater etwas zu essen bereitete.

„Kannst du nicht irgendetwas tun?“, herrschte Liam ihn plötzlich an. „Was nützen diese verdammten Kristalle denn?“

Natürlich hatten sie sowohl den Kristall von Ivor als auch den zweiten, der Liam gehören sollte, längst zu dem Kind gelegt. Am Anfang hatte es Linderung gebracht. Aber seit der Junge einen schlimmen Durchfall bekommen hatte, lag er nur noch ermattet in seinem Bett.

„Es tut mir leid“, flüsterte Ivor, dessen mitleidigen Blick Liam kaum noch ertragen konnte.

Ja, dieser Mann wusste, wie es war, Frau und Kind zu verlieren. Er hatte es selbst erlebt. Er wusste auch, was es hieß, um einen kleinen, schwachen Körper zu bangen. Doch diese Erfahrenheit seines allwissenden Vaters machte Liam nur noch wütender.

„Mein Sohn darf nicht sterben“, schrie er ihm entgegen.

Plötzlich wurde es Liam übel. Er sprang auf und eilte vor das Haus. Direkt auf den Weg musste er sich übergeben, sein Leib zitterte. Über ihm der strahlend blaue Sommerhimmel, als ob es nie Wolken gegeben hätte, die ihnen das Leben zur Hölle gemacht hatten.

Ivor erschien neben ihm. Er sah das Erbrochene, er sah seinen geschwächten Sohn. Er packte ihn am Arm und zog ihn entschlossen ins Haus. Dort setzte er ihn auf den alten Schaukelstuhl, in dem Bonnie Mylo als Baby gestillt hatte.

„Hör mir zu“, sagte Ivor. „Schau mich an.“

Liam tat es, auch wenn er sich sehr schwach fühlte. War es bei ihm jetzt auch soweit? Hatte ihn der Typhus ebenfalls erwischt?

„Es gibt etwas, das du für deinen Sohn tun kannst.“

„Was meinst du?“, fragte Liam seinen Vater.

„Mit dem Kristall. Du … du kannst ihn heilen.“

„Was?“, fragte Liam benommen. „Heilen? Bist du sicher?“

„Komm her!“

Er zog Liam aus dem Stuhl. Auf schwachen Beinen ging er zu dem Kind, das nur noch vor sich hin döste. Liam fiel direkt vor dem Bett auf die Knie. Ivor setzte sich neben ihn. Er zog Mylos kleines Hemd hoch, unter das sie die Kristalle gelegt hatten, und nahm einen davon. Diesen legte er Liam in die Hand und verschloss sie.

„Ich weiß nicht, ob es funktioniert“, sagte Ivor mehr zu sich selbst. „Aber wir müssen es probieren. Wir haben keine andere Wahl.“

Ihm zitterte dabei das Kinn. Liam hatte ihn seit seiner Rückkehr schon oft sentimental gesehen, aber das hier war anders. Er dachte nicht darüber nach. Er dachte nur an sein Kind – auch wenn er spürte, dass das erneute Einlassen auf die Magie einen Preis haben würde. Doch sein Vater hatte recht: Hatten sie eine Wahl? Liam hatte andere Kinder nach drei Nächten Fieber sterben sehen. Er hatte den Blick des Arztes aus Inverness gesehen, nachdem er Mylo untersucht hatte. Er wusste, dass das Kind kaum eine Chance hatte.

„Was soll ich tun?“, fragte Liam seinen Vater.

„Leg ihm deine andere Hand auf die Brust. Fühl sein Herz.“

Liam schob die Hand unter das kleine Hemdchen. Er spürte bald Mylos Herzschlag. Er ging schnell, schneller als bei den Erwachsenen.

„Spürst du es?“, fragte Ivor.

Liam nickte.

„Konzentrier dich auf den Herzschlag. Fühl ihn. Fühl ihn, als ob es deiner wäre.“

Liam wusste nicht, was sein Vater damit bezweckte. Aber er tat es. Dabei umschloss er den Kristall in seiner anderen Hand so fest, dass es schmerzte. Erst passierte nichts. Er wollte schon aufgeben, doch dann sah er es: Mylo hatte einen roten Kranz um die Augen. Liam erinnerte sich, dass er diese Kränze früher bei allen Menschen gesehen hatte. Eine merkwürdige Vision, die wieder verschwunden war, als es ihm bei den Mönchen besser gegangen war. Doch nun war dieser Kranz zurück. Rund um die Augen seines Kindes, in einem kräftigen Rot.

„Ich sehe was an seinen Augen“, berichtete Liam.

Sein Vater riss den Kopf hoch. Er nickte, wirkte erleichtert, als ob seine stillen Gebete erhört worden wären. Es war offensichtlich ein gutes Zeichen.

„Konzentrier dich noch mehr. Fühl das Herz. Fühl den Schlag. Greif danach."

„Was?"

„Mit deinen Gedanken", stieß Ivor aufgeregt hervor. „Greif nach dem Herzschlag. Stell es dir vor."

„Aber was …"

„Mach es! Es geht um deinen Sohn!"

Das hatte Ivor geschrien, als ob es um Leben und Tod ginge. Und genau darum ging es. Liam musste Mylo retten – auch wenn er nicht verstand, was er da tat. Er schaute wieder zu dem Kind. Es hatte die Augen geöffnet, starrte Liam traurig an. Er spürte das Herz seines Sohns. Er spürte es schlagen. Er krümmte seine Finger und griff danach.

Plötzlich durchfuhr Liam eine Welle der Kraft. Es war wie damals in der Kristallhöhle. Sein Körper straffte sich, Luft strömte in seine Lungen, das Gefühl des Schwindels war genauso verschwunden wie die Schmerzen, die er seit Tagen hatte. Er blickte seinen Vater überrascht an, der ihn plötzlich mit großer Erleichterung anstrahlte und dann seine Arme um ihn warf. Liam verstand nicht. War es das? Hatte er seinen Sohn geheilt? Er blickte zu dem Kind und stutzte. Denn der Kranz um die Augen war verschwunden, das Kind blickte gequält ins Nichts und wirkt noch schwächer als zuvor.

„Was ist passiert?", fragte Liam seinen Vater. „Was ist mit ihm?"

Mylos Augen flackerten, dann schlossen sie sich. Er schlief ein.

„Vater!", schrie Liam und sprang auf.

Ivor wollte ihn in den Arm nehmen, doch mit seiner neu gefundenen Kraft stieß Liam ihn weg.

„Was ist passiert?“, blaffte er seinen Vater an.

„Lass ihn schlafen“, sagte Ivor bedrückt. „Man konnte ihm nicht mehr helfen. Niemand konnte ihm helfen. Das ist unser Schicksal.“

Der Funken der Hoffnung explodierte vor Liams Augen. Er war fassungslos, öffnete die Hand mit dem Kristall und hielt ihn anklagend seinem Vater entgegen.

„Er sollte Mylo heilen.“

„Der Kristall kann nur Menschen heilen, die damals in der Höhle gewesen sind. Die den großen Kristall angefasst haben. Es lässt sich auf niemanden übertragen. Wir Sandmänner sind die einzigen Unsterblichen.“

Liam verstand. Es war eine grausame Erkenntnis. Er fiel auf die Knie. Nicht vor Schwäche, sein Körper strotzte vor Kraft. Sondern vor Gram. Denn diese neue Kraft, die hatte er von seinem Sohn. Er hatte sie ihm geraubt. Sein eigener Sohn hatte ihn unsterblich gemacht und musste dafür mit seinem Leben bezahlen.

36

70 Stunden 27 Minuten

Liam weinte bitterlich. Sie standen in der aufgehenden Sonne auf dem Standstreifen der M61. Der noch immer sehr spärliche Verkehr schoss an ihnen vorüber. Eigentlich hatten sie nur die Plätze tauschen wollen, damit Ava wieder fahren konnte, doch dann hatte Liam seine letzten Erinnerungen an seine Frau und sein Kind mit ihr geteilt, und Ava hatte sich nicht mehr bewegen können, so ergriffen war sie. Sie nahm Liam in den Arm und küsste ihn.

„So viel dazu, dass Zeit alle Wunden heilt", sagte er mit Bitterkeit in der Stimme und wischte sich die Tränen weg.

Ava suchte seinen Blick. Als sie ihn fand, lächelte er traurig. Nur kurz, dann wurde er wieder zynischer.

„Natürlich hat er nicht aufgehört, mir einzureden, dass Mylo so oder so gestorben wäre. Aber Bonnie war eine robuste Frau gewesen, Mylo hatte schon andere Fieber überstanden. Man kann das nicht so nüchtern aufrechnen. Ich habe mein Kind getötet, um selbst leben zu können."

„Du wusstest es nicht. Dein Vater hat dich reingelegt."

„Ja, das war das, was ich mir selbst einzureden versucht habe. Aber auch das ändert nichts. Ich wusste, dass es nicht richtig war, was ich tat."

Ava zog ihn einmal mehr zu sich. Doch er löste sich bald.

„Wir müssen weiter."

Ava gefiel es nicht, aber er wollte sich nicht trösten lassen. Sie startete den Wagen und beschleunigte, um auf die Autobahn zurückzukehren. Es lagen noch einige Stunden Fahrt vor ihnen.

„Was hast du mit deinem Vater gemacht?"

„Ich wollte ihn umbringen. Aber er war stärker als ich."

Er lachte.

„Er hatte Verständnis für meine Wut. Er nahm alles auf sich. Na klar. Er wollte bleiben, dem Dorf beim Aufbau helfen. Also war ich es, der gegangen ist. Ich habe noch an diesem Tag das Haus und auch Findhorn verlassen und bin seitdem nie wieder zurückgekehrt. Erst bin ich ziellos durch die Welt geirrt. Bei den Mönchen hatte ich gelernt, dass es die größte Sünde ist, sich selbst das Leben zu nehmen. Andernfalls hätte ich mich wahrscheinlich erhängt. Ich war ohne Lebenswillen. Ich wollte mich aufgeben, sterben, aber ich war so kerngesund und vor Kraft strotzend wie noch nie zuvor. Es war Mylo, der in mir weiterlebte, der mich nicht altern ließ, der mich immun machte gegen die Krankheiten, die überall grassierten. Seine Lebensenergie schärfte sogar meine Sinne. Als ich nach ein paar Tagen endlich aufhörte, mich selbst zu bemitleiden, merkte ich, dass mir jemand folgte. Es konnte nur einer sein. Eines Abends machte ich ein kleines Feuer im Wald, versteckte mich und ertappte ihn. Er war die ganze Zeit in meiner Nähe gewesen. Er konnte es einfach nicht lassen."

Liam schüttelte den Kopf. Er verstummte für eine Weile, so dass Ava schon dachte, er wollte nicht weiter berichten, doch dann sagte er: „An diesem Abend, dort an dem Feuer, offenbarte er mir die ganze Wahrheit. Alles über die Kristalle. Alles, was die Sandmänner mit furchtbaren Versuchen an Menschen herausgefunden hatten. Er gab unumwunden zu, dass auch er getötet hatte, um leben zu können. Und auch um an Geld zu gelangen. Es war die perfideste Mordmethode, die man sich denken konnte: Die Menschen starben im Schlaf, weit weg von ihren Mördern. Es gab nie auch nur einen Verdacht. Mein Vater hatte angeblich nur ‚böse' Menschen getötet – wie Colin. Es widerte mich an. Und es widerte mich noch mehr an, dass er dem Tod meiner Familie etwas Positives abgewann. Er war davon überzeugt, dass nur wir Unsterblichen glücklich miteinander werden konnten. Allen anderen würden wir nur Leid zufügen. In den schillerndsten Farben malte er mir aus, wie wir beide – Vater und Sohn – zu einer Macht werden konnten. Wie wir Seite an Seite die Unsterblichkeit genießen würden. Wir hatten es uns in seinen Augen verdient nach den schlimmen Jahren als Sandmänner. Nach allem, was das Schicksal ihm und nun auch mir geraubt hatte – sei es durch Krankheit, Eisstürme oder Fluten. Für ihn waren unsere Toten der Preis für die Unsterblichkeit. Ein Preis, den wir bezahlt hatten. Jetzt sollten wir die Belohnung bekommen. Er war wie besessen von dieser Vision. Bald verstand ich, dass er nur darauf gewartet hatte, dass Bonnie und Mylo starben. Dass er nur deswegen so geduldig bei mir ausgeharrt hatte, um seinen Traum von dem unsterblichen Duo leben zu können. Er war immer noch ein Monster."

Liam blickte zu Ava, streichelte ihr eine Strähne aus dem Gesicht.

„Es tut mir leid, dass er dich in diese Welt hineingezogen hat."

„Hey, andernfalls hätte ich dich nie kennengelernt."

Sie lächelte ihn schief an. Seine Erzählungen hatten sie aufgewühlt. Natürlich war sie betroffen wegen allem, was Liam erlitten hatte. Aber es war noch mehr. Sie wollte ihm nah sein, ihm helfen, für ihn da sein. Nur wusste sie nicht, ob das überhaupt möglich sein würde. Auch jetzt antwortete er nicht auf ihre verschachtelte Liebeserklärung.

„Dann bist du wieder weggelaufen?“, fragte sie, um nicht zu sehr über sie beide grübeln zu müssen.

„Nein“, antwortete Liam. „Ich habe den Spieß umgedreht. Ich habe einen dramatischen Abgang gemacht und ihm verboten, je wieder in meine Nähe zu kommen. Dann habe ich ihm aufgelauert. Denn damals habe ich mir geschworen, ihn nicht weiter morden zu lassen. Dass ich Mylos Kraft nutzen würde, um ihn zu stoppen. Dass ich sie für das Gute verwenden würde. Ich wollte das wirklich. Ich habe es auch eine Zeitlang gemacht, aber ich konnte den armen Seelen nicht helfen.“

Da waren sie wieder. Die armen Seelen. Die, die wie Ava gewesen waren.

„Also habe ich mein eigenes Leben gelebt. Ich habe anderen geholfen, wo ich konnte. Es gab immer wieder Phasen, in denen ich mit meinem Vater aneinandergeraten bin. Oder wie ein Hündchen hinter ihm her gedackelt war, weil ich dachte, ich hätte eine neue Methode gefunden, seinen Opfern zu helfen. Aber es funktionierte nie.“

Plötzlich schaute er entschlossen zu Ava.

„Heute wird sich das ändern. Es wird gelingen.“

Er redete nicht nur Ava, sondern auch sich selbst das ein.

„Und wenn?“, fragte sie. „Wenn dein Projekt ‚Papas Opfer retten‘ gelungen ist?“

Ava konnte sich schon wieder nicht stoppen. Wo kam denn immer dieser Sarkasmus her, wenn es um ihre Gefühle für Liam ging?

„Dann werden wir sehen“, sagte er und blickte aus dem Fenster auf der anderen Seite.

Ava spürte einen Stich in ihrem an diesem Tag arg geforderten Herz. Das war nicht das, was sie hatte hören wollen. Konnte er ihr nicht versprechen, dass sie es irgendwie schaffen würden – als Paar. Er hatte ihr doch auch versprochen, mit ihr zu schlafen. Für mehr reichte es nicht?

Oder war sie selbst schuld an dieser barschen Reaktion mit ihren pubertären Fragen?

„Sobald die Geschäfte aufmachen, müssen wir uns eine SIM-Karte für dein altes Handy besorgen", verkündet Liam und wechselte damit das Thema endgültig. „Wir müssen wissen, was aus meinem Vater geworden ist."

„Sie haben ihn verhaftet oder gleich erschossen."

„So einfach war es noch nie mit ihm. Glaub mir das."

Er lächelte sie traurig an. Sie nickte. Das hatte sie mittlerweile auch schon mitbekommen.

37

73 Stunden 18 Minuten

„Die Einbrecher haben Ihnen ins Bein geschossen und Sie dann an den Tisch gefesselt?“, hakte der Ermittler nach.

Ivor hatte sich nicht einmal gemerkt, wie der untersetzte Mann mit der Glatze hieß. Wenn er sich überhaupt mit Namen vorgestellt hatte – das taten diese sich ungemein wichtig fühlenden Antiterror-Leute sowieso äußerst selten. Doch er nickte nun einfach mal brav und verzog erneut das Gesicht vor Schmerzen. Der Polizist stand direkt an seinem Bett in dem von zwei seiner Kollegen vor der Tür gesicherten Krankenzimmer. Nach der Verhaftung war es Ivor mit den zahlreichen Wunden an seinem Körper nicht schwergefallen, eine Verlegung in das Krankenhaus zu erreichen.

„Und wieso haben die Angreifer Ihnen die Wunde in Ihrem Fuß zugefügt?“

„Folter“, hauchte Ivor. „Sie wollten den Code für meinen Tresor wissen. Ich … ich hab’s nicht ausgehalten und … und alles preisgegeben.“

„Und nachdem die Einbrecher geflohen sind“, resümierte der Ermittler weiter, „haben Sie sie mit dem Hubschrauber verfolgt?“

Der Mann versuchte zwar sachlich zu klingen, doch es war längst klar, dass er deutliche Zweifel an dieser Geschichte hegte. Letztlich war das aber auch egal. Man hatte Ivor abgenommen, dass er wegen seiner Verletzungen wie ein Wahnsinniger durch das nächtliche Manchester gebrettert war. Damit war die Theorie von einem wild gewordenen Terroristen schnell kassiert worden, und man hatte Ivor mit seinem vermeintlichen Anwalt telefonieren lassen. Jetzt war es nur noch eine Frage der Zeit, die Ivor allerdings mit weiteren ermüdenden Unterhaltungen ausfüllen musste, während Liam und das Mädchen mehr und mehr Vorsprung herausholten.

„Sie hatten mir alles geraubt“, erklärte er dem Polizisten. „Die Juwelen, die seit Jahrhunderten in Familienbesitz waren. Ich war … ich war panisch.“

„Und warum sind Sie nach Manchester geflogen?“

„Bei beiden Kerle hatten sich über einen Pub in Manchester unterhalten. Sie kamen von hier. Es war meine einzige Spur.“

Seine tatsächliche einzige Spur war der Rückruf eines Kontaktmanns am Privatflughafen Luton gewesen, der ihm von Liams Versuchen berichtet hatte, eine Maschine für einen Flug nach Inverness zu chartern. Offensichtlich war seinem Sohn dies nicht gelungen. Ivor dagegen besaß einen Hubschrauber, mit dem er sich sofort auf den Weg Richtung Norden gemacht hatte. Damit gab er dem Begriff der Helikoptereltern eine ganz neue Dimension. Aber wenn Liam wirklich das plante, was Ivor vermutete, war es höchste Zeit, dass er seinem Spross auf dem Weg in die Heimat folgte.

„Dann sind Sie mit Ihrem Privathubschrauber hergeflogen, haben ihn mitten auf einem Spielplatz gelandet und einem Bäckereifahrer mit vorgehaltener Waffe seinen Wagen geraubt?“

Innerlich musste Ivor lachen. Was für eine absurde Geschichte.

Laut sagte er: „Ich hatte höllische Schmerzen“, und verzog leidend das Gesicht.

Logans Verwicklung in die Geschichte behielt er genauso für sich wie die von Liam und diesem Mädchen. Schon seit Jahren wusste Ivor, dass der Junge dem alten Widersacher geholfen und ihm ein neues, friedliches Leben verschafft hatte. Ivor war gerührt gewesen von dieser selbstlosen Tat seines Sohns. Sie hatte damals Hoffnung aufkeimen lassen, dass Liam auch seinem Vater eine neue Chance geben würde. Eines Tages. Bisher war es noch nicht dazu gekommen, aber wenn Ivor diesen ganzen Mist mit dem Krebs hinter sich haben würde, wollte er einen neuen Versuch starten. Einen, bei dem er auf Liams wichtigste Forderung eingehen wollte: Keine Menschen mehr zur eigenen Stärkung sterben zu lassen. Und wenn er dafür – wie Logan – als Arzt arbeiten musste. Ivor fand das zwar albern, aber Liams Obsession mit den Sterblichen wurde ja auch nach all den Jahren nicht geringer. Der Junge verstand nach wie vor nicht, dass sie etwas Besonderes waren. Dass all das Leid eine Prüfung für die Sandmänner gewesen war, damit sie sich über den Rest der Menschen erheben konnten. Es gab sowieso viel zu viele von ihrer Spezies. Der ganze Planet war in Gefahr, weil sie sich fortpflanzten wie die Karnickel, aber einfach nicht mehr so schnell starben wie früher. Medizin, Fortschritt und Frieden hatte die Erde mit einer gefährlichen Überbevölkerung gestraft. Alle wurden uralt, kaum noch einer lebte tagtäglich mit dem Tod – so wie es für Ivor in jungen Jahren normal gewesen war. Damals war ein Leben kaum etwas wert gewesen, seins als Sandmann schon einmal gar nicht. Die durchschnittliche Lebenserwartung hatte in Ivors jungen Jahren sowieso nur bei Mitte Dreißig gelegen. Natürlich gab es auch ältere Mensch, sogar er selbst hatte damals bereits den Schnitt erhöht, aber Ivor wusste nur zu gut, dass auf der anderen Seite zahllose Kinder früh ihr Leben ließen. Junge Männer kamen in irgendwelchen Kriegen um oder schlugen sich im Übermut gegenseitig die Köpfe ein, weil damals jeder Disput mit Waffen gelöst wurde. Das schwächere Geschlecht dagegen starb bei einer der zahllosen Epidemien, im Kindbett oder wurde Opfer von Raubzügen. Es gehörte früher einfach dazu, dass die Menschen um einen herum tot umfielen. Mittlerweile konnte man ein stolzes Alter erreichen, ohne sein ganzes Leben lang auch nur eine Leiche gesehen zu haben. Trotzdem oder wahrscheinlich genau deswegen hatten alle panische Angst vor irgendwelchen Terroristen, dabei tauchten die höchstens alle Jubeljahre mal auf. Bis auf die Zähne bewaffnete Sondereinheiten bildete man dagegen – das war eigentlich noch alberner als Ivors Geschichte.

„Aber mit dem Transporter sind Sie nicht auf dem direkten Weg ins Krankenhaus gefahren", stellte Ivors persönliches Exemplar der Antiterrorbekämpfung fest.

„Hören Sie", erklärte Ivor so geduldig, wie er gerade noch konnte. „Ich sage nicht, dass ich mich besonders klug oder rücksichtsvoll verhalten habe. Ich hatte Panik, ich war nicht zurechnungsfähig. Warum sollte ich sonst so eine Amokfahrt veranstalten?"

„Na ja, Sie haben doch sicher von dem Anschlag in London gehört?"

„Ja, na und? Was habe ich damit zu tun?"

Ivor ärgerte die Sache im Fabric mittlerweile selbst. Es war zu auffällig gewesen. Zumal er gar nicht so viele Menschen gebraucht hatte. Noch während er sich durch die tanzende Menge geschoben hatte, hatte er das Limit gespürt. Spätestens nach zehn Leute hatte er keine Kraft mehr aufnehmen können. Aber es war wie ein Blutrausch gewesen, er hatte immer weitergemacht. Deswegen lag Liam auch falsch: Ivor würde beim nächsten Mal nicht noch mehr

Leute zur Stärkung benutzen, sondern weniger. Kleine Gruppen in regelmäßigen Abständen. Das war nicht nur unauffälliger, sondern auch effektiver. Die Krebszellen waren weniger geworden, sie würden verschwinden, wenn er die Therapie nur oft genug wiederholte. Tatsächlich wie eine regelmäßige Chemotherapie. Doch eine solche hatte Ivor sich selbst erschwert: mit der Aufmerksamkeit durch das Fabric, aber vor allem mit Liams kleiner Freundin, die ihm sein wichtigstes Heilmittel entrissen hatte.

„Jeder, der London überhastet verlässt, ist natürlich erst einmal unter besonderer Beobachtung", erklärte der Ermittler an Ivors Bett in aller Ruhe. „Zumal wir eine Anruferin hatten, die auf Terrorismus hingewiesen hat."

Es war also das Mädchen gewesen, das ihm mit dem Stichwort „Terror" die Polizei auf den Hals gehetzt hatte. Eins musste man ihr lassen: Sie war nicht dumm.

„Wo waren Sie denn am Freitagabend?"

Ivor konnte es kaum glauben. Verdächtigte der Kerl ihn jetzt tatsächlich, etwas mit dem Fabric zu tun zu haben?

„Zu Hause."

„Alleine?"

„Ja."

Der Ermittler verzog das Gesicht, als ob Ivor sich damit in Probleme manövriert hätte.

„Ich hatte gestern eine Kollegin aus London am Telefon, die von einer abwegigen Theorie erzählte, dass ein bärtiger Typ in dem Club herumgelaufen sein soll und durch Handauflegen Leute mit irgendwas infiziert hat. Was würden Sie sagen, wenn ich der Kollegin mal Ihr Foto schicke."

Er provozierte. Er lauerte auf eine verdächtige Reaktion. Das war Ivor klar. Doch dummerweise provozierte er mit etwas, das weit weniger abwegig war, als seine Kollegin und er es vielleicht vermuteten. Deswegen zögerte Ivor mit einer Antwort, bevor er ein viel zu zartes „Bitte, von mir aus“ von sich gab. Er sah die Irritation in den Augen des Ermittlers. Ein ganz unangenehmes Gefühl beschlich Ivor.

Doch genau in diesem Moment klingelte das Handy des Mannes. Er zog es unwillig aus seiner Jacke, stutzte bei der angezeigten Nummer und meldete sich so respektvoll, dass nur ein deutlich ranghöherer Anrufer am anderen Ende zu erwarten sein konnte. Ivor musste nicht mehr viel hören, um zu wissen, dass es endlich soweit war. Spätestens als der Mann erstaunt nachfragte, warum der Commissoner der Londoner Polizei sich für einen Fall in Manchester interessierte, war Ivor klar: Sein Anruf am frühen Morgen und seine über Jahrzehnte aufgebauten Kontakte zu den Sicherheitskräften hatten gegriffen. Der Ermittler der Antiterroreinheit drückte schließlich das Gespräch weg, verdaute kurz das Gehörte und wandte sich dann mit einem gekünstelten Lächeln an Ivor.

„Wie es aussieht, können Sie vorerst einmal gehen. Wir melden uns.“

„Danke“, antwortete Ivor höflich.

Er erhob sich von seinem Bett.

38

77 Stunden 8 Minuten

Es war schon kurz nach Mittag, als Ava und Liam die Ortschaft Lairg am südöstlichen Ende von Loch Shin erreichten. Westlich davon konnte man bereits die Berge sehen, unter denen sich die Kristallhöhle befand. Liam deutete ehrfurchtsvoll auf die gar nicht einmal außergewöhnlich hohen Erhebungen hinter dem Loch. Liam ließ Ava kurz in die kleine Ortschaft fahren, damit sie ihre Wasservorräte auffrischen und eine Kleinigkeit zu essen kaufen konnten. Denn sie würden noch ein gutes Stück zu Fuß gehen müssen, bevor sie die Höhle erreichten.

Ava freute sich auf den Fußmarsch. Alles war besser, als noch länger im Auto zu sitzen. Die ersten Stunden hinter Manchester war sie erstaunlich fit gewesen. Auch wenn Liam nach den Berichten über den Tod seiner Familie lange geschwiegen hatte, hatte sie sich gut auf die Fahrt konzentrieren können. Auch Liams Wachmacher halfen wieder. Später waren es die ersten atemberaubenden Eindrücke aus den Highlands gewesen, die sie wach gehalten hatten. Unendliche Weiten, grüne Wiesen, schroffe Berge und Seen mit glasklarem Wasser. Ava hatte sich sofort in diese Welt verliebt, in die Ruhe und ursprüngliche Kraft der Highlands. Aber schließlich hatte das monotone Fahren die Müdigkeit zurückgeholt. Liam hatte längt wieder von alten Zeiten erzählt, diesmal nichts von seiner Familie, sondern packende Geschichte und Gänsehautmomente, wenn er Teil der Weltgeschichte geworden war, die Ava nur aus Büchern kannte. Er hatte tatsächlich Hitler bei einer Rede in einem Münchener Bierkeller gesehen oder war bei der Krönung von Queen Elizabeth II. unter den Menschenmassen auf Londons Straßen gewesen.

Als sie sich Inverness näherten – in dessen Nähe er seine Kindheit, Jugend und auch die tragischen Jahre in Findhorn verbracht hatte – war Liam ruhiger geworden. Er war seit fast hundert Jahren nicht mehr in dieser Gegend gewesen und musste die neuen Eindrücke genauso aufnehmen wie Ava. Sie hatte sich nicht getraut, ihn zu neuen Wachmach-Geschichten zu ermutigen, weswegen sie kaum noch die Augen offenhalten konnte, als sie schließlich mit Wasser und Energieriegeln ausgestattet auf einem Parkplatz am Fuße der Berge zum letzten Mal den Land Rover stoppten.

Liam zückte Avas Notfallhandy, für das er auf einer Autobahnraststätte hinter Preston eine Prepaid-Karte gekauft hatte. Zum gefühlt hundertsten Mal rief er die Seite der Polizei von Manchester auf und durchforstete die Pressemitteilungen. Dort hatte es bisher nur eine kurze Meldung am Morgen gegeben, dass es in der Nacht eine „fälschliche“ Terrorwarnung gegeben hatte. Die Polizei hatte „in diesem Zusammenhang eine Person in Gewahrsam genommen.“ Mehr war über den Vorfall mit Ivor nicht zu finden.

„Was Neues?“, fragte Ava.

Liam schüttelte den Kopf.

„Das ist doch gut. Sie werden ihn nicht laufen lassen. Er hat jemandem mit Waffengewalt das Auto weggenommen.“

„Hoffen wir es.“

Er steckte das Handy ein und blickte den Weg zu dem Berg hoch.

„Findest du den Eingang?“, fragte Ava.
„Ja“, sagte er mit einem Lachen. „Im Schlaf.“
„Dann lass uns gehen.“
Denn andernfalls würde sie nicht den Weg im Schlaf, sondern den Schlaf auf dem Weg finden, und das konnte niemand wollen, wo sie doch nun schon so weit gekommen waren.

Die Wanderung weckte Avas Lebensgeister. Auch wenn es anstrengend war, so mobilisierte ihr Körper Kraftreserven und hielt sie damit wach. Liam ging schweigend vor mit einem enormen Rucksack auf dem Rücken, in dem sich außer dem Essen und dem Wasser auch der Herz-Monitor befand. Ihm machten diese Mühen nichts aus. Zwar hatte auch er auf der Autofahrt einen toten Punkt erlebt, aber seit er sich eine der Tabletten eingeworfen hatte, wirkte er so frisch, als ob er die Nacht durchgeschlafen hätte. Ganz so frisch war Ava nicht, deswegen sehnte sie trotz der belebenden Bergluft das Erreichen des Ziels herbei, stapfte wie in Trance hinter Liam her. Eine gefühlte Ewigkeit ging es einfach nur bergauf. Aber Liam wollte nicht zum Gipfel des Berges. An einer Gabelung in einem kleinen Waldstück wählte er nicht den Weg nach oben, sondern einen Rundgang um den Berg. Nach einer Weile verließen sie den Wald und gingen an kargen Wiesen entlang. In der Ferne konnte Ava Schafe beim Weiden sehen. Die Tiere waren in den Highlands einfach überall. Sie merkte, dass sie den Anschluss an Liam verlor und eilte weiter. Selbst ohne Gepäck war sie deutlich langsamer als er.
Noch schwieriger wurde es, als er schließlich den festen Weg verließ und über Geröll auf eine Spalte zwischen zwei Erhebungen zusteuerte. Ava hatte ihr Schuhwerk wahrlich nicht für eine Bergwanderung ausgesucht. Sie hatte noch mehr Mühe zu folgen. Liam sah es. Er reichte ihr die Hand.

„Nicht mehr weit. Hinter dem Spalt kann man den Eingang zur Höhle schon sehen."

Ava griff die Hand gerne. Jede Berührung tat ihr gut. Ihr wurde bewusst, dass es bald soweit war. Der entscheidende Moment, in dem sich zeigen würde, ob man ihr Leben retten konnte oder nicht. Sie hatte keine Ahnung, wie genau das laufen würde, aber auch in diesem Fall vertraute sie Liam blind. Hand in Hand und mit pochendem Herzen erklommen sie eine weitere Erhöhung. Liam zeigte in die Ferne.

„Da ist …"

Er stutzte. Ava folgte seinem Blick und sah es auch. Der Hang, auf den er gezeigt hatte, war von einem hohen Sicherheitszaun umgeben. Stabile Drähte an tief in den Boden gerammten Stahlpfosten, oben noch einmal eine Abschrägung mit Stacheldraht.

„Was in aller Welt …?"

Liam ließ Ava los und eilte weiter. Sie stolperte hinterher und war so ratlos, wie Liam aussah. Jemand hatte den Berg eingezäunt? Das war doch nicht normal. Sie gelangte zu Liam, der sich vor den Zaun gestellt hatte und an ihm entlang blickte. In beide Richtungen ging er so weit, bis er in Felsspalten um die Ecke verschwand.

„Der muss neu sein", sagte Liam.

„Du warst hundert Jahre nicht hier."

„Das würde sich herumsprechen. Ich kenne Sandmänner, die noch vor Kurzem hier waren. Also vor … zehn Jahren oder so."

Liam seufzte unzufrieden. Ava blickte an ihm vorbei.

„Ist das der Eingang in die Höhle?"

Sie hatte in dem Felsen eine Stelle entdeckt, an der die Wand nach hinten versetzt schien. Aus der Ferne konnte man es nicht erkennen, aber von ihrem Platz aus sah sie eine dunkle Öffnung. Liam nickte.

„Es ist alles noch wie früher. Bis auf den Zaun."

Er griff an den Zaun und rüttelte daran.

„Meinst du irgendjemand hat die alte Stelle entdeckt?", fragte Ava.

„Selbst wenn, da ist nichts mehr. Und den Sand braucht auch kein Mensch mehr. Wahrscheinlich sind es Geologen. Das da sind Messpunkte."

Er deutete auf Metallstücke, die sich sowohl im Boden als auch an verschiedenen Stellen in der Felswand befanden – mit Auskerbungen für Messgeräte. Liam blickte am Zaun hoch.

„Müssen wir halt klettern."

Er nahm den Rucksack vom Rücken. Ava war nicht glücklich mit der Entwicklung, aber natürlich würde sie sich jetzt nicht von einem Zaun aufhalten lassen. Liam zog seine Jacke aus und warf sie auf den Stacheldraht. Er stellte sich neben einen Stahlpfosten und verschränkte seine Hände zu einer Räuberleiter.

„Du zuerst", sagte er.

Ava stellte einen Fuß in seine Hände und spürte, wie er sie mit Leichtigkeit nach oben hob. Es ging ihr fast zu schnell, sie musste sich an dem Pfosten festhalten. So würde es nicht besonders schwer sein, den Zaun zu überwinden – auch wenn sie nicht wusste, wie Liam nachkommen wollte. Sie stellte ihren Fuß oben auf eine Stahlverstrebung und wollte gerade das andere Bein nachziehen, als sie eine ältere Männerstimme hörte: „Sportlich, sportlich!"

Ava zuckte am ganzen Leib zusammen. Doch es war nicht Ivor oder eine andere finstere Gestalt, die auf der anderen Seite des Zauns hinter einer Felsecke hervorgetreten war, sondern ein älterer Mann mit grauem Bart, der eine breitkrempigen Hut und eine grüne Rangeruniform trug. Er sah ein wenig aus wie Sean Connery und konnte genauso listig schauen.

„Der Zaun hat seinen Grund", sagte er freundlich. „Bitte bleiben Sie drüben."

Ava schaute zu Liam, der ihre Beine umklammerte und sie langsam nach unten ließ. Geistesgegenwärtig griff sich Ava noch Liams Jacke.

„Was soll der Zaun hier?", fragte Liam den Ranger. „Der Berg war immer frei zugänglich."

„Sie haben recht: Er war. Letztes Jahr hat das Mercer Institut das Gelände gekauft. Geologen. Hier werden Probebohrungen gemacht. Ich weiß nicht, ob sie nach Öl suchen oder nach Gold, aber der Zutritt ist verboten."

Er lachte sympathisch. Dabei rappelte die Ausstattung an seinem Gürtel: Eine Taschenlampe, Handschellen, eine Pistole und ein großes Smartphone in einer Metallhülle.

„Wird gerade jetzt gebohrt?", fragte Ava.

„Ich denke nicht", sagte der Ranger. „Ich habe niemanden hier gesehen."

„Können wir vielleicht ganz kurz in die Höhle?"

Sie deutete hinter den Ranger und setzte ihren niedlichen Blick auf.

„Mein Freund wollte sie mir zeigen. Er hat dort als Kind einen kleinen Schatz versteckt und … Unsere Kinder sollen ihn mal bekommen."

Liam nahm Avas Hand und drückte sie, als ob sie sich soeben das Ja-Wort gegeben hätten. Der Ranger lächelte angetan von dem schönen Pärchen. Für einen Moment dachte Ava, es würde funktionieren. Doch der Mann schüttelte bedauernd den Kopf.

„Es tut mir leid. Niemand darf hier rein. Ich befürchte auch, dass der Schatz gar nicht mehr da ist. Die lassen drinnen keinen Stein auf dem anderen."

„Bitte", flehte Ava.

„Sorry."

Er seufzte. Liam nickte.

„Schade", sagte er. „Aber dann kann man wohl nichts machen. Komm, wir gehen zurück zum Auto."

Er griff sich den Rucksack und nahm Avas Hand.

„Einen schönen Tag noch", wünschte der Ranger.

Das wünschten die beiden ebenfalls, dann gingen sie auf dem steinigen Pfad zurück. Als Ava sich noch einmal umdrehte, stand der Ranger nach wie vor an derselben Stelle. Er wartete, bis sie verschwunden waren. Hinter dem nächsten Felsen waren sie zumindest außer Sichtweise. Liam stoppte sofort.

„Das sind keine Wissenschaftler", stellte er fest.

„Wieso?"

„Es gibt Überwachungskameras. Alle paar Meter oben in den Felsen. Kaum sichtbar. Damit hat er uns gefunden. Und das war auch kein gemütlicher Ranger. Die haben keine Waffen und Handschellen. Jemand will nicht, dass man in die Höhle gelangt. Jemand mit Geld."

„Dein Vater?", fragte Ava alarmiert.

„Nein. Dann wäre er uns nicht nach Manchester gefolgt, sondern hätte uns hier erwartet. Er hat sich auch nie sonderlich für die Höhle interessiert, seit der Kristall zersprungen ist."

„Aber wie kommen wir jetzt da rein?"

Sie wollte keinen unnötigen Stress machen, aber seit sie nicht mehr gingen, sondern so viel herumstanden, spürte sie wieder enormen Druck auf ihren Augenlidern.

„Wir müssen es nachts versuchen", schlug Liam vor.

„Es wird erst in zehn Stunden dunkel", entgegnete Ava alarmiert.

„Nimm noch eine Tablette."

„Und das reicht?"

„Für den Moment", entgegnete er geradezu unwirsch. „Ich weiß es doch auch nicht. Lass uns die Gegend erkunden, und dann …"

Liam war wieder extrem angespannt. Er hatte sich kurz vor dem Ziel gesehen, und jetzt waren sie ganz weit zurückgeworfen. Er riss sich zusammen, als er Avas Unsicherheit sah, und lächelte, wie nur er das konnte.

„Dann gucken wir weiter."

39

78 Stunden 41 Minuten

Die Erkundung rund um die Hügel ergab mehrere Neuigkeiten. Zumindest gegenüber dem Zustand vor einhundert Jahren hatte sich auf dem kargen Gebirge so einiges verändert. Frustrierend war die Erkenntnis, dass es auf der anderen Seite mittlerweile eine improvisierte Straße gab, die fast bis zum Höhleneingang führte, so dass man problemlos mit dem Land Rover hätte heranfahren können. Ohne Wanderung. Weniger wichtig war, dass es an einigen Stellen keinen Wald mehr gab. Die ewigen Schafweiden hatten sich auch hier vergrößert. Schafe waren überall unterwegs. Ava bekam mit, dass Liam nach wie vor einen Groll gegen die Viecher hegte. Weniger gegen das Tier an und für sich, als gegen den Umstand, dass viele Farmer, die er als Kind gekannt hatte, von ihren florierenden Farmen vertrieben worden waren, um für die Schafzucht Platz zu machen – weil es damals mehr Geld gebracht hatte. Eine frühe Form der Gentrifizierung.

Für ihre aktuelle Situation interessanter war jedoch, dass eine uralte Burgruine auf der Rückseite des Beinn an Eoin bezogen worden war. Nach Liams Wissen hatten dort auch vor „wenigen“ Jahren nicht viel mehr als ein paar Steinmauern gestanden, die als Turm kaum zu erkennen gewesen waren. Aber nun hatte jemand ein stabiles Gebäude auf den alten Grundfesten errichtet – mit originalgetreuen Steinen. Es gab einen Turm mit zwei oberen Etagen und einen kleinen Anbau daneben. Glasfenster und makellose Holztüren deuteten auf einen Bewohner hin – oder zumindest wurden dort Büros unterhalten. Denn auf dem kleinen Parkplatz hinter dem Tor im Zaun standen ein Jeep und ein Lieferwagen mit der Beschriftung Mercer Institut – die angeblichen Geologen. Bei näherem Hinschauen entdeckte Ava am obersten Fenster im Turm einen gepflegten Blumenkasten. Hier hatte es sich jemand gemütlich gemacht. Bewohner waren jedoch nicht zu erkennen. Nur der Sean-Connery-Ranger patrouillierte innerhalb des Zauns über das Gelände, das sich weitläufig um den ganzen Berg zog.

Dazu passte auch die letzte Erkenntnis nach dem schweißtreibenden Rundgang: Das gesamte Gelände war engmaschig von Kameras überwacht. Nach einer Weile hatte auch Ava ein Auge für die kleinen schwarzen Kreise bekommen, die alle hundert Meter auf Felsen, am Zaun oder in nahestehenden Bäumen angebracht worden waren. Es mussten zwanzig oder mehr Kameras sein. Da der Ranger immer mal wieder auf sein Handy blickte, lag es nahe, dass er alle Aufzeichnungen auf dem Gerät überwachen konnte.

„Oder er schaut nach Fußballergebnissen“, witzelte Ava, die schon lange keine Lust mehr hatte, in der Sonne um den Berg zu laufen.

„Heute ist kein Fußball“, entgegnete Liam trocken.

Sie lachte müde. Für einen Moment hatten sie sich in den Schatten gestellt, etwas weiter unterhalb der Burg.

„Okay“, begann Liam. „Es gibt eine Stelle oben auf den Felsen mit totem Winkel, an dem wir auf das Gelände kommen könnten. Ich weiß nicht, wieviel die Kameras sehen, aber wenn wir uns am Berg entlangschleichen, können wir vielleicht unbemerkt zum Eingang gelangen. Nachts wäre das allerdings deutlich einfacher."

„Wie spät ist es?"

Liam blickte auf ihr Handy.

„Gleich drei."

Ava stöhnte.

„Ich weiß nicht, ob ich das schaffe", sagte sie unsicher.

„Du schaffst es", legte Liam fest. „Du hast schon so viel geschafft. Das wirst du …"

In dem Moment hörte man ein Motorengeräusch. Jemand hatte auf dem Parkplatz eins der Fahrzeuge gestartet. Liam rannte sofort das Geröllfeld nach oben, um zu sehen, was passierte. Ava wollte folgen, rutschte aber weg.

„Ich kann nicht mehr", stöhnte sie. „Geh alleine."

Liam verharrte kurz. Ihm gefiel es nicht, sie zurückzulassen.

„Bleib in Bewegung", rief er. „Ich bin sofort wieder da."

Ava nickte. Liam wandte sich um und eilte weiter, bis er aus dem Blickfeld verschwunden war. Sie hörte, wie der Wagen auf dem sandigen Boden losfuhr. Hoffentlich saß der Ranger am Steuer und ließ sie allein. Ava wollte endlich in den verdammten Berg. Sie kam sich schon vor wie Bilbo und die Zwerge, die nach langer Wanderung versuchten, in den einsamen Berg zu gelangen. Man konnte nur hoffen, dass in diesem hier nicht auch noch ein Drache hockte. Ava musste kichern. Ihre Gedanken spielten schon wieder verrückt. Es war Zeit, eine weitere Tablette zu nehmen. Liam hatte seinen Rucksack abgestellt, also holte sie sich daraus eine Wasserflasche. Sie war schon so wackelig auf den Beinen, dass sie bei dem Manöver auf ihren Hintern plumpste. Ihr war es recht. Kurz verschnaufen. Sie nahm eine Tablette aus ihrem Döschen und spülte sie mit dem Wasser herunter. Dann atmete sie tief durch und betrachtete den strahlend blauen Himmel über den Highlands.

Im nächsten Moment war es, als ob ihr Herz zerrissen würde. Der Schmerz schoss durch alle Venen. Ihre Lunge brannte. Sie blickte in die weit geöffneten Augen von Liam, der auf ihr kniete, die Hände auf ihrem Brustkorb.

„Oh mein Gott“, stieß er hervor und warf seine Arme um sie. „Mach das nie, nie wieder!“

„Was ist passiert?“

„Du warst weg!“

„Du meinst, ich bin eingeschlafen? Und … und mein Herzschlag?“

Seinem aufgewühlten Blick nach zu urteilen, hatte sie keinen mehr gehabt. Liam war sichtlich aufgebracht.

„Ich war nur fünf Minuten da oben. Als ich zurückkam und dich hier unten liegen gesehen habe … Ich glaub’, ich brauche gleich selbst eine Reanimation. Ava, du hast nicht mehr geatmet, als ich angekommen bin.“

Sie zitterte am ganzen Leib, kam nur langsam wieder zu sich.

„Es tut mir leid. Ich … ich bin auf den Po gefallen. Aber ich dachte, ich stehe wieder auf … Und … Oh, verdammt!“

„Bist du okay?“

Wieder leuchtete er ihr mit der kleinen Lampe in die Augen und fühlte dann mit seinem Finger an ihrem Hals den Puls.

„Mir geht es gut“, hauchte sie.

„Ey …“

Liam war immer noch aufgelöst. Er nahm sie noch einmal in die Arme, dann küsste er sie. Auf die Stirn, auf die Augen, auf den Mund. Als ob er sie in sich aufnehmen wollte. Sie spürte eine Zuneigung, die weit über Begehren oder Verknalltsein hinausging.

„Mach das nie wieder!“, mahnte er sie noch einmal.

Ava schossen unkontrolliert Tränen in die Augen.

„Ich bin dir wirklich wichtig“, flüsterte sie.

„Natürlich“, sagte er sofort. „Ich li …“

Er stoppte sich selbst. Dabei wusste sie, was er hatte sagen wollen. Warum konnte er es nicht?

„Du bist ein wunderbarer Mensch“, sagte er stattdessen.

Ava saß überfordert vor ihm auf den Boden. Sie wusste nicht, ob sie nachhaken sollte. Konnte man Liebeserklärungen einfordern? Doch der Moment war längst vorüber.

„Wir warten nicht bis heute Nacht“, sagte er entschlossen. „Zu gefährlich.“

„Aber ich bin jetzt wieder deutlich wacher“, widersprach Ava zaghaft.

„Kann sein, kann aber auch nicht sein. Ich will kein Risiko mehr eingehen. Außerdem ist der Ranger weggefahren. Das ist unsere Chance. Komm!“

Er hatte den Rucksack auf seinen Rücken geworfen und reichte Ava die Hand. Sie zögerte noch einen Moment, ließ sich dann hochziehen. Sie war wackelig auf den Beinen. Liam gab ihr Zeit. Er beobachtete sie geduldig wie ein Kind, das seine ersten Schritte machte. Es war ein Blick voller Wärme. Bald fühlte sich Ava stabiler. Sie nickte. Er nickte ebenfalls und lächelte. Dann ging er vor zu der Stelle, an der sie unbemerkt das Gelände betreten konnten.

40

79 Stunden 9 Minuten

Dieses Mal gelangten sie ohne weitere Zwischenfälle bis zum Eingang der Höhle. Entweder hatte Liam die toten Winkel der Kameras richtig eingeschätzt, oder der Ranger war einfach zu weit weg, um reagieren zu können. Innerhalb weniger Minuten waren sie bei der zurückgesetzten Felswand, hinter der der verborgene Eingang in die Höhle lag. Ohne zu zögern, führte Liam Ava hinein. Überhaupt verlor er keine Zeit, eilte mit großer Zielstrebigkeit auf die ersehnte Erlösung zu.

Als sie die Höhle betraten, schaltete Liam seine Taschenlampe ein, die er ebenfalls im Rucksack mit sich herumgeschleppt hatte. Ava brauchte dennoch einen Moment, um sich nach dem strahlenden Sonnenschein an die Dunkelheit zu gewöhnen. Sie erkannte bald, dass sie in einer geräumigen Höhle waren, die tief in den Berg hineinführte. Die Wände waren abgerundet, an vielen Stellen gab es Vertiefungen. Sie konnte sich lebhaft vorstellen, wie hier einst die Sandmänner gegraben hatten, um sich ihren spärlichen Unterhalt zu verdienen.

„Kommst du?“, fragte Liam ungeduldig.

Er war schon ein paar Schritte voraus, reichte Ava wieder die Hand. Sie nahm sie und ließ sich tiefer in die Höhle führen. Das Licht der Taschenlampe suchte die Wände ab, tanzte hin und her. Nach nicht allzu langer Zeit erfasste es auf der linken Seite eine Stahltür. Rund herum war eine Öffnung in der Wand mit Beton zugemauert.

„Scheiße", fluchte Liam. „Das darf doch nicht wahr sein."

Er ließ Ava los, eilte zur Tür und zog an dem Türknauf aus Metall. Wenig überraschend konnte er die Tür nicht öffnen. Sie war verschlossen.

„Das ist allmählich nicht mehr sportlich", hörten sie eine vertraute Stimme im Dunkeln.

Liam riss die Taschenlampe herum, aber es war gar nicht nötig, denn im nächsten Moment wurde das Licht eingeschaltet. Die ganze Höhle war mit robusten Deckenleuchten versehen. Sie brachten am Ende der Höhle nicht weit von der Tür entfernt den Ranger zum Vorschein, der kopfschüttelnd mit seinem Handy dastand. Wie in aller Welt war der so schnell dorthin gekommen?

„Was wollt ihr hier?", fragte er nicht mehr besonders freundlich. „Es geht euch doch nicht um einen Kinderschatz."

Liams Gesicht verhärtete sich.

„Wir müssen da rein", sagte er. „Sie werden nicht verstehen, warum. Aber es ist auch egal. Wir wollen nichts mitnehmen. Wir werden sofort wieder verschwinden. Aber es ist lebenswichtig, dass wir in diese Höhle kommen."

Die Augen des Rangers wurden zu Sehschlitzen. Es war kein Unglaube, eher Überraschung.

„Auch wenn ich es nicht verstehe. Erklären Sie es mir."

„Sagen wir so", begann Liam. „Diese Höhle hatte vor vielen, vielen Jahren heilende Kräfte. Meine Freundin ist krank. Sie benötigt diese Kräfte."

Während er erzählte, ging Liam langsam näher in Richtung des Rangers.

„Mag niemand glauben, wir glauben daran. Wenn es nicht klappt, sind wir wieder weg. Aber bitte, diese Frau brauchte eine Chance. Sonst stirbt sie. Wollen Sie das zulassen?“

Er zeigte dramatisch auf Ava, die sich so verletzlich zeigte, wie es nur ging. Der Ranger musterte sie. Dadurch ließ er Liam länger aus den Augen. Es reichte, damit dieser zwei große Schritte machen und mit einem gezielten Hieb die Taschenlampe auf den Schläfen des Rangers niedersausen lassen konnte. Der Mann brach auf der Stelle zusammen. Ava hatte den Überraschungsangriff erahnt, aber die Brutalität erschrak sie dennoch. Liam hielt sich damit nicht auf. Er ging in die Knie und durchsuchte den bewusstlosen Mann. Ava eilte zu ihm.

„Er muss einen Schlüssel haben“, zischte er. „Er ist garantiert durch die Kristallhöhle hierhergekommen. Durch die Tür.“

Schließlich fand er einen Bund in der Hosentasche der Uniform. Er machte ein triumphierendes Geräusch und strahlte Ava an. In dem Moment krachte ein ohrenbetäubender Schuss durch die Höhle. Er hallte viele Male von den Wänden wider. Dreck bröckelte auf sie herab. Ava wirbelte herum. Die Tür in der Felswand hatte sich lautlos geöffnet. Daneben stand eine junge Frau, nicht viel älter als Ava mit lockigen, roten Haaren unter einem Schutzhelm. Sie trug eine Jeanslatzhose und feste Stiefel. In ihrer Hand hielt sie ein automatisches Gewehr, das sie auf Liam gerichtet hielt.

„Eine Bewegung, und ich schieß euch die Eingeweide raus, ihr Arschlöcher.“

Trotz der Drohung schob sich Liam vor Ava.

„Sie kann nichts dafür“, stieß er hervor.

„Stopp!“, rief sie. „Nochmal zur Seite, du Flachnase. Ich will ihr Gesicht sehen.“

„Tun Sie ihr nichts“, rief Liam und behielt Ava hinter sich.

„Hörst du mir nicht zu? Ich tue ihr nichts. Ich will ihr Gesicht sehen."

Ava verstand nicht, was los war, aber als die Frau das Gewehr hochnahm und auf Liams Brust zielte, schob sie vorsichtig den Kopf nach vorne. Die Frau schaute ihr einen Moment direkt in die Augen, nickte dann.

„Ist sie dein Opfer?", fragte sie Liam und betonte das „dein".

„Was?"

„Hast du ihr die Lebenskraft geraubt?"

Ava staunte. Das war keine Geologin.

„Bist du ein Sandmann?", fragte Liam ungläubig.

„Nein", sagte sie genervt. „Ich bin eine Sandfrau. Und ich frage dich zum letzten Mal: Ist sie dein Opfer?"

Selbst Liam brauchte einen Moment, um das Gesagte zu verstehen. Er musterte die Frau genauer.

„Hey", rief sie garstig und fuchtelte mit dem Gewehr herum, damit Liam endlich antwortete.

„Nein", sagte Liam schnell. „Das war mein Vater. Sie war in dem Club in London."

„Du bist Ivors Sohn?", fragte sie ungläubig. „Liam?"

Er nickte. Sie senkte das Gewehr.

„Heilige Scheiße! Sie haben gesagt, dass du erst viel später aufgehört hast zu altern, aber … Ich kenne dich nur als Kind. Ich bin Erin."

Sie nahm den Helm vom Kopf, was ihr entschlossenes Gesicht mit den rotbraunen Augen noch besser zum Vorschein brachte. Ein markantes Gesicht, eine schöne Frau. Muskulös, ohne korpulent zu sein. Wie alle Sandmenschen hatte sie makellose Haut und einen wissenden Blick.

„Erin!", rief Liam plötzlich mit einer Mischung aus Unglauben und Erleichterung. „Du lebst noch!"

„Ich habe mich von den anderen Arschlöchern ferngehalten."

Liam drehte sich zu Ava: „Ich habe dir von ihr erzählt. Sie war die Frau, die allen geholfen hat, an den Kristall zu reichen. Sie … sie ist eine Gute. Sie … Du warst mit deinem Vater dort?"

Das Letzte sagte er wieder zu Erin.

„Er ist damals gestorben. An dem Tag, als das Ding runterkam."

„Das tut mir leid", sagte Liam sofort.

„Ich bin allmählich drüber weg", antwortete sie lapidar.

Dann nahm sie das Gewehr endgültig herunter und kam zu ihnen. Vielmehr zu dem Ranger.

„Mensch, Pete", sagte sie besorgt. „Wir müssen ihn in die Burg bringen."

„Es tut mir wirklich leid", sagte Liam sofort und legte ihr vorsichtig die Hand auf die Schulter. „Ich wusste nicht, dass er zu dir gehört. Wir müssen dringend in die Kristallhöhle."

„Ich weiß. Ich weiß auch, warum."

Da wurde Ava hellhörig.

„Das heißt, es funktioniert?", ging sie dazwischen. „Ich kann meine Lebenskraft in der Höhle wiederbekommen."

„Zumindest hat's schon mal funktioniert."

Ava schaute Liam mit offenem Mund an. Wieder spürte sie Tränen in den Augen. Auch er freute sich – allerdings verhaltener. Er nickte einfach nur. Immer wieder. So richtig wollte er es noch nicht glauben.

„Okay, ihr Turteltauben, helft mir mit Pete, dann reden wir über alles andere."

Sie hob den sicher nicht leichten Mann mühelos an seinen Armen hoch. Liam überschlug sich fast, um die Beine zu nehmen. Erin ging vor in Richtung Ausgang. Vorbei an der offenen Tür zur Kristallhöhle. Ava warf kurz einen Blick durch die Öffnung. Sie sah einen weitläufigen Höhlenraum, der in unwirkliches Licht getaucht war.

Eisenstangen, die die Decke stützten, elektronische Geräte, eine große geologische Karte an der hinteren Wand. Doch im nächsten Moment krachte die Tür zu. Erin hatte sie mit dem Fuß zugestoßen.

„Später“, sagte sie und strebte Richtung Tageslicht.

41

79 Stunden 46 Minuten

„Muss ein komisches Gefühl sein, jemanden nach zweihundert Jahren wiederzusehen", stellte Ava fest, als sie in dem Wohnraum der Burg saßen, wo Erin ihnen einen Kirschkuchen an den rustikalen Holztisch brachte.

„Passiert auf jeden Fall nicht oft", stellte Liam fest und lächelte Erin an.

Das geräumige Zimmer hatte neben dem Esstisch diverse Computerstationen und Regale voller Gesteinsproben zu bieten. Überall lagen und standen Ordner, Bücher, oder es flogen lose Papiere herum. Ein Chaos, dessen System wahrscheinlich nur Erin durchblickte. Im hinteren Bereich – der untersten Etage des Turms – gab es eine Stahltür, die zu einer Steintreppe in den Berg führte. Erin hatte sich einen direkten Zugang in die Kristallhöhle geschaffen.

„Selbst gebacken", sagte sie mit Blick auf den Kuchen. „Also schätzt ihn gefälligst."

„Wow, der sieht toll aus", rief Ava.

„Ich war mal ein paar Jahre Bäckerin", erklärte Erin lapidar.

„Kommt mir bekannt vor", sagte Ava schmunzelnd. „Diese ‚Ich war mal ein paar Jahre'-Sätze."

Liam musste grinsen. Erin schaute zwischen ihm und Ava hin und her.

„Kanntet ihr euch schon?“, fragte sie. „Vor der Sache in der Disco?“

Sie hatten ihr alles andere, was in den letzten Tagen geschehen war, bereits berichtet. Nun aber schüttelte Liam den Kopf.

„Dafür seht ihr aber ganz schön verknallt aus.“

Ava musste verlegen grinsen. Liam rührte einfach nur in seinem Kaffee, den Erin ebenfalls gebracht hatte. Sie hatten Pete auf einem Bett im dem kleinen Schlafzimmer eine Etage höher abgelegt – dem Raum mit den Blumen am Fenster. Er war kurz bei Bewusstsein gewesen, was Liam dazu genutzt hatte, sich mehrfach bei ihm zu entschuldigen. Jetzt durfte der ältere Mann schlafen. Ava beneidete ihn. Aber immerhin gab es Kaffee.

„Ist Pete …“, fragte Ava „Seid ihr ein Paar? Wart ihr ein Paar?“

Ava wusste nicht, wie sie die Frage formulieren sollte. Auf den ersten Blick war Pete viel älter als Erin, weswegen es unwahrscheinlich schien, dass sie zusammen waren. Andererseits war Erin faktisch mehr als hundert Jahre älter als der Mann und hätte ihn auch schon als jungen Mann kennen können. Doch Erin lachte. Sie schüttelte den Kopf.

„Wir kennen uns schon lange“, erklärte sie. „Lange genug, dass er kapiert hat, was mit mir los ist. Ich vertraue ihm. Aber er ist mehr wie ein kleiner Bruder.“

Ava musste schmunzeln.

„Wann können wir in die Kristallhöhle?“, unterbrach Liam ungeduldig den Smalltalk.

„Ich will euch erst kennenlernen, bevor ich euch in meine Höhle lasse“, entgegnete Erin.

„Es ist nicht deine Höhle“, gab Liam zurück.

Auch wenn die alte Verbundenheit schnell eine Vertrauensbasis geschaffen und das Gewehr hatte verschwinden lassen, belauerten Liam und Erin sich nach wie vor. Wahrscheinlich kannten beide zu viele Horrorgeschichten von den Taten der Sandmänner.

„Oh, doch“, widersprach Erin. „Ich habe sie gekauft. Den ganzen verdammten Berg.“

„Warum?“, fragte Ava.

Erin lachte. Dann holte sie tief Luft.

„Gute Frage. Sagen wir so: Ich bin auf der Suche nach Antworten. Ich will endlich wissen, was uns diese verdammte Scheiße eingebrockt hat.“

„Du meinst die Unsterblichkeit der Sandmänner?“, fragte Liam.

„Zunächst mal: Sandmenschen! Es gibt auch Frauen.“

Sie rollte mit den Augen und wandte sich an Ava: „Seit über zweihundert Jahre höre ich mir den Scheiß an. Sandmänner, Sandmänner, Sandmänner. Und dann immer diese fünfzigjährigen Jungspunde im Baumarkt, wenn ich ein Ersatzteil für die Bohranlagen kaufe. ‚Lassen Sie mich das heben, junge Frau. Ist der für Ihren Mann?‘“

Sie verstellte ihre Stimme, so dass Ava lachen musste.

„Ich bin älter als er. Ich bin stärker als er. Und ich habe hier in einem Jahr mehr Löcher gebohrt als alle Männer in den Highlands zusammen.“

Es war herrlich zu sehen, wie sie sich aufregte. Nach den Strapazen tat es Ava ungemein gut, lachen zu können. Auch Liam musste schmunzeln.

„Wonach bohrst du?“, fragte er.

„Nach Antworten. Habe ich doch gerade gesagt, du Flachnase.“

Sie seufzte. Ava vergaß ihren Kuchen bei dem Schauspiel, das Erin ihr bot. Sie hatte diese Frau längst ins Herz geschlossen.

„Ich will wissen, warum wir diese Kräfte haben. Woher sie kommen. Wie man sie …“

Sie stoppte sich selbst, musterte Liam.

„Wie hältst du dich am Leben?“, fragte sie ihn im Verhörton.

Ava verstand. Sie wollte wissen, ob er einer der mörderischen Sandmänner war.

„Durch Sterbende. Ich war Arzt, Feuerwehrmann, Soldat, zurzeit bin ich Sanitäter. Dabei habe ich sie kennengelernt.“

Er deutete auf Ava.

„Und du?“, gab er die Frage nicht weniger lauernd an Erin zurück.

Sie zögerte einen Moment.

„Sterbehilfe“, sagte sie schließlich. „Es gibt Menschen, die sterben wollen, es aber nicht können. Ich helfe ihnen, friedlich einzuschlafen. Mittlerweile habe ich sogar eine Website dafür und mehr Anfragen, als mir lieb ist. In katholischen Ländern ist der Bedarf verdammt groß.“

„Fragt dich keiner, wie du das ohne Medikamente machst?“, wollte Liam wissen.

„Doch, aber die, denen ich es erzähle, nehmen das Wissen mit ins Grab.“

Sie zuckte mit den Schultern. Stille im Raum. Ava spürte einmal mehr, wie sehr die Unsterblichkeit der Sandmänner mit dem Tod verknüpft war.

„Allerdings würde ich sie lieber heilen, als sie zu töten“, sagte Erin mehr zu sich selbst. „So wie wir alle geheilt wurden. Auch deswegen mache ich aus dem Berg einen Schweizer Käse.“

„Du glaubst, dass der Berg der Schlüssel dazu ist?“, fragte Liam skeptisch.

Erin nickte.

„Wusstet ihr, dass er auf dem Krater eines Meteoriten steht?“

Ava schüttelte den Kopf. Auch Liam staunte.

„Seht ihr!“, rief Erin. „So habe ich auch geschaut, als ich

das erfahren habe. Die Wissenschaft weiß das noch gar nicht so lange, weil der Berg die Absturzstelle überdeckt. Aber man ist sich ziemlich sicher, dass es hier vor über einer Milliarde Jahren ordentlich gerumst hat. Einer der größten Meteoriten, der je auf die Erde gekracht ist."

„Wow", entfuhr es Liam. „Das könnte einiges erklären."

Erin nickte.

„Als ich davon gehört habe, habe ich erst mal ein neues Leben angefangen und Geologie studiert. Jahrelang bin ich immer wieder hierhergefahren, hab mir alles angeschaut und irgendwann habe ich kapiert: Das ist doch irre. Es müssen noch Dutzende von uns herumlaufen. Seit weiß Gott ganz schön langer Zeit. Aber nie hat sich einer mal auf den Weg gemacht, um herauszufinden, was das alles eigentlich soll. Warum gerade hier? Warum gerade wir?"

„Und?", fragte Ava gebannt. „Hast du Antworten gefunden?"

Erin seufzte, zögerte mit einer Antwort.

„Sie hat eine Menge Steine gefunden, sonst nichts."

Pete war auf der Treppe von oben erschienen. Er hielt sich noch den Kopf, sah aber wieder ganz fit aus. Liam sprang sofort auf.

„Alles okay?", fragte er.

„Es geht wieder. Nicht noch eine Entschuldigung, ja?"

Er winkte bereits ab und kam zu den anderen. Liam bat ihm seinen Stuhl an, den Pete lächelnd annahm.

„Er hat leider recht", sagte Erin derweil. „Ich weiß heute nicht viel mehr als letztes Jahr. Ich kann euch sagen, wie dieser wunderbare Sand entstanden ist, den wir alle mit unseren Händen aus dem Boden gekratzt haben. Aber was der Kristall zu bedeuten hat, wieso diese Höhle immer noch eine magische Wirkung hat. Ich weiß es nicht …"

„Das hat sie noch?", fragte Ava. „Eine magische Wirkung?"

Erin nickte.

„Willst du noch einen Kaffee?“, fragte sie Ava. „Komm mit. Wir holen dir einen.“

Ava hatte ihren kaum ausgetrunken, doch sie folgte Erin gerne in die Küche. Anscheinend wollte die Sandfrau mit ihr alleine reden. Liam sah es mit Sorge, doch Pete wollte von ihm wissen, an welcher Stelle sie über den Zaun gekommen waren. Er hatte das Pärchen nicht auf seinem Handy gesehen, sondern war auf Verdacht in die Höhle gegangen, nachdem er sie um das Grundstück hatte schleichen sehen. Sein Wegfahren war nur eine Falle gewesen. Der wegen des Angriffs nach wie vor peinlich berührte Liam antwortete ihm hilfsbereit auf alle Fragen, so dass Ava und Erin ungestört waren.

„Ich war dabei“, eröffnete Erin das Gespräch, während sie in der kleinen Küche Kaffee nachschenkte.

„Wobei?“

„Als ein Sandmann ein Opfer geheilt hat. In der Höhle.“

„Wow“, entfuhr es Ava.

„Ist schon verdammt lange her, aber es hat funktioniert. Ich weiß nicht, was aus ihr geworden ist, aber …“

Erin zögerte. Der Bericht ging ihr nah. Ihre Augen wurden feucht.

„Sie hat mit seiner Lebenskraft wieder schlafen können – ohne zu sterben.“

Avas Herz meldete sich. Es pochte stärker – diesmal vor Glück. In dem Moment lachte Liam über eine Bemerkung von Pete. Er hatte so ein schönes Lachen, das er viel zu selten zeigen konnte. Es dauerte einen Moment, bis die Bedeutung von Erins Worten gänzlich bei Ava ankam, die sich einmal mehr darüber freute, diesen wunderbaren Mann kennengelernt zu haben. Doch dann traf es sie wie ein Blitz.

„Was heißt das?“, fragte sie Erin mit aufkommender Panik. „Sie hat mit ‚seiner Lebenskraft‘ weitergelebt?“

Erin legte die Stirn in Falten. Auch sie blickte zu Liam.

„Er hat es dir nicht gesagt?"

„Was?"

„Was glaubst du, was da unten passieren wird?"

„Ich weiß es nicht. Liam hat nie erklärt, wie es funktioniert."

Erin verzog das Gesicht.

„Was?", fragte Ava mit Nachdruck.

Erin zögerte noch einen Moment, sagte dann entschlossen: „Du bekommst deine Lebensenergie nicht aus der Luft zurück. Jemand muss dir seine geben. Ein Sandmensch."

„Er wird danach sterben?", sprach Ava fassungslos aus, was Liam ihr bisher verschwiegen hatte.

Erin nickte. Ava wirbelte herum und fixierte Liam. Nein. Das durfte nicht sein. Natürlich erklärte es, warum er die ganze Zeit so verhalten war. Warum er ihr seine Liebe nicht gestand und immer wieder traurig oder sentimental gewirkt hatte. Die Fahrt, die sie retten sollte, war seine Fahrt in den Tod. Ein Wirbelsturm der Gefühle überrollte Ava. Eine tiefe Liebe für diesen wunderbaren Mann. Panik und Angst. Wut darüber, dass er ihr dieses kleine Detail verschwiegen hatte. Aber vor allem Entschlossenheit. In dem Moment schaute Liam mitten im Satz durch den Türspalt zu ihr. Er stockte. Sofort sah er, dass etwas mit ihr nicht stimmte.

„Was ist?", fragte er alarmiert.

„Du bist ein Idiot", zischte sie und konnte die Tränen nur schwer zurückhalten. „Du bist ein Idiot, wenn du glaubst, dass ich das zulasse."

Mit diesen Worten stürmte sie in das Wohnzimmer. Sie griff sich ihre Jacke und wollte zur Tür. Doch Liam war schneller und sprang ihr in den Weg. Ein kurzer, kritischer Blick zu Erin, dem diese aber locker standhalten konnte.

„Lass mich erklären.“

Er wollte ihre Hand nehmen, doch Ava stieß ihn weg und eilte in die andere Richtung davon. Ein Fenster zum Berg stand offen. Sie sprang mehr oder weniger hinaus und rannte den Berg hoch. So schnell sie konnte. Was nicht besonders schnell war, denn die Müdigkeit ließ sie stolpern und immer wieder fallen. Aber sie raffte sich jedes Mal wieder auf, auch mit Schmerzen in den Knien und Knöcheln, und rannte einfach weiter. Ziellos. Weg von dieser Ungeheuerlichkeit.

Natürlich war Liam schneller. Sie war noch nicht einmal auf dem Gipfel angelangt, als sein fester Griff ihren Arm umklammerte.

„Lass mich“, fuhr sie ihn an.

Er hielt sie.

„Hör mir zu!“, rief er.

„Ach, jetzt willst du mit mir reden? Du schleppst mich den ganzen Weg durch das Land hier hin, ohne ein Wort, und jetzt willst du reden?“

„Ich wollte es nicht komplizierter machen, als es sowieso schon ist.“

„Wann hättest du es mir denn gesagt, dass du für mich sterben willst? Fünf Minuten vorher? Oder gar nicht? Wie dein Vater bei Mylo? Mich im Glauben lassen, dass alles gut wird, und dann bist du plötzlich tot?“

„Das ist nicht fair“, zischte Liam.

„Es ist auch nicht fair, was du vorhast. Es ist eine noble tolle Geste. Endlich kannst du mal wirklich was für ein Opfer deines Vaters tun. Aber es nützt mir nichts, Liam. Weil ich verdammt nochmal nicht mehr ohne dich leben kann.“

„Und ich nicht ohne dich.“

Sie waren beiden extrem aufgewühlt und starrten sich mit einer Mischung aus Wut und Verzweiflung an.

„Der Unterschied ist“, ergänzte Liam. „Ich kann dich retten. Du mich aber nicht.“

„Ich lasse es nicht zu.“

„Sei nicht kindisch.“

„Kindisch?“

„Ava, ich habe mein Leben gelebt. Ein furchtbar langes Leben. Du hast alles noch vor dir.“

„Vielleicht fängt dein Leben jetzt erst richtig an. Wenn dein beschissener Vater tot ist und du nicht mehr diese Schuldkomplexe mit dir herumträgst und …“

Ihr versagte die Stimme. Liam ließ sie nach wie vor nicht aus seinem Griff, auch wenn sie zog und zerrte.

„Weißt du, was dein Problem ist?“, stieß Liam hervor. „Du willst geliebt werden, aber du glaubst nicht, dass man dich lieben kann. Keine Ahnung, wer dir das in den Kopf gesetzt hat. Aber jedes Mal, wenn jemand dir Zuneigung zeigt, stößt du ihn weg. Weil du irgendeine fiese Absicht dahinter vermutest. Einen Plan, etwas anderes zu erreichen, dich auszunutzen, ins Bett zu kriegen oder was auch immer. Aber es gibt Neuigkeiten: Man kann dich auch einfach so lieben für das, was du bist. Es ist sogar sehr einfach. Ich tue es. Damit musst du mal klarkommen.“

„Du kennst mich doch überhaupt nicht“, gab Ava trotzig zurück.

„Oh doch. Ich kenne dich wahrscheinlich besser als jeder andere. Du lässt doch niemanden an dich ran. Was wir zusammen erlebt haben, was ich dich habe tun sehen, was ich in dir gesehen habe … das ist wunderschön. Du bist wunderschön. Vielleicht wollte ich am Anfang wirklich nur endlich einem Opfer meines Vaters helfen. Aber … Darum geht es schon lange nicht mehr. Ich liebe dich. Und es wäre mir eine Freude, für dich zu sterben.“

Ava spürte, wie die Tränen unaufhaltsam ihre Wangen hinabliefen. Sie konnte nichts dagegen tun. ‚Du bekommst hier nichts geschenkt', musste sie denken. Immer und immer wieder. Und dieser Mann wollte ihr sein Leben schenken.

„Es muss anders gehen", rief sie verzweifelt. „Ich will, dass wir zusammen sind. Wir machen das mit den Wiederbelebungen."

„Das ist kein Leben."

„Es muss anders gehen. Ich liebe dich nämlich auch."

Liam seufzte. Er lockerte den Griff an ihrem Arm, aber er ließ sie nicht los.

„Du hast gar keine Wahl", sagte er. „Wenn du nicht freiwillig mitkommst, zerre ich dich an den Haaren da runter und sorge verdammt nochmal dafür, dass du dein Leben zurückbekommst. Mir wäre es lieber, du machst es freiwillig."

Ava schüttelte erbost den Kopf. Liam wurde ruhiger, blickte ihr eindringlich in die Augen.

„Ich werde nicht sofort sterben, sondern erst bei meinem nächsten Schlaf. Wir können noch ein paar Tage zusammen erleben. Wir machen es uns schön, und …"

„Och, nee, jetzt nicht wieder Malediven und so."

Das kam so trotzig aus tiefem Herzen, dass sogar Liam lachen musste. Ava dadurch auch. Die Situation war an Absurdität kaum zu übertreffen. Doch. Das war sie, wie Ava bei einem Blick an Liam vorbei feststellte.

„Dein Vater", stieß sie atemlos hervor.

Liam wirbelte herum und sah es auch: Ivor stand am Tor zum Parkplatz. Es war noch geöffnet, weil Pete soeben seinen Wagen geholt und wieder geparkt hatte. Ivor hatte auf diesen Moment gewartet. Nun trat er auf das Gelände und humpelte entschlossen auf die Burg zu.

„Verdammt", rief Liam und: „Bleib hier!"

Er ließ Ava los und rannte den Berg hinab. Sie war einen Moment starr vor Schreck. Natürlich wäre es die perfekte

Gelegenheit gewesen zu entkommen. Aber daran dachte sie nicht einmal. Auch sie eilte los zur Burg. Pete war mittlerweile aus seinem Wagen gestiegen und ging auf Ivor zu.

„Nein", schrie Liam, so dass es durch das ganze Tal hallte.

Aber es war zu spät. Ivor war schon bei Pete und zog ihm den Griff seiner Pistole über den Kopf. Der bedauernswerte, alte Mann brach auf dem Parkplatz zusammen. Ava blieb die Luft weg. Sie rannte nur noch schneller. Zu Erin. Zu Liam. In ihr Verderben.

42

80 Stunden 4 Minuten

Ein Schuss hallte den Berg hoch. Er ließ Ava das Blut in den Adern gefrieren. Sie sah nicht, wem er gegolten hatte, aber da unten waren nur der bewusstlose Pete und Erin. Als sie die Burg erreichte, sah sie durch das Fenster, aus dem sie geflohen war, dass Liam sich bereits in dem Wohnraum befand und an der Tür zum Parkplatz in Deckung gegangen war. Er spähte vorsichtig nach draußen. Ava kletterte schnell nach drinnen. Liam entdeckte sie mit sichtlichem Unglauben.

„Kannst du nicht einmal machen, was man dir sagt?“, zischte er in Avas Richtung.

„Hat er Erin erschossen?“, flüsterte sie aufgebracht.

Liam schüttelte den Kopf. Sie konnte seinem Blick nach draußen folgen. Erin saß auf dem Boden, rieb sich die Hände. Neben ihr lag das Gewehr, das Ivor ihr aus der Hand geschossen hatte. Er stand mit seiner Pistole in der Hand zehn Meter von ihr entfernt, kam aber nun ungläubig näher.

„Erin?“, rief er. „Was in aller Welt machst du denn hier?“

„Dir die Eier rasieren, wenn ich dich in die Finger kriege.“

Sie war unverletzt und kampflustig.

„Er will mich“, zischte Ava. „Lass mich runtergehen.“

Sie wollte aufstehen, doch Liam riss sie zurück.

„Warte. Er wird ihr nichts tun."

Er schaute sich in dem Wohnraum um – wahrscheinlich auf der Suche nach einem weiteren Gewehr. Doch die einzigen Waffen waren draußen bei Erin und Pete, dessen Körper regungslos in der Sonne lag. Ivor kam derweil zu Erin und packte sie am Kragen.

„Von dir will ich nichts", erklärte er. „Wo sind die Kids?"

Damit waren wohl Ava und Liam gemeint. Erin antwortete nicht. Sie wehrte sich, aber Ivor war trotz offensichtlicher Schwäche noch immer wendig genug, um ihren Schlägen und Tritten auszuweichen.

„Halt still, oder ich schieße. Ich meine es ernst."

Sie verharrte. Also konnte er sie über den sandigen Boden zu einem kleinen Geräteschuppen schleifen.

„Komm mit!", sagte Liam und nahm Ava an der Hand.

Er hatte genug gesehen.

„Aber Erin."

„Er wird ihr nichts tun, glaub mir. Aber dir … Komm, ich weiß, wie wir hier wegkommen."

Widerwillig ließ sie sich von ihm davonziehen. Gebückt ging es zum Fuß des Turmes, aus dem die Treppe nach unten führte. Als Liam sie in den Berg ziehen wollte, stoppte Ava unweigerlich.

„Nee, nee. Wir machen jetzt nicht das Ritual."

Liam seufzte, blickte sie eindringlich an.

„Können wir gar nicht. Sonst kriegt er dich. Ich will auf der anderen Seite aus der Höhle raus. In Sicherheit."

Ava zögerte noch, aber da hörten sie von draußen das Zuknallen der Schuppentür. Es schepperte noch einmal. Irgendwie hatte Ivor Erin eingesperrt. Er würde sich nun auf die Suche nach ihnen machen. Ava machte einen Schritt auf die Treppe in die Tiefe. Liam schloss die Tür hinter ihnen. Es wurde schlagartig stockdunkel. Instinktiv bekam Ava Angst einzuschlafen. Sie riss die Augen weit auf. In der Zwischenzeit hatte Liam das Handy aus der Tasche gekramt. Er schaltete das Licht ein und leuchtete den Tunnel hinunter. Es war fast wie im Tunnel unter dem Krankenhaus in London. Obwohl seit der Flucht aus dem Barts nur zwei Tage vergangen waren, kam es Ava vor, als ob sie seitdem ein ganzes Leben gelebt hätte.

Erin hatte ganze Arbeit geleistet. Es gab in den Stein gehauene Stufen. Man konnte leicht gebückt immer weiter in den Berg hineingehen. Liam war direkt hinter Ava. Sie spürte seinen Atem in ihrem Nacken. Es war zum Verzweifeln. Natürlich wollte sie nicht sterben, aber sie konnte doch nicht ewig weiter fliehen. Wohin? Mit welchem Ziel? Sie war so verdammt müde, alles schmerzte, sie konnte nicht mehr. Als ob er ihre Schwäche spürte, legte Liam sanft seine Hand auf ihre Hüfte und schob sie weiter. Es half.

Bald wurde aus dem in den Stein gehauenen Gang ein viel größerer, unebener. Dieser musste vorher schon im Berg gewesen sein. Erin hatte ihn mit der Burg verbunden. Sie gingen jetzt aufrecht nebeneinander. Bald kamen sie zu einer Kurve, hinter der bereits Licht in den Gang fiel. Als sie um die Ecke bogen, standen sie in der großen Höhle, die Ava vorhin kurz gesehen hatte. Sie blieb stehen, um den Eindruck in sich aufzunehmen.

Die Kristallhöhle war wie Liam sie beschrieben hatte: In der Mitte gab es eine runde Vertiefung mit leicht geschwungenen Rändern. Wenn man es wusste, erinnerte es einen tatsächlich an einen Krater. Dort war der Boden viel glatter als in der restlichen Höhle. Erin hatte die Wände mit Mess- und Bohrgeräten zugestellt, eine Wand war mit einer Karte der Bohrungen behangen. Überall gab es Löcher im Boden, der Decke und den Wänden. Manche nicht größer als eine Münze, andere so groß wie ein Teller. An einigen Stellen war die Decke mit festen Eisenstangen gestützt – um durch die Bohrungen keinen Einsturz zu provozieren. Auch an dieser Decke hingen Lampen, die die Kristallhöhle erhellten. Dennoch herrschte ein anderer Lichtton als in der vorderen Höhle. Sandfarben. Es kam von der Decke, die an manchen Stellen wirkte, als ob man feinen, funkelnden Sand daran geklebt hätte. Ava sah den Platz, an dem einst der große Kristall gehangen haben musste. Dort gab es eine deutliche Aushöhlung in der Decke – zudem befand sich die Stelle über dem tiefsten Punkt des Kraters.

Auch Liam hatte für einen Moment ehrfürchtig innegehalten. Doch schon zog er Ava weiter. Kurz befürchtete sie, dass er doch zur Mitte des Raumes mit ihr wollte, aber dann schlug er den Weg Richtung der gemauerten Wand ein, wo man durch die Tür zum Höhlenausgang gelangte. Sie war geschlossen, zugetreten von Erin. Auch auf dieser Seite gab es nur einen Knauf. Liams Miene verdüsterte sich bereits, er grifft trotzdem danach und versuchte den Knauf zu drehen. Es ging nicht. Er rüttelte. Die Tür bewegte sich keinen Millimeter. Sie war nicht dafür gedacht, regelmäßig benutzt zu werden. Und wenn, dann nur mit einem Schlüssel. Liam fluchte leise und schaute sich hastig um.

„Sie ist nur ins Schloss gefallen“, murmelte er. „Nicht abgeschlossen.“

Er entdeckte einen Werkzeugkasten, rannte hin und kippte ihn aus. Ava stand einfach nur da. Ihr war schwindelig. Sie konnte sich nicht mehr bewegen. Liam hatte einen großen Schraubenzieher gefunden. Damit machte er sich an der Tür zu schaffen. Doch sowohl das Schloss, als auch die Tür selbst waren zu robust, um ihnen so beizukommen.

„Ich brauche etwas Flaches, wie eine Scheckkarte“, verkündete Liam.

Er schaute sich wieder um. Ava sah sich ebenfalls um, aber vor ihren Augen verschwamm alles. Irgendetwas fand

Liam dann doch noch an einem der Messgeräte. Er riss es ab und eilte zurück zur Tür. Derweil blickte Ava in Richtung des Tunnels, aus dem sie gekommen waren. Bewegte sich da etwas? Vor lauter Lichtflecken konnte sie kaum etwas ausmachen. Erst als die menschlichen Umrisse sich auf sie zubewegten, kapierte sie es.

„Liam“, entfuhr es ihr.

Er war sofort bei ihr. Nein, sogar vor ihr. Um sie zu schützen. Vor seinem Vater, der die Kristallhöhle betreten hatte. Das konnte Ava nun endlich auch sehen. Das gefürchtete Gesicht mit dem Bart zeigte ein Lächeln. Er stand wenige Meter vor ihnen, mit der gesenkten Pistole in der Hand. Liam dagegen umklammerte den Schraubenzieher.

„Ich will nur den Kristall“, stieß sein Vater hervor. „Wo ist er?“

„Das glaube ich dir nicht“, antwortete Liam.

„Na gut“, gab der Vater unumwunden zu. „Ich will auch verhindern, dass du den Schwachsinn durchziehst, für den du hergekommen bist. Du willst die arme Seele retten, ja?“

Die arme Seele wurde bei ihrem Stichwort endlich wieder wacher. Ivor hatte von dieser Möglichkeit also auch schon gehört. Deswegen war ihm klar gewesen, wohin Liam mit Ava gewollt hatte.

„Eine fremde Frau?“, fragte er ungläubig. „Nur weil ich sie beraubt habe? Ist das nicht vollkommen übertrieben?“

Auch er klang erschöpft. Ava machte einen frischen Verband an seinem Fuß aus, professionell angelegt.

„Nimm dich nicht schon wieder so verdammt wichtig“, widersprach Liam seinem Vater. „Ich mache das, weil ich sie liebe. Weil ich zum ersten Mal seit Bonnie etwas für einen Menschen empfinde, das stärker ist als ich selbst. Das wichtiger ist als ich selbst.“

Ivor wirkte überrascht. Er sagte nichts dazu. Dafür konnte Ava sich nicht mehr länger anhören, wie ihr Schicksal von den Männern verhandelt wurde, als ob sie nicht im Raum wäre.

„In dem Fall kann ich dich allerdings beruhigen", rief sie Ivor zu. „Er wird sich nicht opfern. Weil ich es nicht zulasse."

Ivor staunte sie an, dann musste er laut lachen.

„Ich sag ja: Die ist besonders. Langsam verstehe ich, was du an ihr findest. Aber dann ist ja alles okay. Du gibst mir meinen Kristall zurück, und ich lass euch euren letzten Stunden miteinander genießen, bevor du einschläfst."

Er strahlte Ava an, als ob er eine Win-Win-Situation verkündet hätte.

„Niemals", schrie Liam und stürzte sich auf Ivor.

Der Schraubenzieher stach in den Arm mit der Pistole, so dass Ivor sie fallenließ. Allerdings konnte er Liam mit der anderen Hand kraftvoll zur Seite stoßen, so dass er mit dem Kopf vor eine Felswand knallte. Ava wollte sich nach der Pistole bücken, doch Ivor schoss sie mit dem Fuß weg. Sie schlitterte direkt auf ein großes Bohrloch zu, in das sie klappernd hinabfiel. Ava hielt Ausschau nach einer anderen Waffe, während Liam sich aufrappelte und benommen mit seinem Vater rang. Er trat ihn vor die Wunde am Oberschenkel, Ivor schrie auf und gab Liam eine schallende Ohrfeige, als ob er noch ein Kind wäre. Liams Kopf flog zur Seite. Es schmerzte Ava, das zu sehen. Sie sprang wütend auf Ivor, der sie jedoch abwimmelte wie eine lästige Fliege. Sie landete auf dem Boden – wo auch Liam schon lag. Im nächsten Moment packte Ivor den Arm seines Sohns und Ava hörte ein Klicken. Erst als sie genauer hinschaute, entdeckte sie Petes Handschellen, die Ivor nun mit dem anderen Ende an einer der Stützstangen festmachte. Liam riss daran, aber es war zu spät. Er konnte sich nicht lösen. Er trat noch einmal nach Ivor, doch der wich aus. Er ging auf Ava zu.

„Wo ist mein Kristall?", fragte er sie.

„Lass die Finger von ihr!“, schrie Liam und trat wie ein Besessener gegen die Stützstange.

Ava rappelte sich auf. Sie hatte keine Chance, zum rettenden Tunnel zu gelangen, also rannte sie tiefer in die Höhle. In den Krater. Weg von Liam, so dass der versuchen konnte, die Stange zum Fallen zu bringen und sich so zu befreien. Ivor folgte Ava. Er sah ungefähr so beschissen aus wie Ava sich fühlte. Er humpelte, die Wunde am Bein blutete wieder und nun auch noch der Arm, in dem der Schraubenzieher steckte. Ivor zog ihn nicht einmal heraus.

„Ich brauche den Kristall“, zischte er.

„Um deine Schmerzen zu stoppen?“, fragte Ava im Rückwärtsgehen. „Um dich zu heilen? Mit dem Leben unschuldiger Menschen? Das werde ich nicht zulassen.“

Ivor sagte nichts dazu. Er ging einfach nur unbeirrt weiter.

„Wenn du ihr nur ein Haar krümmst, bringe ich dich um“, schrie Liam, während er weiter die Stange bearbeitete. „Ich werde dich jagen und finden. Ich werde dich töten. Diesmal hält mich nichts auf. Nichts!“

Ivor blieb stehen und drehte sich zu seinem Sohn.

„Ich will ihr doch gar nichts tun“, sagte er gequält. „Ich will doch nur …Wieso hasst du mich so sehr?“

„Wieso ich dich …?“

Bei der fast schon naiv ausgesprochenen Frage verschlug es Liam die Sprache. Er hielt inne.

„Weißt du, was ich alles für dich getan habe?“, klagte Ivor. „Getan, damit du überleben kannst? Meinst du, mir ist es leicht gefallen, meinen Enkel sterben zu sehen? Dich leiden zu sehen? Immer und immer wieder von dir verstoßen zu werden? Ich liebe dich trotzdem, Liam. Wie vor zweihundert Jahren. Wenn du sagst, dass diese Frau dich glücklich macht – und sei es nur noch für ein paar Stunden –, dann werde ich ihr nichts tun. Ich bin dein Vater. Ich tue alles für dich.“

Liam lachte.
„Du tust alles für dich. Sonst für niemanden."
Ivor seufzte. Er blickte wieder zu Ava, die plötzlich mit dem Rücken gegen die hintere Höhlenwand stieß. Es gab keinen Ausweg mehr.
„Gib mir den Kristall, und ich gehe", sagte er freundlich zu ihr.
„Niemals!", zischte sie noch einmal.
Für einen Moment herrschte Stille in der Kristallhöhle. Man hörte nur das rasselnde Atmen von Ivor. Jeder verharrte an seinem Platz. Jeder erschöpft, ratlos.
„Ava, gib ihm den Kristall", sagte Liam schließlich mit fester Stimme.
„Was?", entfuhr es ihr.
„Er wird dir nichts tun. Und er wird auch niemand anderem mehr etwas tun. Er wird mit dem verdammten Krebs leben und sterben. Sonst reiße ich ihm die Eingeweide heraus."
Ivor schaute kopfschüttelnd zu Liam, der dies jedoch ignorierte.
„Vertrau mir", sagte Liam in Richtung Ava. „Es ist der einzige Weg, wie wir das hier lösen können."
Ava wusste nicht, ob sie im wachen Zustand anders gehandelt hätte. Aber auch wenn alles in ihr Liams Aufforderung widerstrebte, vertraute sie ihm. Wem, wenn nicht ihm? Also zog sie den Kristall aus ihrer Hosentasche und hielt ihn Ivor hin. Der wirkte überrascht, aber auch ergriffen. Er blickte noch einmal zu seinem Sohn.
„Eine Bedingung", rief Liam. „Du machst mich selbst los, wenn du den Kristall hast. Sie ist zu schwach."
Er schaute besorgt zu Ava, die sich tatsächlich nicht mehr auf den Beinen halten konnte. Sie wankte.
„Du liebst sie wirklich, ja?", stellte Ivor in Liams Richtung mehr fest, als dass er fragte.

„Mehr als alles in der Welt", antwortete Liam, ohne zu zögern.

Ava spürte die Tränen, die Wärme in ihrem Herzen. Aber auch die Schwäche. Die unendliche Schwäche. Sie schloss die Augen, hatte das Gefühl, im Stehen einzuschlafen. Aus der Ferne hörte sie hastige Schritte, dann packte eine Hand sie am Arm und verhinderte, dass sie zu Boden fiel.

„Pass auf sie auf", hörte sie Liams verzweifelte Stimme ganz in der Ferne.

Mit Mühe schob sie ein Augenlid hoch. Ivor trug sie auf seinen Armen. Er brachte sie in die Mitte des Kraters, legte sie dort ab. Sie spürte den kalten Boden in ihrem Rücken.

„Vater, mach keinen Scheiß! Lass sie nicht einschlafen! Nimm den Kristall, mach mich los und hau ab!"

Den Kristall nahm Ivor aus Avas Hand. Ansonsten machte er nichts von dem, was Liam verlangte. Stattdessen lächelte er Ava an.

„Er liebt dich sehr", sagte er mit feuchten Augen. „So sehr, dass er sich wirklich für dich opfern wird. Ob du es willst oder nicht."

Ava schüttelte den Kopf. Sie wollte es nicht. Doch Ivor nickte, er kannte seinen Sohn. Liam würde Ava seine Lebenskraft schenken, sobald Ivor ihn losmachte.

„Ich werde diesen Jungen nicht auch noch verlieren", erhob Ivor seine Stimme. „Ich werde das nicht zulassen."

„Vater!", schrie Liam vor Angst berstend.

Ava wusste, dass es nun so oder so um sie geschehen war. Also konnte sie doch auch einfach schlafen. Endlich schlafen. Sie schloss die Augen. Sie sah ihn kommen, den Bruder des Todes. Den süßen Schlaf, den sie nun seit mehr als achtzig Stunden vermisste. Frieden, Ruhe. Da spürte sie, dass Ivor ihre Hand nahm. Sie spürte, dass er sie mit seinen beiden, starken Händen umschloss, den Kristall dazwischen. Immerhin hielt er ihre Hand, als sie in das

Reich der Träume versank. Sie wurde ganz leicht, all ihre Schmerzen verschwanden, warme Luft füllte ihre Lunge, die sich endlich wieder in Gänze ausdehnen konnte. Ihr gesamter Körper wurde warm, schien zu schweben. Sie war hellwach. So wunderschön und vor allem so lebendig hatte sie sich das Sterben nicht vorgestellt. Sie hörte sogar Liams Stimme.

„Was machst du?", hauchte die Liebe ihres Lebens in weiter Ferne, aber sie konnte ihn genau hören, als ob der Tod ihre Sinne geschärft hätte.

Sie öffnete die Augen und erwartete an der Decke zu schweben, ihren eigenen leblosen Körper zu sehen, wie man es von Menschen mit Nahtod-Erfahrungen las. Aber sie sah nur in die flatternden Augen von Ivor, der bei ihr saß. Sie lag nach wie vor auf dem Boden in dem Krater – über ihr die runde Auswölbung aus glitzerndem Stein. Wie zuvor – nur, dass sie plötzlich hellwach, stark und ohne Schmerzen war, während Ivor kaum noch aufrecht sitzen konnte. Sie blickte zu Liam. Als er sie ansah, schossen ihm Tränen ins Gesicht.

„Mach mich los!", rief er ihr aufgebracht zu. „Mach mich sofort los!"

Ava stand auf. Ivor ließ sie. Sie konnte sich problemlos hinstellen. Mit federnden Schritten eilte sie zu Liam, der auf den Boden deutete. Sofort sah sie den kleinen Schlüssel. Fünf Minuten zuvor hätte sie ihn niemals auf dem dunklen Stein ausmachen können. Sie hob ihn auf und machte sich an den Handschellen zu schaffen. Liam strahlte sie weinend an, streichelte sie, küsste sie. Doch als er befreit war, eilte er zu seinem Vater, der zur Seite gekippt war. Liam ließ sich neben ihm auf den Boden fallen, nahm seine Hand.

„Danke, Papa", sagte er mit bebendem Kinn. „Danke."

In dem Moment kapierte endlich auch Ava, was passiert war. Was Ivor getan hatte. Wie in Zeitlupe ging sie zu Vater und Sohn.

„Ich bin müde", hauchte Ivor.

„Ich weiß", sagte Liam. „Es tut mir so leid, dass … dass wir keine besseren Jahre miteinander hatten."

„Mir auch", flüsterte sein Vater. „Aber es reicht mir, wenn du jetzt in diesem Moment bei mir bleibst."

„Natürlich", rief Liam. „Natürlich."

Auch Ava kniete sich zu den beiden auf den Boden. Ivor lächelte sie an.

„Du bist wirklich wunderschön."

„Danke", hauchte Ava.

Er nahm mit letzter Kraft erneut ihre Hand und legte den Kristall hinein.

„Das ist nun wirklich deiner."

Ava starrte auf das kleine Stück in ihrer Hand, das ihr erst das Leben genommen und nun ein neues gegeben hatte. Ivor dreht sich zu seinem Sohn. Er lächelte ihn noch einmal an. Dann schloss er die Augen. Liam zog seinen Vater zu sich, hielt ihn in den Armen und weinte bitterlich. So lange, bis der alte Sandmann keinen Atemzug mehr tat. Dann legte Liam Ivors Kopf sanft auf dem Boden der Höhle ab. Er blickte zu Ava und reichte ihr beide Hände. Sie nahm sie. Sie blickten sich in die Augen. Wach und lebendig.

43

81 Stunden

Anders als nach dem Schlag von Liam war es bei Pete dieses Mal nicht mit ein wenig Bettruhe getan. Ein Rettungswagen holte ihn von dem Gelände in den Bergen. Erin hielt seine Hand, als er in den Wagen geschoben wurde. Sein Bewusstsein war nach wie vor getrübt, den Kopf zierte eine fiese Wunde. Doch er würde es überstehen, das hatte der Notarzt Erin mehrfach versichert. Sie standen zusammen, als der Rettungswagen über die steinige Straße davonrumpelte.

„Dieser arme Bastard", sagte Erin. „Er hat weiß Gott viel mitgemacht bei mir, aber heute …"

Sie seufzte.

„Na ja. Er ist ein harter Hund."

Damit war für sie alles zu dem Thema gesagt. Sie wandte sich Liam und Ava zu. Dabei musste sie unweigerlich über das ganze Gesicht strahlen.

„Ich liebe es, diesen Kranz um deine Augen zu sehen", sagte sie zu Ava.

Ava lächelte. Sie nahm gerne die gereichten Hände der Sandfrau. Ein verbundener Moment zwischen den Frauen.

„Ich bin trotzdem verdammt müde", erklärte sie.

Nachdem Ivor gestorben war, waren sie aus der Kristallhöhle geeilt, um sich um die anderen zu kümmern. Erin war kurz davor gewesen, sich selbst aus dem Schuppen zu befreien. Die einzig wahre Sorge hatte Pete gegolten, aber nachdem dieser nun versorgt war und die Anspannung endgültig von Ava abfiel, zogen ihre Augenlider einmal mehr dramatisch nach unten.

„Warum schläfst du nicht einfach ein bisschen?", fragte Liam lapidar.

Ava haute ihn. Er lachte und nahm sie übermütig in den Arm. Seine Stimmung wechselte alle zwei Minuten. Trauer und Ergriffenheit wegen seines Vaters, Sorge um Pete und letztlich fast schon kindliche Euphorie wechselten sich ab. Ava war vor allem euphorisch. Auch wenn die mit nichts vergleichbare Tat von Ivor ihr das Leben gerettet hatte, konnte sie nicht vergessen, dass er für den Tod vieler, vieler Menschen verantwortlich war – nicht nur für den von Amy, Chloe und Olivia. Nach der Angst, die sie seinetwegen durchlitten hatte, schien ihr der Preis, den er nun für sie bezahlt hatte, fast angemessen. Es fiel ihr weit leichter, als sie je gedacht hätte, dieses Geschenk anzunehmen.

„Du kannst oben schlafen", sagte Erin und deutete auf das Fenster mit den Blumen. „Ich komme sobald eh nicht zur Ruhe. Und das Bett ist echt gemütlich."

„Ich würde wahrscheinlich auch in einem Haufen Scherben einschlafen. Aber danke!"

Sie umarmte Erin nicht zum ersten Mal an diesem Tag.

„Kannst du eigentlich bei uns Kränze sehen?", fragte Liam Ava von der Seite.

An seinem Blick erkannte sie, dass er die Frage nicht so beiläufig meinte, wie er sie gestellt hatte. Doch sie sah keine Kränze bei Liam oder Erin. Also schüttelte sie den Kopf. Liam überdeckte seine Enttäuschung mit einem Lächeln.

„Du hast gehofft, dass mich das Opfer deines Vaters ebenfalls unsterblich gemacht hat?“, fragte Ava.

Liam zuckte mit den Schultern.

„Ich habe mir schon gedacht, dass es nicht so einfach ist …“

„So eine Macht hatte nur der große Kristall“, erklärte Erin.

Ava nickte. Sie war nicht enttäuscht. Ganz im Gegenteil: Ihr reichte es vollkommen, dass sie überhaupt wieder die Perspektive hatte zu leben. Über alles andere wollte sie nun nicht nachdenken.

„Ich muss ins Bett, Leute“, stellte sie fest.

Liam nahm ihre Hand und führte sie gemeinsam mit Erin zurück zur Burg.

Im Schlafzimmer hatte Erin ein altes Himmelbett aufgestellt, in dem sie wahrscheinlich auch schon hundert Jahre zuvor geschlafen hatte. Die Matratze war allerdings brandneu und die schnell bezogene Bettwäsche so kuschelig, dass sich Ava schon bei deren bloßem Anblick danach sehnte. Sie hatte kurz geduscht, während Erin alles für sie hergerichtet hatte. Nun ließ die Sandfrau das erschöpfte Paar in dem Turmzimmer alleine. Während sich Ava ihrer Klamotten entledigte, holte Liam den Herzmonitor aus dem Rucksack.

„Wirklich?“, fragte sie.

„Ich will ganz sicher sein. Was heute geschehen ist, das haben noch nicht viele Menschen mitgemacht.“

Ava zuckte mit den Schultern. Ihr war es mehr oder weniger egal. Sie fühlte, dass sie nicht sterben würde, aber sie wollte Liam auch nicht die Sicherheit nehmen. In Slip und BH setzte sie sich vor ihm aufs Bett. Er hatte den Monitor schnell aufgebaut und brachte die Gumminoppen der Elektroden auf ihrem Oberkörper an. Dabei streifte er mit seiner Hand an ihren Brüsten vorbei. Ava stand sofort in Flammen. Vorsichtig drückte er einen Noppen fest, dann noch einen, dann noch einen. Ava zog einen wieder ab, dann noch einen, dann noch einen.

„Hey, nur bis du im Tiefschlaf bist, und …“, protestierte Liam.

„Kannst du gleich machen“, ging sie dazwischen. „Genauer gesagt: Du kannst alles mit mir machen, was du willst.“

Sie zog ihn zu sich auf das Bett. Liam grinste. Er schaute ihr tief in die Augen.

„Das habe ich mir verdient, oder?“, sagte sie.

„Das haben wir uns beide verdient.“

Er küsste sie. Es prickelte wunderschön auf ihrer Haut. Sie konnte ihr Glück gar nicht fassen. Noch einmal zog sie seinen Kopf hoch, der sich bereits nach unten orientierte.

„Wusstest du eigentlich, dass ich auch Magie in mir hab'?“, fragte sie.

„Ach ja?“

„Ja, wenn man einmal mit mir schläft, dann ist man verdammt, es immer und immer wieder zu tun. Solange man lebt.“

Liam grinste.

„Ich bin unsterblich.“

„Ich weiß.“

Sie lachten beide, dann vergrub Liam sein Gesicht zwischen ihren Lenden. Ava stöhnte laut auf und gab sich ihrem Sandmann voll und ganz hin. Sie wusste bald nicht mehr, ob sie träumte oder wach war. Noch nie hatte sie die körperliche Liebe so intensiv und leidenschaftlich erlebt. Sie fühlte sich lebendiger als in ihrem ganzen bisherigen Leben zuvor. Nachdem sie ein wahres Feuerwerk erlebt hatte und nackt an Liam geschmiegt aufs Bett sank, schloss sie die Augen. Im Moment des größten Glückes. Selbst wenn sie nun sterben würde, hätte es sich gelohnt.

Doch Ava erwachte wieder. Die Sonne schien ihr ins Gesicht. Sie blinzelte. Die Sonne wurde verdeckt – durch Liams Kopf. Er schaute sie mit einem breiten Grinsen an.

„Guten Morgen, meine Liebe“, sagte er.

Er küsste sie. Avas fühlte sich bleischwer, rappelte sich aber dennoch auf und blickte sich im Raum um. Sie trug wieder ihre Unterwäsche. Ihre anderen Sachen lagen frisch gewaschen und gefaltet auf einem Tisch mit Wasser und Obst. Liam trug ebenfalls frische Sachen, hatte einen Laptop, den er schnell auf den Boden gestellt hatte. Die Vorhänge waren zwar geschlossen, aber die Sonne stahl sich am Rand vorbei und warf ihre Strahlen auf Avas Kissen.

„Wie lange habe ich geschlafen?“

„Achtzehn Stunden“, sagte Liam.

„Wow“, entfuhr es Ava.

„Und er hat jede Minute davon an deinem Bett gesessen.“

Das sagte Erin, die im Türrahmen erschienen war. Ava konnte es nicht glauben.

„Du hast nicht geschlafen?“, fragte sie Liam.

„Werde ich. Ab jetzt jede Nacht mit dir an meiner Seite.“

„Ist der wahnsinnig?“, fragte Ava Erin.

„Yap. Wahnsinnig verliebt. Er hat die ganze Zeit deine Hand gehalten.“

„Oy.“

Ava gab Liam einen Kuss.

„Na ja, ich habe zwischendurch auch ein wenig im Internet gesurft“, spielte er es verlegen herunter. „Mal nach Wohnungen in London geguckt. Oder willst du lieber woanders leben? Malediven?“

Ava musste laut lachen.

„Oh, mein Gott, das ist alles nicht wahr."

„Doch, das ist es."

Liam nickte eifrig. Ava hielt glücklich seine Hände.

„Wie geht es Pete?", fragte sie Erin.

„Besser. Wir können ihn nachher abholen."

Das freute Ava. Sie reckte sich und stand auf. Dann nahm sie noch einmal Erin in die Arme.

Derweil öffnete Liam die Vorhänge. Die Mittagssonne flutete den Raum. Ava blickte an den Geranien vorbei nach draußen. Auf den Berg mit der Kristallhöhle. Ihr Blick blieb an einer Grube hängen. Frisch ausgehoben am Fuße des Berges unter einer mächtigen Eiche.

„Wir werden meinen Vater dort beerdigen", erklärte Liam ihrem Blick folgend. „Ich denke, der Berg ist ein passender Ort."

Ava wurde unsicher. Liam sah es.

„Was ist?", fragte er.

„Geht das einfach so? Muss er nicht … Müssen wir nicht zur Polizei? Sie eine Untersuchung machen lassen?"

Liam seufzte. Dann schüttelte er den Kopf.

„Es hilft niemandem, Ava. Er hat für seine Taten bezahlt. Seine Identität verschwinden zu lassen, wird nicht schwer sein. Darin haben wir Übung, glaub mir. Und die Polizei wird die Vorfälle im Fabric bald zu den Akten legen. Niemand ist mehr in Gefahr."

Ava gefiel es nicht, denn sie wusste, dass die Angehörigen der Toten Fragen hatten.

„Wir können es nur vertuschen", insistierte Liam. „Alles andere würde uns das Leben sehr schwermachen."

„Euch Sandmenschen."

Sie blickte von Liam zu Erin.

„Auch dir", korrigierte Liam. „Wir gehören jetzt zusammen."

„Auch noch, wenn ich alt und runzelig bin?“, witzelte Ava – auch wenn die Frage einen sehr viel ernsteren Hintergrund hatte.

„Solange wir leben“, antwortete Liam entschlossen.

Ava wusste, dass es keine normale Liebe werden würde. Keine einfache Beziehung. Kein gewöhnliches Leben. Aber das war ihr egal. Denn sie liebte diesen Mann. Unsterblich.

Ebenfalls von Vanessa Mansini

MEIN BAD BOSS UND ICH (UND PHILIPP)

Sarah liebt Romane mit Bad Boys und kann ihr Glück kaum fassen, als ein wahres Prachtexemplar dieser Gattung ihr neuer Chef wird. Sexy, reich, dominant und mit einem düsteren Blick, der Sarah schier den Atem raubt und sie nur noch an eines denken lässt: Sie muss diesen leibhaftig gewordenen Mr. Grey unbedingt haben. Die Frage ist nur wie – denn auf die Lippe beißen allein kann's ja nicht sein. Vor allem dann nicht, wenn der Bad Boss sie für ein Mauerblümchen hält

Also nichts wie ab auf eine Fetischparty, um ihm zu beweisen, dass er sich irrt. Dort begegnet ihr der Jungautor Phillip, der einen BDSM-Roman schreiben muss, obwohl er eigentlich der Meinung ist, dass nur Polizisten Handschellen benutzen sollten. Mit einem Trick bringt er Sarah dazu, ihn bei der Recherche zu unterstützen, während er ihr im Gegenzug bei der Eroberung ihres Chefs hilft. Mehr als einmal geraten die beiden in peinliche Situationen, und Phillip sollte eigentlich Reißaus nehmen, aber er ist bereits viel zu fasziniert von der Frau mit der Schwäche für böse Jungs …

MEIN HIGHLANDER UND ICH (UND PHILIPP)

Als die Studentin Sarah einen Cupcakeladen in den schottischen Highlands erbt – samt sexy Highlander –, sieht sie ein Leben inmitten verbotener Süßigkeiten vor sich. Zwischen rauer Brandung, stahlharten Muskeln und zuckrigen Leckereien kommt ihr Blut so richtig in Wallung. Doch eigentlich liebt sie Jungautor Philipp, der völlig zu Recht der Meinung ist, dass nur er irgendetwas bei Sarah in Wallung bringen sollte. Er reist ihr hinterher und muss sich außer gegen Regen, Linksverkehr und ein Leben im gefühlten 18. Jahrhundert vor allem gegen diesen beknackten Muskelprotz im Rock beweisen, der sich bei jeder Gelegenheit das Hemd vom Leib reißt.
Dabei müssen sie eigentlich zusammenhalten, denn der wunderbare Cupcakeladen droht an einen bösen Engländer zu fallen, wenn die drei nicht schier Übermenschliches leisten. Aber wo könnte so etwas gelingen, wenn nicht in den magischen Highlands?

Bei dem Roman handelt es sich um eine abgeschlossene Geschichte – mit den Hauptfiguren aus „Mein Bad Boss und ich (und Philipp)".

FRÜHER WIRD ALLES BESSER

Könntest du das letzte Jahr noch einmal durchleben, um damit deine große Liebe zu retten – das würdest du doch machen, oder?

Nach einem furchtbaren Jahr und einem sehr peinlichen Fehltritt zerstört Lisa die Ehe mit der Liebe ihres Lebens Alex. Sie ist sich sicher, dass sich das hätte verhindern lassen, wenn sie im vergangenen Jahr nur einen von sieben Fehlern nicht begangen hätte. Überraschend gewährt ihr das Schicksal diese Chance: Silvester landet sie nach Mitternacht nicht im Jahr 2018, sondern wieder am Anfang von 2017. Doch so einfach ist es dann auch wieder nicht: Denn sobald Lisa im neuen alten Jahr ihr Schicksal ändert, schlägt es auf unerwartete Weise zurück. Wird es Lisa gelingen, ihre Liebe zu retten? Oder macht sie alles nur noch schlimmer?

DORNRÖSCHEN HATTE ES LEICHTER

Stell Dir vor, Du wachst auf und die Welt hat sich zwanzig Jahre weitergedreht!

Eben noch stand Hermine kurz vor dem Abi, war unsterblich verliebt und träumte von Reisen, Beruf und Familie. Jetzt ist sie siebenunddreißig, Single und arbeitslos. Ihre biologische Uhr tickt gewaltig. Doch Hermine hat im Koma das komplette Internet verschlafen, weswegen die Online-Suche nach Mr. Right sich schwierig gestaltet. Ein gefühlter Teenager in einer fremden, erwachsenen Welt voller Smartphones, Hipster und mit der komischen Umweltministerin als Kanzlerin. Wenn nur nicht ständig alle fragen würden, wo denn ihr Harry Potter sei – denn sie hat keinen Schimmer, wer das sein soll …

IM FALSCHEN FILM

Ein Unfall – und plötzlich sind alle Erinnerungen an dein Leben ausgelöscht. Dafür gibt es einen komischen Mann, angeblich deiner, der immer nur wissen will, wo du das verdammte Auto geparkt hast.

Trixi hat eine komplette Amnesie. Und das Leben, das ihres sein soll, findet sie mehr als furchtbar. Doch wenn man sich an nichts mehr erinnern kann, kann man dann nicht auch gleich einen Neuanfang wagen? Vielleicht sogar mit diesem (Traum-) Mann, dessen Frau in den Unfall verwickelt war?

WER BRAUCHT SCHON EINEN MILLIONÄR?

Ist die Liebe stärker als die Lüge?

Die arbeitslose Schauspielerin Anna möchte ein einziges Mal mit den Reichen und Schönen feiern. Deswegen nimmt sie für die angesagteste Silvesterparty von Berlin die Identität einer Tochter aus gutem Hause an. Womit Anna nicht gerechnet hat: Auf der Party verknallt sie sich Hals über Kopf in den forschen Millionärssohn Max, mit dem sie die Nacht der Nächte erlebt. Unglücklicherweise ist ein Wiedersehen durch ihre erlogene Identität ausgeschlossen. Doch als Max sie wenige Tage später überraschend wiederfindet, gehen die Probleme erst richtig los. Dabei muss Anna feststellen, dass sie längst nicht die einzige Person mit einem Geheimnis ist …

Über den wahren Autor

Michael Meisheit ist mein richtiger Name, auch wenn ich durchaus auf Vanessa höre. Ich war zwanzig Jahre lang Drehbuchautor bei der Fernsehserie „Lindenstraße“. Nebenher habe ich zeitweise auch für die Telenovela „Rote Rosen“ gearbeitet und den Fernsehfilm „Dann kam Lucy“ geschrieben.
2012 habe ich meinen ersten Roman „Soap“ veröffentlicht – als Selfpublisher. Unter dem Pseudonym Vanessa Mansini habe ich erstmals im Sommer 2013 geschrieben. Der heitere Roman „Nicht von dieser Welt“ wurde überraschend zum Bestseller. Er stürmte Platz 1 der Kindle-Charts und verkaufte sich als eBook über 30.000 mal. Auf der Leipziger Buchmesse gewann ich mit ihm den Indie-Autor-Preis. Seither sind zahlreiche Romane unter meinem Pseudonym erschienen – vor allem die sehr erfolgreiche Reihe „Im falschen Film“.
Hat Ihnen „Unsterblich“ gefallen? Dann wäre es wundervoll und für mich sehr wichtig, wenn Sie bei Amazon eine Kundenrezension hinterlassen – selbst wenn es nur ein paar Sätze sind. Vielen Dank!

In meinem Blog michaelmeisheit.de schreibe ich über meine Arbeit als Drehbuch- und Romanautor. Es lohnt sich, immer wieder einmal reinzuschauen …

Außerdem finden Sie mich hier:

www.facebook.com/imfalschenfilmserie
www.twitter.com/Meisheit

Oder schreiben Sie mir an michael@michaelmeisheit.de. Ich liebe es, Mails zu erhalten, und antworte auf jede. Versprochen!

Danksagung

Bei der Erstellung von „Unsterblich“ hatte ich zahlreiche Helferinnen und Helfer, denen ich sehr herzlich danken möchte. Da sind zunächst einmal meinen Testleserinnen und Testleser, die wertvolle Hinweise gegeben haben, um die Geschichte zu verbessern. Außerdem geht mein besonderer Dank an meine Lektorin Dorothea Kenneweg, an Corinna Rindlisbacher für den schönen Buchsatz und meine Coverdesignerin Catrin Sommer.

28847585R00183

Printed in Poland
by Amazon Fulfillment
Poland Sp. z o.o., Wrocław